노블리스 오블리제를 실천한 작은 거인
전 중앙대학교 이사장 김희수

노블리스 오블리제를 실천한 작은 거인
전 중앙대학교 이사장 김희수

초 판 인 쇄	2024년 05월 24일
초 판 발 행	2024년 06월 05일
지 은 이	안몽필
발 행 인	윤석현
발 행 처	박문사
책 임 편 집	최인노
등 록 번 호	제2009-11호
우 편 주 소	서울시 도봉구 우이천로 353
대 표 전 화	02) 992 / 3253
전　　　송	02) 991 / 1285
홈 페 이 지	http://jnc.jncbms.co.kr
전 자 우 편	bakmunsa@hanmail.net

ⓒ 안몽필, 2024 Printed in KOREA.

ISBN 979-11-92365-64-0　　03810　　　　　　정가 25,000원

노블리스 오블리제를 실천한 작은 거인

전 중앙대학교 이사장 김희수

안몽필 **지음**

박문사

일본의 식민지시대 한국의 농촌에서 태어나 초등학교를 마치고 13살 때 돈벌이하러 간 부모를 찾아 일본으로 건너 간 소년 김희수는 낮에는 일하면서 배우기 위해 야간학교를 다녔다. 전쟁이 한창 진행 중이었는데도 언젠가 전쟁이 끝나면 폐허가 된 땅에 건설 붐이 일어날 것으로 예측했다. 그때는 전기기술이 주목 받을 것이라 생각하고 중학 시절부터 전기공학을 전공했다. 고학생이라 학비를 내지 못 할 때는 휴학하고 학비가 생기면 복학하는 학창시절이었다. 3년제 고등학교를 4년 걸려 졸업하고 가정 형편상 대학 진학은 못하고 취직하기로 했다. 전공을 살려 전기회사에 취직하게 되었다.

전쟁이 끝나자 많은 동포들이 해방된 조국으로 귀국했지만 김희수의 가족은 모두 일본에 거주하고 있었고 고향에 돌아가도 논도 밭도 없는 신세여서 아이들의 교육을 위해서라도 일본에 남는 것이 좋겠다고 판단하여 일본에 남기로 했다.

종전 직후의 혼란기에 도쿄 도심의 번화가를 걸어 다니며 길거리를 걷고 있는 사람들의 모습을 보면서 어느 시대나 의식주는 필요하며 일상생활에 필요로 하는 상품이 있다는 것을 알았다. 희수는 그때까지 모아 둔 돈을 가지고 도쿄 시내 제일 번화가인 유라쿠초(有楽町) 역 앞에서 작으마한 양품점을 시작했다. 패전으로 인해 물품이 부족한 시대였고 통행하는 사람이 많은 번화가여서 상품이 잘 팔렸다. 좋은 상품을 싸게 팔며 고객 한 사람 한 사람에게 친절하게 접대했다. 그런 태도가 평가받아 다시 찾아오는 손님들이 늘어났다. 고객들의 신뢰를 얻는 것이 중요하다는 것을 느꼈다. 신용제일주의가 김희수의 경영철학이 되었다.

장사가 잘 되어 생활에 여유가 생겨 학업을 계속하기로 하고 도쿄전기대학(東京電機大学)에 입학했다. 장사하면서 대학에 다니기 위해서는 잠자는 시간을 줄일 수밖에 없었다. 수면시간은 하루 4시간 정도였다. 그렇지만 일하면서 배우는 삶에 만족했다. 1953년 3월, 29살에 대학을 졸업했다.

1950년에 일어난 6.25 전쟁은 일본경제를 부흥시켰다.

한국전선에 참전하는 미군에게 군수물자 및 용역 서비스를 제공해주고 얻은 전쟁특수로 인해 침체된 일본경제가 다시 일어나게 된 것이다.

한국전쟁 특수의 영향으로 산업활동이 활발하게 진행되는 것을 보고 희수는 양품점을 동생 희중에게 물려주고 도쿄대학(東京大学) 조선학과를 졸업하고 어군탐지기를 발명한 형 희성(熙星)과 함께 후타바어군탐지기주식회사(双葉魚探機株式会社)를 설립했다. 큰 포부를 가지고 산업계에 뛰어들었으나 원양어업자를 상대로 장사하는 것은 입금이 순조롭게 들어오지 않아 자금 융통상 항상 문제가 있었다. 어군탐지기 회사는 형에게 맡기고 전후 복구사업에 대비해서 미사와제강주식회사(三澤製鋼株式会社)를 설립했다. 마침 그 무렵 철강사업에는 한국인에게 은행 융자를 할 수 없다는 법령이 생겼다. 자금조달이 안되는 사업은 할 수 없기 때문에 미사와제강을 팔았다. 이 두 번의 실패는 김희수에게는 실업가로 성공하는 데 큰 교훈이 되었다. 자기가 할 수 있는 업계는 자금융통이 잘 되는 사업이라는 것을 깨닫게 된다. 실패를 두려워하지 않고, 오히려 교훈으로 삼아 새로운 사업을 구상하는데 많은 참고가 되었다.

그 동안 공장 부지의 땅값이 크게 올랐다. 판 돈으로 부채를 청산하고 4천만 엔 정도 남았다. 이 때 부동산의 가치에 대해서 눈이 깨었다. 부동산 사업은 안정적이고 현금의 유통이 좋으므로 한국인인 자기에게는 적합한 사업으로 판단했다. 이것이 부동산 임대업을 시작하게 되는 계기가 되었다.

부동산 임대업의 중요한 조건은 토지의 입지 조건이다. 도쿄 시내의 번화한 거리를 수없이 돌아다니며 유동인구 교통여건 생활환경 등을 상세히 조사했다. 조사 결과 첫 번째로 세울 빌딩 장소를 긴자(銀座)로 결정했다. 긴자는 도쿄에서도 제일 번화가로 알려진 곳이었다.

1961년 4월, 빌딩 임대업 가나이기업주식회사(金井企業株式会社)를 설립하고 자금 4천만 엔으로 긴자 7초메에 토지를 구입했다. 가진 돈은 이것이 전부였다. 건물을 지을 돈이 없었다. 은행은 한국인이라는 것을 알고 상대도 하지 않았다. 한국인이 일본에서 생활한다는 것이 얼마나 어려운 것인지 다시 인식하게 되었다. 그렇지만 김희수에게 돈을 빌려주겠다는 사람이 나타났다. 신용이 중요하다는 것을 알게 되었다. 입주자가 이 건물에 입주해서 좋았다는 그런 건물을 짓고, 안심하고 사용할 수 있도록 빌딩 관리에 힘썼다. 그리고 고장이 생기면 즉시 처리하는 시스템을 만들었다.

빌딩 입주자가 입주하기 시작하여 좋은 소문이 나면서 새로운 빌딩을 지어도 곧 계약이 완료되었다. 가나이빌딩은 한번 입주하면 좀처럼 나가지 않았다. 가나이빌딩의 평이 좋아지자 일본 시중은행들이 융자하겠다고 나섰다.

김희수는 긴자 지역에 7개의 임대빌딩을 건설했으며 신바시(新橋), 아사쿠사(浅草), 시부야(渋谷), 신주쿠(新宿) 등 도쿄의 번화가에 모두 34개의 빌딩을 지었다. 김희수는 토지를 사고 건물을 지을 때 사전 조사와 면밀한 계획을 세워 실행해 나갔다. 장래성이 있는 장소를 선택하고 안전하고 사용하기 편리한 건물을 짓는 것이 기본방침이었다. 눈앞의 이익을 추구하지 않으며 사용자가 불편하지 않고 안심하게 사용할 수 있는 건물을 짓는 것이 그의 경영방침이었다.

빌딩 임대업으로 성공한 김희수는 재벌이라고 불릴 정도로 부자가 되었지만 그의 생활은 항상 검소했다. 긴자7초메에 있는 첫 빌딩에 특별한 애착이 있었다. 엘리베이터도 없는 5층에 사장실을 두고 계단을 걸어서 올라다녔다.

말이 사장실이지 일을 처리하는 조그마한 사업장에 불과
했다. 명색이 사장이지 승용차도 없이 매일 전철이나 지
하철을 타고 출근했다. 회사 일로 외출할 때도 전철이나
버스를 이용했다. 그리고 웬만한 거리는 걸어 다녔다.

　그렇지만, 돈을 아껴 쓰고 절약하면서도 필요한 곳에
는 서슴치 않고 쓰는 사람이었다. 어느 정도 쓸 수 있는
돈이 생기자 사회공헌을 시작했다. 홋카이도(北海道)에 산
을 사서 나무를 심기 시작했다. 나무는 수십 년이 지나야
삼림의 역할을 하게 된다. 아무런 이익도 되지 않는 일이
지만 후세대를 위한 자선사업이었다.

　교육사업에는 더욱 더 관심이 컸다. 유학생들을 지원
해주고 국제학술회의 등에 조성금을 주며 도와주는 것
을 보람으로 느꼈다. 또한 아동복지시설 목포공생원과
인연을 맺고 고아들을 돕는 일에도 열심이었다.

　교육사업으로는 도쿄에 학교법인 가나이학원(金井学園)
을 설립하여 국제화에 필요한 인재양성을 위해 수림외
어전문학교(秀林外語專門学校)를 설립했다. 그 후 수림일본
어학교도 설립했다. 김희수가 무엇보다도 하고 싶었던
것은 조국 한국에서 교육사업을 하는 것이었다. 마침 명
문 사립대학인 중앙대학교가 많은 부채로 위기에 처해

있어 막대한 부채를 떠안고 학교재단을 인수할만한 재
력가가 나타나지 않아 어려운 처지에 있다는 사실을 알
았다. 김희수가 대학경영에 관심이 있다는 소문을 듣고,
현직 재단 이사장이 직접 도쿄 사무실에 찾아와서 재단
을 맡아 달라는 하소연을 했다.

　당시 한국의 정치경제 여건도 상당히 어려운 처지였
다. 사심이 없는 김희수는 명문 사립대학교가 재단 경영
자의 잘못으로 학교가 문을 닫게 된다면 인재양성이 중
요한 시기에 국가적으로 큰 손실이라고 생각하여 그냥
보고만 있을 수 없었다. 중앙대학교가 갖고 있는 부채는
660억 원이었고, 안성캠퍼스 기숙사 및 도서관 공사비 53억
원 등 713억 원을 모두 지불하기로 하고 대학재단을 인수
했다. 이 많은 현금이 있을 리 없었기 때문에 일본에 있는
토지와 빌딩을 담보로 은행에서 대출을 받아 모든 부채
를 청산하고 1987년 9월에 김희수는 학교법인 중앙문화
학원 이사장으로 취임하게 된다. 참으로 감개무량한 일
이었다. 조국의 인재양성이 그의 꿈이었다. 이제 그 꿈을
실현할 수 있는 기회가 마련된 것이다. 벅찬 가슴을 억누
를 수 없었다. 대학에 투입한 자금은 돈 벌기 위한 투자가
아니고 기부라는 심정으로 좋은 대학을 만들어 훌륭한 인

재를 양성하는 것이 김희수의 염원이었다. 2008년 6월까지 21년간 중앙대 이사장으로 있으면서 중앙대학교는 양적 질적으로 많은 발전을 거듭했다.

김희수가 이사장이 되어 1998년 2월까지 재단 이사장이 마련한 재정투입 금액은 1630억 원에 달한다. 김희수가 경영을 인수받아 구원투수로 도산 직전의 중앙대학교를 재건한 것은 명확한 사실이다. 이러한 사실이 있음에도 불구하고 시종일관 김희수 이사장을 따뜻하게 받아들이지 않고 비방하며 쫓아내려고 한 세력이 있었던 것도 사실이다.

엎친 데 덮친 격으로 한국에서는 IMF 금융위기에 직면했고 일본에서도 버블 붕괴로 인해 모든 재산을 날려버리는 신세가 되어 그 이상의 재정적인 지원을 할 수 없게 되었다. 마침 두산그룹이 중앙대학교를 인수하겠다고 해서 경영권을 양도했다.

김희수는 중앙대학교의 구원투수로 등판하여 21년간 이사장으로서 대학발전을 위해 많은 노력을 경주했다. 막대한 부채를 청산했을 뿐 아니라 교육내용을 충실히 하고 교육환경을 정비함으로써 대학의 조직이 확대되었다. 그에 따라 대학건물과 설비 등에 집중적으로 자금을 투입했다. 특히 중앙대학교의 중점사업인 메디컬 센터가 드디어 완성되었다. 중앙대학교의 자랑인 국내 최대의 메디컬 센터가 생긴 것이다.

김희수 이사장 시대의 중앙대학교는 부정이 없는 깨끗한 경영방침으로 교육의 질적 향상과 양적 발전을 달성했다. 건전한 경영으로 인해 재정의 기반이 구축되었고 김희수 이사장 퇴임 후에도 계속 성장하여 한국 국내 대학 랭킹 7위까지 올랐다. 명실공히 명문대학으로 재건된 것이다. 김희수 이사장이 구원투수로 등장해서 부채를 청산함으로써 재건의 기회를 마련했고 새로운 분야에 교육 투자를 한 결과 그 성과가 나타난 것으로 생각해야 할 것이다. 100여 년의 전통을 가진 중앙대학교를 회생시켜 인재양성에 공헌함으로써 국가 발전에 도움이 된 김희수의 공적을 다시 한번 확인하는 바이다.

김희수는 중앙대학교 경영권을 두산그룹에 넘겨주고 서울에 재단법인 수림재단과 수림문화재단을 설립하여 장학사업과 문화예술 지원사업을 추진했다.

도쿄 긴자의 부동산재벌이라고 불릴 정도로 한때는 많은 자산을 소유한 시기도 있었으나 자손에게는 자산을 남기지 않았다. 사람을 키우는 일 즉 육영사업에 쓰겠다고

13

말한 대로 많은 자산은 자연히 소멸된 것도 있었지만 유산은 재단에 기부했기 때문에 본인의 희망대로 재단을 통한 육영사업은 반영구적으로 계속될 것으로 생각한다.

이 책은 성공한 재일한국인 기업가 김희수의 생애를 다룬 것이다. 그러나 단순한 개인의 생애에 대한 기록보다는 당시의 시대적 배경 및 사회경제적 상황을 소개함으로써 여러모로 어려운 처지에서 살아오면서 조국에 대한 애족심을 발휘하는 재일동포들의 심정을 이해하는데 조금이라도 도움이 되기를 바라는 마음에서 글을 썼다.

2024년 올해는 김희수 선생의 탄생 100주년이 되는 해이다. 김희수는 빈손으로 이승에 태어나 빈손으로 돌아갔다. 그러나 사람을 키우기 위해 그가 남긴 육영사업은 후계자들에 의해 계승되고 있다. 또한 김희수 선생이 심혈을 기울여 재건한 중앙대학교는 비약적으로 발전하고 있다. 중앙대학교와 가나이학원에서 배우고 사회의 각 분야에서 활약하고 있는 졸업생들을 한없이 자랑스럽게 지켜보고 계실 김희수 선생에게 이 책을 전하는 바이다.

끝으로 이 책의 출판을 위해 힘써 주신 가나이학원 신경호 이사장과 동의대학교 이경규 교수, 박문사 편집부에 진심으로 감사를 드린다.

재일동포의 조국사랑

　일본의 식민지 시대에 고향을 떠나 일본에 이주해서 먹고 살기도 힘든 경제상황 속에서도 인내와 노력으로 고난을 극복하면서 생활기반을 만들고 다소나마 경제적으로 여유가 생기면 재일동포들은 고향에 두고 온 가족들을 생각하게 된다. 그리고 민족분단의 상황 속에서 여전히 빈곤을 탈피하지 못한 조국의 정치 경제의 현실을 보고 모르는 척할 수는 없었다.

　원래 재일동포 1세들의 일본 이주의 경위는 구미 선진국에서 새로운 문명을 수용하며 근대화를 시작했고 산업화를 추진하고 있는 일본에 가면 일자리를 구할 수 있고 그리고 일하면서 공부할 수 있다는 것이었다. 그러나 일본에서의 생활이 결코 쉬운 일은 아니었다.

　민족차별이 심한 일본 사회에서 살아가기 위해서는 우선 인간으로서 신뢰를 얻지 않으면 안되었다. 그러기

19

위해서는 일본사람 이상의 노력을 해야 하고 성과를 보여 주어야 했다. 인내도 필요했다. 성공하기 위해서는 남이 시작하지 않은 새로운 아이디어와 도전 정신이 필요했다. 그만큼 노력도 필요한 것이었다.

즉 확고한 목적의식을 가지고 노력하는 사이에 다행스럽게도 사업에 성공한 사람들이 일본 사회에 다수 존재했다. 그것은 종전 직후의 혼란스러운 일본 사회였기에 가능했다. 독특한 비즈니스 감각으로 일본인들이 생각치 못한 새로운 사업을 창업해서 성공한 실례가 많이 있다.

이와 같이 시대의 변화를 재빨리 감지하고, 강력한 의지와 추진력으로 성공한 기업가들이 있다. 롯데그룹 창업자 신격호, MK택시 창업자 유봉식, 신한은행을 창업한 이희건, 소프트뱅크 창업자 손정희(재일 3세) 등이 그들이다. 재일동포 1세들의 공통점은 배우지 못했기 때문에 문명개화가 뒤떨어졌고, 그로 인해 오랫동안 빈곤한 생활을 해야 했다는 기억이 그들의 머리 속에서 사라지지 않았다. 그렇기 때문에 그들은 자식들의 교육에 열심이었다. 또한 민족교육에 관심을 갖고 고향의 후진 양성을 위해서 장학금을 지급한다거나 또는 지역 학교의 교육환경 정비를 위한 지원사업을 추진했다. 한편 가까이 고 등학교가 없는 곳에는 학교를 설립하여 스스로 교육사 업에 투신하는 사람도 있었고, 김희수와 같이 대학 경영 을 맡아 육영사업에 투자하는 기업가들도 있었다.

이러한 현상은 재일동포들의 과거의 역사에 사무쳐 있는 독특한 민족사랑 또는 조국사랑에서 발로되는 일 종의 애국심이라고 볼 수 있을 것이다. 재일동포들의 조 국에 대한 관심은 교육사업만은 아니었다. 현재 한국은 GDP 세계 10위(2020년)의 경제대국이다. 그러나 1960년 대 초만 해도 세계에서 가장 뒤떨어진 후진국인 한국이 「한강의 기적」을 일으켜 선진국 그룹으로 불리는 OECD 에 가맹하고 이어 G20에 진입하여 세계를 무대로 활약하 는 국가가 되었다. 그 과정에는 국가 존망의 위기에 처한 때도 있었다. 그 때마다 재일동포들은 애국심을 발휘해 서 여러 형태로 조국을 지원했다. 여기서 몇 가지를 소개 해 보려고 한다.

1948년 7월 29일부터 8월 14일까지 런던 올림픽이 개 최되었다. 대한민국 정부 수립이 같은 해 8월 15일이다. 정식 국가 자격으로는 올림픽에 참가할 수 없었다. 그러 나 그해 5월에 총선거가 실시되어 국회가 구성되었고 국회에서 헌법이 제정되고 대통령이 선출되었다. 그러므로 실질적인 국가 시스템이 갖추어졌다고 국제올림픽위원회(IOC)가 인정하여, 특별 참가 자격으로 참가하게 되었다.

그러나 식민지로부터 해방되었지만 남북이 분단되어 정치 경제가 혼란스러운 상태였기 때문에 재정적으로 한국 정부가 올림픽 선수단을 지원할 수 있는 상황이 아니었다. 선수단 67명은 서울을 출발해서 부산을 거쳐 요코하마항에 도착했다. 재일조선인 체육협회가 중심이 되어 환영회 행사를 추진하고, 일본 체재 기간 중 정성을 다해 지원했다. 선수단이 사용하는 유니폼이나 서포터, 스타킹, 국기, 대회기, 카메라 필름, 의학품 등 사소한 소지품까지도 준비해주고, 현지 교통비를 비롯하여 초대 손님의 숙박비와 교통비, 선수단의 환송 및 환영 비용 등 모두 재일동포들이 앞장 서서 모금한 것이었다. 그리고 당시 한국에서는 조달하기 힘든 국제경기용 용구를 일본육상경기연맹으로부터 지원받았다.

1988년 서울올림픽대회의 개최가 결정되자 누구보다도 기뻐한 것은 재일동포들이었다. 재일한국민단은 서울올림픽대회 재일한국인후원회를 결성하여 모금운동을 시작해서 약 525억원을 모았다. 재일한국인 기업가 중 주요인사들은 1인당 1억엔(약 5억 7천만원)이 할당되었다. 김희수도 1억엔을 기부했다.

한편 재일한국인부인회는 「1일 10엔」 저금운동을 전개했다. 16억 4,000만원을 모았다. 이 중에 15억 3,000만원은 전국 주요 관광지의 구식 화장실을 수세식으로 개조하는 비용으로 사용했다. 해외에서 오는 관광객에게 구식 화장실을 사용하게 할 수는 없다는 생각에서 화장실 개조작업을 추진한 것이다.

재일동포들이 서울올림픽 지원금으로 재일한국인후원회와 재일한국인부인회가 약 541억원을 기부했다. 이에 비해, 일본을 제외한 세계 각국에 거주하는 해외동포들이 모은 기부금은 미국을 포함해서 약 6억원이었다. 재일동포들의 조국에 대한 애정이 얼마나 열정적이었는가를 가히 짐작할 수 있을 것이다.

1997년 11월, 한국이 IMF 위기에 직면했을 때 재일동포들은 긴급지원사업을 개시했다. 재일한국민단은 긴급행동지침을 발표했다.

첫째, 재일동포 기업들의 본국 투자를 활발하게 추진

한다.

둘째, 재일동포 각자가 외화예금 은행구좌를 세대 당 1
통장 이상 개설한다.

셋째, 정부가 발행하는 외화표시채권을 적극 구입한다.

넷째, 일용품을 비롯해서 국산품을 애용한다.

다섯째, 일본인들과 재일동포들의 본국여행을 적극
권장한다.

이상의 긴급행동방침을 결정하여 민단의 관련 조직을
통해서 지원사업에 대한 협력을 요청했다. 특히 강조한
것은 「일본엔화 송금캠페인」이었다. 이 지원사업을 시
작한 1997년 12월부터 1999년 1월까지 13개월 사이에 재
일동포가 한국에 송금한 금액은 780억 6,300만엔(미화 약
10억불)에 달했다.

당시, 김대중 정부는 1998년 3월에 일본에서 300억엔
규모의 엔화 베이스 국채를 발행했다. 민단측에 애국심
차원에서 국채 매입을 요청했다. 이에 동조한 재일동포
들이 대한민국 국채 매입에 동참했다. 롯데그룹 창업자
신격호는 개인 재산 1천만 달러와 함께, 일본 금융기관에
서 차입한 5억 달러를 한국으로 송금했다.

IMF 위기 때 확인된 재일교포들의 송금액 780억 6,300만 엔은 공식집계한 금액일뿐이다. 한국 정부가 일본에서 발행한 엔화 국채의 재일동포 매입실적, 모국투자 동포 기업의 외화 예금, 미국 달러로 송금하거나 일본국적자 이름으로 송금한 것 등은 집계에서 제외되어 있다. 재외동포들이 한국 주식을 매입할 경우도 외국인 투자로 본다. 동포들이 한국 내에서 사용하는 여행경비도 통계에서 빠진다. 예를 들어 롯데그룹의 신격호처럼 법적으로 외국인인 경우는 한국에 송금하는 외화는 외국인 송금으로 취급한다. 그러므로 재일동포의 송금액은 실제로는 보다 더 많다고 보아야 할 것이다.

일본 주요 도시에 주일 한국 공관이 10개소 있다. 그 중 9개소의 공관은 재일동포들이 기증한 것이다. 현재의 주일한국대사관 부지(3091평)를 한국 정부에 기증한 사람은 오사카의 실업가 사카모토방적(坂本紡績) 사장 서갑호(徐甲虎)이다. 도쿄도 미나토구 미나미 아자부(東京都港区南麻布)에 있는 이 토지는 도쿄의 일등지일 뿐만 아니라 한 때 마쓰카타 마사요시(松方正義), 요나이 미쓰마사(米内光政)와 같은 역대 총리대신을 지낸 거물급 정치인이 소유하고 있었으며, 제2차 대전 후에는 주일 덴마크 공사가 저택으로 사용하고 있던 것을 서갑호가 매입해서 한국 정부에 기증한 것이다.

서갑호가 도쿄의 대사관 부지를 기증한 사실이 동포 사회에 알려지자, 1960~1970년대에 일본 각지의 동포들이 기부금을 모아 총영사관을 건립해서 기증했다. 오사카(大阪), 요코하마(横浜), 나고야(名古屋), 고베(神戸), 후쿠오카(福岡), 삿포로(札幌), 센다이(仙台), 시모노세키(下関)이다. 시모노세키는 후에 히로시마(広島)로 총영사관이 이전되었다. 시모노세키 총영사관이 폐관되고 히로시마로 이전하게 된 것은 주고쿠(中国)지방을 관할하는 총영사관 소재지로서 히로시마의 인구가 제일 많았기 때문에 한국 정부의 정책적인 판단에 의한 조치였다.

이와 같이 조국이 어려운 상황에 직면할 때마다 재일동포들은 솔선해서 지원에 나섰다. 한국전쟁 때 북한에서 대량의 피난민이 남한으로 밀려왔을 때 재일동포들은 신속하게 전재민 구원모금운동을 전개했다. 태풍이나 홍수 등으로 피해가 발생할 때마다 수재의연금을 보내고 새마을운동을 시작했을 때도 출신지별로 고향의 농촌 근대화를 위해서 여러 사업에 협력했으며 재정적으로 지원했다.

재일 1세 세대는 가정의 경제적인 사정으로 배우고 싶어도 중등교육 또는 고등교육을 받을 수 없었던 사정이 있다. 이들은 자신들의 고난의 경험을 통해서 조국의 경제 발전에 공헌하기 위해서는 인재양성이 중요하다고 인식하고 있었다. 재일동포 기업가들은 인재양성과 육영사업에 앞장섰다. 재일동포 기업가들은 조국의 근대화를 위한 중요한 요소인 교육 인프라 정비를 위해서 많은 노력을 했다. 한국은 빠른 속도로 근대화를 성취했고 민주화를 달성했다. 이렇게 단기간에 산업화와 민주화를 달성한 나라는 세계에서도 그 유례를 찾기 힘들다. 이 과정에서 재일동포들의 역할이 적지 않다. 그 주요 역할을 한 사람 중의 한 사람이 바로 김희수이다.

제1장

가난 속에 살아온 소년시절

가난한 선비 집안에서 태어나다

김희수(1924년 6월 19일~2019년 1월 19일)는 경상남도 창원군 (현재의 창원시 마산합포구) 진동면 교동리 771번지에서 아버지 김호근과 어머니 심교련의 둘째 아들이며 7남매의 넷째로 태어났다.

진동면 교동리는 마산과 진해에 인접한 해변가에 위치한 조그마한 농촌이다. 여러 차례의 행정구역 통폐합을 거쳐, 2010년에 마산시와 진해시가 창원시로 통합되어 창원시 마산합포구에 편입되었다.

1899년, 마산포 개항에 따라 마산에 외국조계가 설치되었다. 그로 인해 개항장의 사무를 담당하는 감리서를 비롯해 세관 우편국, 전보국, 재판소, 각국 영사관 등 근대적 시설들이 들어왔다. 1905년에 러일전쟁에서 일본이 승리하자 삼랑진과 마산을 연결하는 철도가 개통되어 일본인들의 마산 이주가 급증했다. 이 시기는 마산이 행정구역상으로 창원부에 속해 있었다.

진동면은 러시아가 마산의 토지를 조차하여 해군 극동함대 기지로 사용하고 있을 때 일본이 러시아를 견제하기 위해서 해군기지를 진동(당시는 진해만)에서 웅천(현재의 진해)으로 이동한 뒤 진해현 관할의 동면 북면 서면 중에 동면을 「진동」이라 불렀기 때문에 「진동」이란 지명이 생긴 것이다.

진동공립보통학교 졸업생으로 대구사범학교를 졸업하고 이 지역의 삼진중학교 교장과 진동초급학교 동창회장을 지낸 홍인석은 이러한 역사적인 사실에 관해서 다음과 같이 말하고 있다.

일본은 이 지역 진동을 진해라고 부르고 조선 정부로부터 조차한다는 문서를 작성했다. 그 이후 러시아가 그 동쪽의 마산을 근거지로 하고 있었기 때문에 진동을 계속해서 근거지로 할 경우 일본 본토와의 연락이 러시아의 방해로 불편하다고 생각하여 문서상의 진해는 이곳 진동이 아니고 마산의 동쪽인 현재의 진해 지역이라고 주장하며 진해를 개발했다.

마산은 오래 전부터 항구로서 번영하여 물류와 교통의 요충지로 발전한 항만도시이다. 일본 식민지 때는 한반도 7대 도시의 하나였다. 1592년에는 도요토미 히데요시(豊臣秀吉)에 의한 임진왜란이 일어났을 때 이순신 장군의 거북선이 두 번이나 일본군을 격퇴한 장소가 바로 합포(현재의 마산항)이다.

김씨 일가가 이곳에 정착한 것은 1800년대 후반으로 알려져 있다. 희수의 증조부 김초헌부터이다. 19세기말의 조선은 경제사회적으로 격동기였다. 조선왕조가 오랫 동안 견지해 온 쇄국정책을 포기하고 문호를 개방한 것은 1876년에 일본과 체결한 강화도조약이다. 이 조약은 불평등조약이지만 문호개방을 하지 않을 수 없어 부산 원산 인천이 개항되었다.

그 후 조선 정부는 개항의 의미를 인식하게 되어 대책을 마련하고자 했다. 1897년의 목포와 진남포의 개항 때는 조약에 의한 개항이 아니고 일본의 독점적인 지위를 배제하기 위한 수단으로 구미 열강에도 동시에 개항하는 칙령에 의한 개항 방법을 채택했다.

계속해서 1899년에는 군산 성진(함경북도)과 함께 마산 항을 자유무역항으로 개방했다. 개항은 외국인에게 통상과 거주를 인정하는 것으로 항구를 개방하는 것을 의미한다. 마산항의 경우 개항에 따라 얻을 수 있는 관세 수입 등을 착안하는 한편, 일본과 러시아에 대한 외교적 균형을 시도했으나 별다른 성과가 없었고 오히려 러시아의 남하정책과 일본의 대륙진출 정책이 격돌하면서 러일 간의 각축을 촉발하는 계기를 마련해 주었다.

러일 양국의 전쟁태세가 긴박함을 느낀 대한제국 정부는 1904년 1월 23일, 러일 양국 간의 엄정국외중립을 선언했다. 그러나 러일 간의 외교교섭이 결렬되어 국외중립을 유지하는 것이 불가능해졌고 결국 러일전쟁에 돌입하는 상황이 전개되었다.

한국의 보호국화를 추진하고 있던 일본은 1904년부터 1907년까지 3차에 걸쳐 한일협약을 체결하고 1910년 8월 22일에 일본에 의한 한국합병조약을 체결하여 식민지통치를 시작했다.

결국 러일전쟁이 한국의 운명을 좌우하는 역사적인 사건이 되었다. 그 결과 조선왕조 마지막 황제인 순종은 퇴위하지 않을 수가 없었고 합병조약으로 인해 일본의 본격적인 식민지통치가 시작되었다. 이로써 518년 동안 계승해 온 조선왕조는 막을 내리게 되었다.

1899년 5월 1일, 마산포 개항 직후에 일본의 부산영사관 마산 분관이 설치되었다. 일시적으로 주 마산포 일본 영사보가 주재하고 있었으나 이듬해 1월 1일, 사카다 주지로(坂田重次郎) 마산 주재 일본국 영사가 부임했다. 이와 더불어 일본인 자치단체인 마산거류민회가 조직된다. 마산거류민들은 1902년 11월, 마산심상고등소학교를 설립했다. 학생수는 241명이었다.

1905년 11월, 을사보호조약이 체결됨으로써 마산에 이사청이 설치되었다. 마산포를 비롯해서 창원 진해 웅천 등이 관할지역이었다.

1876년 이래 개국에 따른 큰 변화가 있었다. 쇄국정책을 견지해 오던 조선에서 국제무역이 확대되었다. 외국과의 교역이 확대되면서 외국인들과 접촉이 많아지고 국민들이 외국 문물을 직접 접할 수 있는 계기가 되었다. 개항에 따라 항구를 통해 사람과 물품의 이동이 빈번해지자 경제사회적인 변화가 일어나게 되었다.

이러한 시대의 변화에 자극을 받은 김희수의 증조부 김초헌은 선조 대대로 물려받은 선비의 지위를 제대로

서당 풍경

유지하지 못하고 가세가 점점 쇠퇴해 가는 상황에서 새
로운 개척지를 모색해서 이주한 곳이 바로 진동면 교동
리이다. 그 이전의 정착지는 확인되지 않으나 아마 창원
주변이었을 것으로 추정된다. 개항에 따라 항구의 입지
에 비교적 가까운 곳이 진동면 교동리였다. 항구 가까이
있기 때문에 새로운 문물에 접할 수 있는 기회가 많을 것
이라는 것이 이주의 가장 큰 이유였다.

초헌은 교동리에 이주하여 선조로부터 계승하여 온 유학의 지식을 활용한다. 초헌의 3남이며 희수의 할아버지인 김태기는 조봉대부(朝奉大夫)·동몽교관(童蒙教官)을 지낸 한학자였다. 조봉대부는 조선왕조때 종 4 품의 관제이며, 동몽교관은 지방의 군현에 설치되어 있는 향교의 아동교육을 담당하는 관직이다. 진해현 동몽교관인 김태기는 1908년에 진해현이 폐지되면서 그 직책이 없어져 실직했다. 그때까지는 경제적으로 넉넉하지는 않았지만 생계를 유지하지 못 할 정도는 아니었다.

1910년의 한국합병으로 인해 일본의 식민지가 되면서 조선총독부가 실시한 토지조사사업으로 인해 조선인들은 토지를 잃게 된다. 이때부터 김희수 집안은 가세가 급격히 기울기 시작했다. 그렇다고 지조 있는 선비 집안에서 일본인의 소작농이 되어 생계를 유지할 수는 없었다. 이렇게 집안 살림이 어려울 때 희수가 태어났다.

식민지 나라에 태어난 설움

희수의 아버지 호근이 태어나자 동학농민전쟁이 일어

나고 이것이 계기가 되어 조선을 무대로 청일전쟁과 러일전쟁 등 역사적인 큰 사건들이 일어났다.

이렇게 시대가 변천하는 사이에 1910년에는 일본에 합병되어 조선왕조는 종말을 맞이하게 된다. 세계가 서구 선진국들을 중심으로 자유무역을 실시하면서 크게 변하고 있는데도 왕실 중심의 파벌정치로 인해 바깥 세상을 제대로 내다보지 못하고 오로지 쇄국정책만을 견지함으로써 문명개화가 뒤떨어진 결과를 초래했다.

특히 선진국에서는 근대교육을 진행하며 새로운 산업을 일으키고 있는데 오랜 전통문화를 고수하며 자급자족의 농업 중심의 경제체제에서 탈피하지 못한 사회지도층의 정치 경제에 대한 인식 부족에서 기인한 것으로 보아야 할 것이다. 단순히 외세에 책임을 전가하는 것보다는 무능했던 조상들의 과오를 인정하고 역사의 교훈으로 삼는 것도 중요하다.

국권을 상실한 한민족으로서는 수난의 시대였다. 가난하지만 평온하게 살아온 백성들에게 닥쳐온 수난은 유학자인 김태기의 가정에도 어김없이 찾아왔다. 김태기 일가에 변화를 가져온 것은 한국병합 직후 조선총독부에 의해 추진된 토지조사사업이었다. 근대적인 토지

등기제도를 도입한다는 미명 아래 토지소유자의 조사가 실시되었다.

그러나 토지조사사업은 배타적인 자본주의적 소유권을 법적으로 인정하는데 그쳤다. 토지소유권자를 확정하는 과정에서 복잡한 전통적인 소유권에 대한 정밀한 조사도 없이 실시했기 때문에 본래의 농지개혁과는 전혀 다른 결과를 초래했다. 봉건적인 토지소유자인 수조권자(收租權者)가 토지소유권을 신고하여, 근대적 사유(私有)권자로서 법적으로 인정받게 되는 반면, 실질적으로 토지를 보유하며 경작하고 있던 농민들은 토지사유권을 인정받지 못하는 사례가 다수 있었다. 게다가 농민들이 가지고 있었던 부분 소유권인 도지권(賭地權)과 경작권까지 아무런 보상도 없이 토지소유권에서 박탈했다.

또한 신고주의에 대한 복잡한 규정을 이해하지 못했기 때문에 신고 방법조차 모르는 농민이 많았다. 그런 토지는 국유지로 편입되어 총독부 소유지가 되었다. 그리고 김태기와 같은 지식인은 일본의 식민지 정책에 대한 반감으로 총독부가 추진하는 식민지 정책을 그대로 받아들이지 않았다.

그 결과 예전부터 실질적인 토지소유자이며 경작자였던 수백만의 농민들이 토지소유권을 박탈당하고 자유계약으로 지주와 경작관계를 다시 체결하여 소작농민으로 재편되었다. 그로 인해 토지를 상실한 대다수의 농민은 소작농가라는 농업노동자로서 농업을 계속하든지 아니면 새로운 일자리를 찾아서 농가를 떠나야 했다.

토지조사사업의 실시로 인해 자작 농가와 자소작(自小作) 농가가 점차적으로 몰락하여 대부분이 소작농으로 전락하였다. 이것이 당시의 조선 농가의 실정이었다.

이와 같이 일본의 식민지 정책에 의해 농지를 상실한 농민들은 소유 농지가 없었기 때문에 농촌에서 생활할 수 없었다. 따라서 농촌의 젊은이들은 고향을 떠나는 것이 당시의 사회 풍조였다.

도시로 나가서 노동자로서 일하든지 아니면 국경을 넘어 해외로 가는 것이었다. 두 가지 루트가 있었다. 하나는 평안도 함경도를 거쳐 만주 지역으로 가는 루트이고, 또 하나는 바다를 건너 일본으로 가는 루트였다. 이렇게 하여 농촌의 젊은이들이 고향을 떠나 만주 또는 일본으로 건너갔다.

김희수 가계도

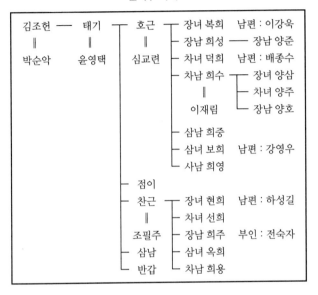

아버지는 돈 벌기 위해 일본으로

조선왕조가 쇄국정책을 견지하면서 권력투쟁을 하느라 골몰하고 있을 때 일본은 문호를 열어 서양 문물을 받아들여 근대화를 시작했다. 그 사이에 조선은 국력을 소진했고 일본은 국력을 성장시켰다. 이렇게 힘의 균형을 잃은 결과가 한국합병이다. 결국 힘을 소진한 조선은 일본의 식민지가 된 것이다.

근대화를 이른 시기에 시작한 나라들은 열강 대열에 올랐고 문호를 개방하지 않고 쇄국정책을 취하면서 당쟁으로 세월을 보내고 있던 왕조는 외세에 의해 패망했다. 당시 조선에서는 조야를 막론하고 러시아와 일본의 움직임을 보고서야 비로소 세계가 변하고 있다는 것을 알게 되었다. 개화파가 등장하지만 대세를 이루지 못했다.

희수의 할아버지 김태기는 한학자로서 일본인들의 행동을 보고 세상 돌아가는 것을 짐작할 수 있었다. 일본의 침략정책에 대해서는 용서할 수 없지만 당시의 상황으로 보아서는 근대화를 서둘러 시작해서 성공한 일본에서 배우는 것이 득책으로 판단하고 자식들을 일본으로 보내기로 결심했다.

미지의 세계에서 어떠한 고난과 고통에도 이를 극복하고 배우며 체험하는 과정에서 자신의 진로는 결정하면 된다. 이러한 방향을 제시해 주는 것은 부모의 역할이라고 생각했다.

1918년부터 자식들을 일본으로 보냈다. 먼저 차남 찬근을 보낸다. 찬근은 미혼이었기 때문에 부담 없이 선견대로 보낼 수 있었다. 차남 찬근을 먼저 도쿄로 보내 생활

기반을 만들게 하고 다음 해 장남 호근을 보낸다. 가정 사정을 고려하면서 차례로 보내게 된다.

그러나 찬근과 호근의 두 형제가 일본에 가서 일하며 번다 해도 경제적으로 녹록한 그런 시대는 아니었다. 1918년에 제1차 세계 대전이 끝나고 1919년에는 3.1운동이 일어났다.

같은 해 2월 8일, 도쿄 유학생 600여 명이 도쿄 간다(神田)의 조선기독교회관에서 학우회 총회를 열고, 일본 경찰이 포위한 가운데 최팔용(와세다대 학생)을 비롯한 11명의 대표가 서명한 「조선독립선언」을 발표했다. 「2.8독립선언」으로 불린다. 이 독립선언이 도화선이 되어 일어난 것이 「3.1독립운동」이다.

「2.8독립선언」은 제1차 세계 대전이 끝나고 미국 대통령 윌슨이 강화원칙의 하나로 제창한 「민족자결주의」에 자극을 받아 재일조선인 유학생 대표 11명이 서명한 선언문이다. 일본어와 영어로 번역하여 일본의 귀족원의원 중의원의원 정부요인 각국 주일대사 그리고 내외 언론기관 등에 발송했다.

독립선언문이 발표되자, 회의장을 둘러싸고 있던 경찰이 회의장에 난입하여 지도부가 모두 검거되었다. 서명한 학생만이 아니라 이날 집회에 참가한 학생들은 경찰의 통보로 각 대학에서 전원 퇴학 처분을 당했다.

그러나 선언 서명자 중 2명은 이미 일본을 탈출했다. 송계백은 경성으로 이광수는 상해로 밀파되어 국내 및 해외의 독립운동세력과 연대를 꾀했다.

이 사건은 일본 국내는 물론 해외에서도 보도되어 큰 파문을 일으켰다. 경성에도 전달되어 3.1독립운동의 도화선이 되었다.

세계공황의 물결이 일본에도 닥쳐왔던 시기였다. 경제적으로 어려운 상황 속에서 불행하게도 1923년에 관동대지진이 일어났다. 일본 사회의 조선인에 대한 차별이 날로 심해졌다. 이러한 시기에 자식들을 일본으로 보내는 것은 용이한 일이 아니었다. 그러한 상황 속에서도 희수의 작은아버지 찬근은 일하면서 일본 주오대학(中央大学) 법학과에 진학했고, 졸업 후에 지방법원에서 서기로 근무하게 되었다. 당시 일본에서 법원 서기로 근무한다는 것은 대단한 일이었다. 희수의 집안도 조금씩 도쿄에서 생활기반이 마련되었다.

고향에 처자를 두고 일본에 건너온 희수의 아버지 호근은 밤낮으로 부지런히 일해서 모은 돈을 가지고 가끔 귀

향했다. 희수가 태어난 다음 해인 1925년에 호근은 장남 희성을 데리고 일본으로 다시 들어갔다. 희성이 다섯 살 때이다. 일본에서 교육시키기 위해서였다. 희수는 아직 한 살도 안되었기 때문에 데리고 갈 수가 없었다. 진동보통학교 졸업 때까지 기다리지 않으면 안되었다.

어려운 경제상황 속에서도 호근은 부지런히 일해서 어느 정도 돈이 모이면 고향의 가족한테 송금했다. 우체국에서 소액우편환으로 보내면 가까운 우체국에서 받게 된다. 일본으로 돈벌이하러 간 많은 사람들이 이 제도를 이용해서 가족한테 송금하던 시절이다.

아버지한테서 돈이 도착하거나 편지가 도착했을 때는 할아버지는 희수와 누나들에게 아버지와 형의 이야기를 들려주었다. 그럴 때마다 희수는 마을 뒷산이나 언덕 위에 올라가 먼 바다를 바라보면서 생각에 잠기곤 했다. 어린 아이지만 바다 저편에 있는 아버지와 형을 만나 보고 싶은 심정으로 먼 바다를 무심코 바라보았을 것이다.

희수의 진동보통학교 1년 후배로 친척이자 친구이기도 한 홍인석은 희수가 중앙대학교 이사장 시절에는 재단이사로서 희수를 도운 평생의 친구였다. 희수에 대해서는 누구보다 잘 알고 있는 사람이다.

홍인석은 만년 소년시절의 희수에 대해 「어린시절 춘궁기 굶기를 예사로 생각했어」, 「양식이 떨어지면 그냥 굶었어. 조부모가 남에게 손 벌릴 줄도 몰랐고, 김희수는 배고파도 그냥 참아야 했어」라고 전한다.

홍인석은 다음과 같이 증언하고 있다.

대농은 아니었지만 우리 집은 머슴 둘을 부릴 정도의 중농이었어. 내 조모가 김희수 조부와 남매지간이었기에 친정 형편을 아는 조모는 늘 가난한 친정식구 끼니를 걱정해야 했어. 해가 저문 뒤 농사일을 마친 머슴들이 귀가하면, 「아랫 동네 가봐라 밥이나 먹었는지? 굶고 있는지?」라며 밤중에 조모는 양식을 챙겨 머슴들로 하여금 지게에 지고 희수네한테 갖다 주라고 보냈어. 당시 희수네는 농사지을 땅도 없었고 먹고 살기가 막막했기에 입에 풀칠이라도 할 양으로 부모가 도쿄에 돈 벌러 가 있었어. 돈 벌러 갔다지만 당시 조선인이 할 수 있는 게 뭐 있었겠어. 고물을 주워다 판 돈이 조금 모이면 본가에 송금했지. 그 돈으로 희수 할머니가 양식을 사 끼니를 때웠지만, 몇 푼 안 되는 돈으로 그게 얼마나 갔겠어. 양식이 떨어지면 희수네는 그냥 굶었어. 조부모가 남들한테 양식을 빌리러 다니거나 하지

도 안았어. 도쿄에서 돈이 오면 얼마간 배를 채웠지만 돈이
안 오면 매양 굶었어. 그러면 희수는 (주린 배를 움켜 잡고)
처마 아래 양지 바른데 웅크리고 앉아 있었어.

희수 할머니가 교회를 다니게 된 것은 개신교를 믿었던
우리 조모의 권유 때문이었어. 처음엔 양식을 챙겨주는
시누의 얘기를 거절하기도 힘든 때문이긴 했겠지만. 신앙
이 깃든 희수 할머니는 교회에 아주 열심이었어. 의지처
가 되기도 했을테고… 그런 할머니를 따라 희수도 교회를
다니게 되었던 거지.

(『수림외어전문학교 창립30주년 기념지』 노치환 글)

당시 조선의 농가에서는 가을에 수확한 곡식이 바닥
나면 봄에 새 보리를 수확할 수 있는 음력 3~4월까지를
춘궁기라고 했다. 식량이 부족하기 때문에 새로운 곡물
을 수확할 때까지 기다려야 했다. 이 기간을 넘기는 것이
매우 어려운 시대였다. 빈곤한 농가에서는 이 기간 동안
먹을 식량이 없어서 굶어 죽는 이가 생기는 그런 시대였
다.

할아버지한테서 한학을 배우다

이와 같은 가정 사정으로 희수는 어릴 때부터 동몽교관을 지낸 할아버지 밑에서 보통학교 저학년 과정을 수학하고, 한자의 훈도를 받았다. 천자문(千字文) 및 동몽선습(童蒙先習) 등을 배웠다.

天 地 玄 黃 (하늘 천　따 지　　가물 현　누루 황)
宇 宙 洪 荒 (집 우　　집 주　　넓을 홍　거칠 황)
寒 來 署 往 (찰 한　　올 래　　더울 서　갈 왕)
秋 收 冬 蔵 (가을 추　거둘 수　겨울 동　감출 장)

희수는 할아버지가 「하늘 천 따 지 가물 현 누루 황」하고 읽으면 뜻도 모르고 따라서 읽었다. 그것을 반복해서 읽고 글자로 쓰는 사이에 외우고 암기하게 되었다. 그 성과가 나타나서 소학교에 입학할 때는 천자문을 읽고 쓰고 해석할 수 있었다.

그것이 바탕이 되어 한자의 뜻을 알게 되고 한자를 외우는 데도 재미를 붙이게 되었다. 그것이 또한 잠재적인 지식이 되었고, 소학교 시절부터 도쿄의 학창시절 그리

46

고 사회인이 되어서도 평생에 걸쳐 도움이 되었다.

할아버지는 희수에게 한문만을 가르친 것은 아니었다. 손자를 무릎 위에 앉혀 놓고, 공자 맹자의 유교사상, 그리고 향토애 조국애 등을 가르치고 자연 인생 인간의 삶에 관해서 해박한 지식을 전수했다. 그런 결과 자연스레 할아버지의 영향을 받게 되어 유교사상에도 관심을 가지게 되었다.

희수가 진동보통학교 5, 6학년 때 할아버지는 「자기를 비하할 필요는 없지만 지나친 자존심은 버려야 한다」고 말하고, 항상 겸허한 마음으로 상대방을 존중하고 남을 비하해서는 안되며 자기 의견을 고집해서도 안된다고 가르쳤다. 또한 내가 남한테 속임을 당하는 경우가 있더라도 내가 남을 속여서는 안된다고 가르쳤다.

이 무렵 또한 가정생활에서 희수의 사상에 영향을 준 것은 할머니 윤영택이다. 할머니는 일찍이 기독교에 입신하여 독실한 기독교인이 되었다. 가끔 손자들을 데리고 교회에 다녔다. 희수도 누나들과 함께 교회에 다녔으며 어렸을 때부터 성경 이야기를 듣고 찬송가를 부르는 등 기독교의 교리에 접할 기회가 많았다. 할머니는 이 시기에 기독교인이 되어 개화사상에 눈뜨게 되었다.

조국이 몰락하고 가정이 경제적으로 파탄이 나서 고통을 받고 있는 생활 속에서도 할머니는 기독교 신앙을 통해서 시대의 변화에 적응하며 손자들을 양육하고 희망과 용기를 잃지 않고 있었다.

감수성이 예민한 소년기에 형성된 희수의 사상적 기초는 이와 같은 할아버지와 할머니의 유교적 기독교적 생활 풍습 속에서 형성되었다.

경제적으로 어려운 상황에서도 할아버지의 유교적 윤리관과 지식, 할머니의 기독교적 생활양식을 체득하면서 소년시절을 보냈다. 이러한 소년시절의 가정교육이 희수의 인생관 및 세계관, 특히 윤리관 형성에 적지 않은 영향을 주었을 것이다.

희수의 할머니가 다녔던 진동교회는 1910년에 설립한 교회이다. 호주 장로교회 선교사들이 1897년부터 경상남도 지역에서 선교활동을 시작했다. 진동지역에도 장로교회 선교사들이 순회 선교했으며 1900년경에 몇몇 조선인들이 모여 예배를 보기 시작했고, 이렇게 해서 교회가 정착하게 되었다고 한다.

1910년 11월 15일 대한예수교장로회 진동교회 창립기념 공식 예배가 있었다. 이와 더불어 진동교회는 야간 학

진동공립보통학교(당시)

교를 설립하여 남녀 28명의 학생에게 성서와 기초 학문을 가르쳤다고 한다. 당시 선교사들에 의해 시작된 기독교는 교육 의료 사회복지사업 등에 선도적인 역할을 담당했다.

그리고 진동에 학교가 생겼다. 1908년 10월 사립 진명학교가 개교했다. 1914년 4월에는 학교명을 변경하여 진동공립보통학교가 된다. 창원지역에서는 최초로 설립된 학교이다.

한국이 합병된 1910년에 조선인 학생이 통학하는 공립보통학교는 전국에 126교, 관립과 사립을 합쳐도 171개

49

교 뿐이었다. 그 중에 경상남도에는 7개교 밖에 없었다. 진동지역은 이른 시기에 학교와 교회가 있었다. 진동지역은 개화된 지역이었다. 희수의 소년시절은 그러한 환경 속에서 교육을 받았다.

일본어 중심의 학교교육

당시, 조선인 아동이 통학하는 학교는 보통학교이고, 일본인 아동이 통학하는 학교는 소학교로 구별해서 교육했다. 전국의 보통학교 171개교, 학생 20,197명, 소학교 128개교, 학생 15,509명이었다. 당시 조선에 거주하던 일본인은 전체 인구의 1.3%였다. 일본인한테 단연 우월적인 교육제도였다.

당시 조선인 사회에서는 아직 교육에 대한 인식이 낮고, 의식의 차가 있었던 것은 부정할 수 없지만 식민지 지배의 교육정책이 민족의식을 말살하려는 의도를 감지한 조선인 사회에서는 공립학교를 회피하고 서당이라는 사숙으로 몰리는 경향도 있었다.

1910년부터 1924년까지의 14년간 소학교수 약 3.5배,

학생수 3.4배로 늘어난 반면, 보통학교수는 7배, 학생수는 17배로 급증했다. 특히 1920년 이후 급증한다. 조선인 사회에서도 교육에 대한 의욕이 생겨났다고 볼 수 있을 것이다.

〈표1〉 소학교와 보통학교의 규모

	소학교		보통학교	
	학교수	학생수	학교수	학생수
1910	128	15,509	171	20,194
1915	309	31,256	429	60,660
1920	409	43,838	681	107,287
1924	448	53,136	1,218	345,813

자료 : 『다이쇼13년 조선총독부 통계연보』 제7편

인구가 증가한 결과 취학연령의 학생수가 증가함에 따라 학교수가 증가했다고 볼 수 있겠다. 그러나 조선인의 경우 초기에는 여러 요인이 있어 진학을 희망하는 학생수가 그리 많지 않았지만 시대의 변화에 따라 배워야 한다는 의식이 국민들 사이에 싹트기 시작했다고 분석할 수 있겠다. 특히 1919년 3.1독립운동 등에서 보여주는 학생들의 활약이나 도쿄 유학생들이 이국의 땅 더욱이 일본제국주의의 심장부에서 독립운동을 전개하여 조국의 독립운동의 발화점이 되는 역할을 했다는 사실이 알려지자 많은 국민이 감동했으며 그에 대한 반응이라고도 볼 수 있겠다.

그때까지 신교육에 대한 불신에서 나타난 사회풍조가 변하기 시작하면서 학교에 입학하겠다는 의욕이 생겨 적령기의 학생들이 학교에 몰린 것이다.

이와 같이 사회의 변화에 따라 1920년부터 조선인 학생 수가 증가했으며 이에 따른 학교가 증설된 것이다. 희수가 보통학교를 졸업하는 1937년에는 학교수가 2,601개교로 증가했으며 학생수 역시 90만 명이 넘었다. 그럼에도 중등교육을 담당하는 고등보통학교는 26개교에 지나지 않았다. 여자고등보통학교는 17개교였다.

1911년 8월에 「조선교육령」과 「사립학교규칙」이 신설되었다. 당시의 각급 학교에서의 조선어 및 일본어의 주당 시간 수를 살펴보면 조선총독부의 교육방침이 드러나 있는 것을 알 수 있다. 민족어 교육보다는 일본어 우선의 교육 프로그램으로 조선인에 대한 황민화 추진을 위한 교육방침이었다.

보통학교는 소학교 레벨, 고등보통학교는 중학교 레벨, 여자고등보통학교는 고등여학교 레벨이다.

〈표2〉 보통학교의 주당 수업 시간 수

과목명 \ 학년	1	2	3	4	합계
조선어 · 한문	6	6	5	5	22
일본어	10	10	10	10	40

자료 : 『마산시사』 마산시사편찬위원회 편

〈표3〉 고등보통학교의 주당 수업 시간 수

과목명 \ 학년	1	2	3	4	합계
조선어 · 한문	4	4	3	3	14
일본어	8	8	7	7	30

자료 : 『마산시사』 마산시사편찬위원회 편

〈표4〉 여자고등보통학교의 주당 수업 시간 수

과목명 \ 학년	1	2	3	합계
조선어 · 한문	2	2	2	6
일본어	6	6	6	18

자료 : 『마산시사』 마산시사편찬위원회 편

위의 표는 초급 및 중급 학교의 조선어와 한문, 일본어 교육의 주당 수업 시간 수이다. 조선인 학생을 대상으로 하는 어학교육이 일본어 중심으로 편성되어 있다.

보통학교는 1학년과 2학년 때 조선어와 한문이 주 6시간, 일본어 주 10시간, 3학년과 4학년 때는 조선어와 한문이 5시간으로 줄어든다. 4년간에 조선어와 한문이 22시간, 일본어가 40시간이다.

고등보통학교는 4년 동안 조선어와 한문 14시간이다. 이에 비해 일본어는 30시간이 배정되어 있다. 여자고등학교는 3년 동안 조선어와 한문이 6시간, 일본어는 그 3배인 18시간이다. 이와 같이 조선인 학생에 대한 어학교육이 일본어 중심으로 되어 있다는 점을 알 수 있다.

조선총독부에 의해 각종 교육법령이 개정되어 교육제도가 정비되었다. 보통학교(3~4년), 고등보통학교(4년), 여자고등보통학교(3년), 실업학교(2~3년), 간이실업학교(규정 없음), 전문학교(3~4년) 등이 설치되었다. 학교의 관리 운영은 일본인이 맡게 되어 있고, 교육행정도 매우 차별적으로 실시되었다.

우리말을 가르쳐주신 조선인 선생님

1933년 봄 김희수는 진동공립보통학교에 입학했다.

나이 여덟 살이다. 그때까지 할아버지 밑에서 한학을 배웠다. 함께 입학한 동기생은 52명이었다. 1938년 3월, 졸업할 때는 47명이 같이 졸업했다. 졸업하고 대부분이 지역에 남아 농사를 지었다. 그 중에 다섯 명은 마산 진해 진주 대구 등의 학교에 진학했다.

당시 보통학교만 나와도 농촌 지역에서는 상당한 지식수준을 가진 지방의 유지로서 활약하는 시대였다. 고향에 남은 진동보통학교 제22회 졸업생들은 매월 22일에 모임을 가졌다. 회장을 맡고 있던 홍성곤은 진동보통학교를 졸업하고 밀양공립잠업학교에 진학했다. 졸업후 고향에 돌아와서 지역에서 활동하면서 동창회 일을 보고 있었다.

유서 깊은 현재의 진동초등학교(소학교)는 아동이 줄어 폐교하는 학교가 생기는 농촌지역인데도 현재 학생수 700명이 넘는 학교로 개교 110년을 맞이하는 오랜 전통을 계승하고 있다. 졸업생 중에 빛나는 실적을 남긴 27명이 자랑스러운 동문으로 선출되었다. 김희수도 그 중 한 사람이다. 김희수는 진동초등학교의 자랑이며 진동의 자랑이다.

당시 김희수가 학교에서 배운 것은 일본어, 일본역사,

이수옥 이철규 이동규 김용수 김혜승 최범진 박진구 이환규 전용술 조병진 김년태 서욱동 이복림 백주선
이호영 이차경 홍종모 김태근 김상준 손성문 박철현 황정영 이무열 박종주 성윤실 김갑연 조두이 정순애
박문기 진태식 오영진 홍성근 도은택 김상실 김희수 추인두 윤정근 정병열 안수기 추갑연 박성남 임태훈
정시연 조현재 김억두 문종식 방석규 김태준 이강준 이윤우 장정현 김구현 이남지

진동초등학교 제22회 졸업생 일동

수림문화재단 관계자와 진동초등학교 방문(중앙 교장선생님)

56

일본문화였다. 조선어와 조선역사는 배우지 못했다. 희수는 조선의 학생에 대한 식민지 교육에 반감을 느꼈다. 일본인 교사들은 말만 교사일 뿐 군인이나 다름이 없었다. 수업 시간에도 긴 칼을 옆구리에 차고 교실에 들어왔다.

희수가 4학년 때쯤 경성에서 새로 부임한 조선인 교사가 있었다. 명륜학원(성균관대학교의 전신)을 졸업하고 첫 근무지로 시골 학교인 진동공립보통학교의 교사로 발령받아 내려온 이백순(李泊淳) 선생이다. 선생은 부산 동래 출신으로 부친 이희보는 1907년에 동래기영회가 설립한 사립 동명학교(현재의 동래고등학교)에서 교편을 잡게 된 교육자이다. 어렸을 때 부친으로부터 유교적 가치관과 민족의식 등을 배우면서 자랐다.

이백순 선생은 주로 한문과 서예를 담당했지만 그때까지 가르쳐준 일본인 교사들과는 전혀 달랐다. 그는 친절하고 열정적이며 학생들이 궁금하게 생각하는 것을 눈치채고 그것을 가르쳐 주었다.

「여러분, 우리가 왜 이렇게 나라를 잃고 고생하며 살아야 하는지 아세요?」

「우리나라가 왜 이렇게 못 먹고 못 사는 나라가 되었는지 알고 있어요?」

「우리가 힘들어도 열심히 배워 실력을 갖춰야 하는 이유가 뭐라고 생각하나요?」

그때까지 어느 누구한테도 들어 본 적이 없는 이백순 선생의 말은 희수의 가슴을 뛰게 했다. 어렴풋이나마 무엇을 해야 하는지 알게 되었다. 자신과 가족의 미래, 국가와 민족의 장래에 대해서 생각해 보는 중요한 계기가 되었다. 학교 공부도 재미를 느끼게 되었다. 학교에 가는 것이 즐거웠다. 수업 중에는 이백순 선생의 한마디 한마디를 놓치지 않기 위해 귀를 기울였다.

4학년이 될 때까지 학생들에게 조선어를 가르칠 교과서가 없었다. 일본인 교사들이 조선어를 가르칠 수 없기 때문에 교재가 없는 것은 당연한 일이었는지 모른다. 이백순 선생은 학생들에게 조선어 교과서를 나눠주고 조선어를 가르쳤다. 힘이 없어 비록 나라는 빼앗겼지만, 언어와 문자가 살아 있다면 민족정신만은 빼앗기지 않는다는 것이 이백순 선생의 교육철학이었다.

「글은 자기 생각을 담아내는 도구예요. 글을 잘 쓰려면 어떻게 해야 할까요? 단어를 많이 알아야 하고, 문법도 알아야 해요. 그리고 좋은 책을 읽으면서 자꾸 써봐야 글을 잘 쓸 수 있어요. 우리말로 글을 써야 우리 정신을 지킬 수 있는 거예요」

서슬퍼런 식민지 시대에도 뚜렷한 민족의식을 가진 조선인 교사가 있었다.

이백순 선생 덕분에 모국어인 조선어로 글을 쓰고, 읽고, 생각할 수 있는 방법을 배우게 되었다. 당시 조선어 문장은 한글과 한자를 섞어서 사용했기 때문에 조선어 실력과 함께 한자 실력도 점점 올라갔다. 이백순 선생과 만나게 된 것이 행운이었다. 소년시절 희수에게 용기를 주고 지혜를 얻도록 해준 선생이다.

이와 같이 희수는 공부하면서 실력을 기르는 것에 열심이었는데 그 실력을 토대로 민족을 위해서 무엇인가 해 보겠다고 막연한 생각도 들었다. 하지만 이러한 목표를 달성하기 위해서는 좀 더 배워야 한다는 의식이 강해졌다. 배우기 위해서는 아버지와 작은아버지 그리고 형이 있는 일본으로 가서 공부하는 것이 그의 꿈이 되었다.

이백순 선생은 해방 후 건국준비위원회 경상남도위원장, 부산일보 초대 주필, 부산시 부시장, 경상남도선거관리위원회 부위원장 등 관직을 두루 역임하고, 김희수가 중앙대학교 재단 이사장에 취임하자 동 재단 이사로서 제자의 교육사업을 도우며 제자의 꿈을 이루는 것을 옆에서 지켜보는 것으로 보람을 느꼈다.

나중에 이백순 선생의 부인을 만났을 때 이런 말을 했다고 한다.

> 선생님은 종종 김희수 이사장님 이야기를 하시곤 했어요. 그때 진동공립보통학교 학생들은 너 나 할 것 없이 다 가난했지만 그런 와중에도 이사장님은 참 심지가 곧고 나이답지 않게 뭔가를 열심히 하려고 노력하는 학생이었다고 하셨지요. 목표를 세우면 반드시 이루고야 마는 기질을 가진 아이였을 뿐 아니라 아무리 어려워도 티를 내지 않아 의지가 강한 학생이라는 인상을 받았다는 말씀도 하셨어요.

이백순 선생이 어린 시절의 김희수를 눈여겨보고 있었다는 것도 주목할 만한 일이지만 그 무렵부터 김희수의 가슴 속에는 민족의 교육을 위한 사명감이 싹트고 있었는지 모르겠다.

그리운 고향생각

희수의 소년시절에는 같은 연령의 동네 친구들과 즐겁게 놀았던 기억도 많이 있다. 바다에 인접해 있는 산간지역의 교동리는 사시사철 각양각색의 꽃이 피며 냇물이 흐른다. 푸른 하늘 밑의 언덕 위 잔디밭을 마냥 뛰어다니며 시간 가는 줄 모르고 놀다가 해가 저물어 어두워져서 집에 돌아가는 일도 종종 있었다. 그럴 때도 할아버지 할머니는 꾸짖은 적이 없었다.

어린 시절 희수는 동네 친구들과 어울려 바닷가로 자주 낚시를 다녔다. 마을 주변에 대나무 숲이 많아서 낚싯대 만드는 것은 그리 어려운 일이 아니었다. 낚싯대를 즉석에서 만들어 진동만 바닷가로 나가곤 했다. 바닷가에서 잡히는 물고기는 문어, 대구, 굴, 은어 등이었다. 어른들은 김이나 파래를 채취해서 집으로 가지고 가기도 했다. 이런 것들이라도 먹어야 했기 때문이다. 희수와 친구들은 이름도 모르는 물고기를 닥치는 대로 잡아가지고는 의기양양하게 노래를 부르며 집으로 돌아갔다.

어머니는 아들이 잡아온 물고기를 넣고 찌개를 끓여 밥상에 올렸다. 봄이면 쑥이나 냉이를 캐서 국을 끓여 주었고, 쑥버무리나 쑥개떡을 만들어 주기도 했다.

봄이나 여름에는 친구들과 어울려 산과 들로 다니면서 진달래꽃을 따먹기도 하고, 소나무 껍질을 벗겨 먹기도 하고, 개구리나 메뚜기, 게나 가재를 잡아먹기도 했다. 그나마 꽁꽁 얼어버린 겨울에는 그것조차도 하질 못해 아무런 대책이 없었다. 보릿고개만 되면 어린 희수에게도 하루하루가 고통이었다.

아버지도 안 계시고 빈곤한 이런 농촌 가정을 지키면서 누구보다 고생이 심했던 것은 바로 희수의 어머니였다. 몰락한 가문이긴 했지만 완고한 선비의 풍모를 잃지 않았던 시아버지를 극진히 모시면서 고모들의 시집살이까지 맡아야 했고, 식욕이 왕성한 자식들의 하루 세끼를 꼬박꼬박 먹여야 했으니 그 고충 또한 매우 컸을 것이다.

너희들은 열심히 공부해서 잘살아야 한다.

이것이 희수 어머니의 교육방침이자 가훈이었다.

희수가 소년시절에 좋아하는 동요가 있다. 이원수가 작사하고, 홍난파가 작곡한 「고향의 봄」이다.

1   나의 살던 고향은 꽃 피는 산골

　　복숭아 꽃 살구 꽃 아기 진달래

　　울긋불긋 꽃 대궐 차린 동네

　　그 속에서 놀던 때가 그립습니다

2   꽃 동네 새 동네 나의 옛 고향

　　파란 들 남쪽에서 바람이 불면

　　냇가에 수양버들 춤추는 동네

　　그 속에서 놀던 때가 그립습니다

　한국사람이라면 누구나 알고 있는 아리랑과 같은 온 국민에게 사랑을 받고 있는 동요가 「고향의 봄」이다.

　2015년에 금강산에서 열린 남북 이산가족모임에서 남북으로 헤어진 가족이 함께 부른 노래가 바로 이 동요 「고향의 봄」이었다. 남북을 하나로 잇는 노래가 바로 이 노래였다며 당시 화제가 되었다.

　「고향의 봄」이란 동요의 시를 쓴 이원수는 어릴 때 창원에서 자랐으며 마산에서 보통학교에 다녔지만 열네 살 때 아버지가 돌아가셨다. 열다섯 살 된 소년이 아버지를 생각하는 마음과 창원에서의 어릴 때의 추억을 생각하며 쓴 동시 「고향의 봄」이 1926년에 월간 아동문학잡지 『어린이』에 입선하여 당초 이일례가 작곡해서 마산 일대에서 불렸다. 그 후 저명한 작곡가 홍난파가 새로 작곡해서 아리랑과 같이 민족애를 느끼는 동요로써 전 국민의 애창곡이 되었다. 희수도 같은 창원 출신이라는 친근감이 있어 소년시절에 이 동요를 좋아했고 자주 부른 노래이다. 고향을 대표하는 노래이기도 하다.

식민지 조선의 교육사정

1937년 12월 현재, 조선의 총인구 2,235만 5,485명 중, 조선인 2,168만 2,855명, 재조선 일본인 62만 9,512명, 외국인 4만 3,118명이다. 조선 전체인구의 약 2.8%에 해당하는 일본인이 모든 권력을 장악하고 있던 시대였다. 국가의 장래는 교육에 달려 있다고 보아도 지나친 말은 아니다. 식민지 정책으로 인해 언어와 역사가 말살되고 교육의 주체가 일본인 중심으로 되어 버렸다.

당시 조선에서 소학교부터 대학까지 학교가 4,740개교이고, 학생수는 121만 1,615명이었다. 학교에 통학할 수 없는 아이들은 서당에 다니며 배웠다. 전국 5,681개 서당에서 17만 2,786명이 배웠다. 근처에 다닐 수 있는 보통학교가 없든지 또는 재정적인 이유로 학교에 다닐 수 없는 아이들이 그래도 배우고 싶어하는 의욕으로 서당으로 모였던 것이다.

학교 교육은 일본인 중심으로 추진되었기 때문에 지역에 따라서는 보통학교가 없으면 학교에 다닐 수 없었다. 중등 교육기관인 고등보통학교는 보다 적었기 때문에 진학하기 힘들었다. 따라서 진학 희망자는 실업학교에 진학했다.

당시 조선 내의 대학은 경성제국대학 뿐이었다. 현재의 국립 서울대학교의 전신이다. 516명의 재학생 중 일본인 학생 355명, 조선인 학생 161명으로 조선인 학생은 31%에 지나지 않는다. 경영 모체는 말할 것 없이 교직원의 78%를 일본인들이 차지했다. 언어를 빼앗긴 상태에서 일본어에 의한 교육이었으며, 일본의 식민지 정책 수행을 위한 지도자 양성기관이었다. 소수 정예의 엘리트 양성을 위한 교육방침으로 하나 밖에 없는 대학교였으며 배우는 학생의 3분의 2는 일본인 학생들이 차지하고 있었다.

〈표5〉 조선의 교육기관 현황(1937년 5월 기준)

학교별	학교수	학급수	직원수	학생수
소학교	505	2,165	2,493	89,811
보통학교	2,601	12,539	13,216	901,182
간이학교	927	940	950	60,077
중학교	16	154	333	7,778
고등보통학교	27	299	627	15,629
고등여학교	30	233	455	11,924
여자고등보통학교	21	137	317	7,148
실업학교	72	434	991	20,323
실업보습학교	125	220	389	6,325
사범학교	6	80	191	3,658
전문학교	15	96	542	4,252
대학 예과	1	12	43	461
대학	1	75	616	516
각종학교 초등수준	347	1,128	1,279	70,279
중등수준	46	272	549	12,252
유치원	333	608	802	19,998
서당	5,681	–	6,211	172,786
총계	4,740	18,748	22,991	1,211,615

자료 : 『조선총독부 통계연보』(1937년) 조선총독부 편

　　그렇기 때문에 조선인 학생의 대학교 진학은 매우 어려웠다. 대학교 진학이 어려워지자 전문학교에 진학하든지 그렇지 않으면 일본이나 미국 등 해외로 유학하는

학생들이 점차 증가했다.

당시 전문학교는 관립 5개교, 공립 2개교, 사립 8개교, 모두 15개교이다. 관립은 경성법학전문학교, 경성의학전문학교, 경성고등공업학교, 경성고등상업학교, 수원고등농업학교이다. 이 전문학교들이 해방 이후 국립 서울대학교 단과대학으로 재편되었다.

공립은 대구의학전문학교, 평양의학전문학교가 있었다. 관공립 전문학교 7교에는 일본인 학생 1,227명이 재적했고, 조선인 학생은 635명이었다. 관공립에 진학하지 못하는 학생들이 사립 전문학교에 모였다.

1937년 당시 사립 전문학교는 보성전문학교, 연희전문학교, 세브란스의학전문학교, 이화여자전문학교, 경성치과의학전문학교, 경성약학전문학교, 중앙불교전문학교, 숭실전문학교 등 8개교가 조선총독부 당국의 엄격한 허가 조건을 갖추어 설립되었다.

이러한 전문학교가 해방 후 명문 종합대학으로 발전했다. 사립 전문학교에는 기독교계 학교가 많이 들어 있다. 기독교계 학교는 재단이 건실했고, 국내외의 반발을 피하기 위해 비교적 허가도 용이했다.

민족계 학교 설립은 민족교육 저지라는 정책적인 방

침 아래 학교 설립의 허가 조건을 엄격하게 적용했다고
볼 수 있을 것이다.

〈표6〉 일본인과 조선인 분포 통계(1937년 5월 기준)

학교별	학교수	직원수				학생수		
		합계	일본인	조선인	외국인	합계	일본인	조선인
공립중학교	16	333	330	3		7,778	7,313	465
공립고등보통학교	16	389	333	56		8,922	175	8,747
사립고등보통학교	11	238	34	201	3	6,707		
공립고등여학교	29	436	432	4		11,268	10,702	566
사립고등여학교	1	19	19			656	635	21
공립여자고등보통학교	11	131	95	36		2,948	1	2,947
사립여자고등보통학교	10	186	34	141	11	4,200		
실업학교(관립사립)	72	991	780	207	4	4,546	1,013	3,533
관립사범학교	6	191	163	28		3,658	1,574	2,084
관공립전문학교	7	272	214	58		1,862	1,227	635
사립전문학교	8	270	66	161	43	2,390	504	1,886
경성제국대학예과	1	43	39	2	2	461	296	165
경성제국대학	1	616	479	135	2	516	355	161
총계	189	4,115	3,018	1,032	65	55,912	23,795	21,210

자료 : 『조선총독부 통계연보』(1937년) 조선총독부 편

이러한 사정 때문에 각종학교로 설립했다가 후에 전문학교로 승인을 얻는 경우도 많이 있었다. 예를 들면, 숙명여자전문학교, 명륜전문학교 등이 이에 해당한다. 그 외에도 법령상은 각종학교지만 실질적으로는 사회 통념상 전문학교로 취급하는 학교도 있다. 중앙대학교의 전신인 중앙보육학교가 실례이다.

조선 내의 중등교육 이상의 교육기관이 적었기 때문에 많은 젊은이들이 미국이나 일본으로 유학의 길을 택했다. 1938년 12월 기준, 일본 국내의 교육기관에서 배운 조선인 학생은 중학교 7,725명, 고등학교 및 전문학교 2,183명, 사립대학 2,296명, 국공립대학 152명, 합계 1만 2,356명이다. 학생 수는 매년 증가해서 1942년 12월에는 2만 8,427명으로 4년 사이에 2배 이상으로 증가했다.

같은 해 일본 국내의 학교에 다니는 조선인 학생 수는 중학교 이상 대학까지 9만 721명이었다. 교육의 많은 부분을 일본에 의존하고 있다는 것을 알 수 있다.

이 시기에 일본에서 교육을 받고 해방 후 귀국한 사람들 중에서 정치계, 경제계, 학계, 언론계 등 각계에서 활약한 인재들이 많이 있다. 그들은 빈곤한 생활 속에서 일하면서 배웠고, 인내와 노력으로 지식과 기술을 습득하여 귀국한 후 조국의 발전에 기여했다.

일본 이주 조선인과 조선 이주 일본인

조선인의 일본 이주는 1910년의 한국합병으로 인해 본격적으로 시작되었다. 1909년에는 790명의 일본 이주자가 있었다. 대부분은 유학생이었다. 일본에서는 1899년에 외국인 노동자입국제한법이 실시되어 외국인 노동자의 입국이 금지되었다. 그러나 입국제한법이 한일합병으로 인해 조선인에게는 적용되지 않았다. 그로 인해 일본으로 가는 유학생수가 계속해서 증가했다. 면학 목적뿐 아니라 일자리를 구하기 위해 일본으로 가는 사람이 많았다. 대개는 일하면서 공부하는 고학생이었다. 대다수의 노동자들은 막노동이었다. 초기에는 탄광노동자나 철도 또는 댐 건설공사 현장에서 일했다. 거기서 시작해서 보다 좋은 일자리를 구해 일본 각지로 이동했다. 근무처도 조선소, 방적공장, 화학공장, 금속공장 등 다양했다.

조선인들의 일본 이주 증가는 중일전쟁이 본격적으로

시작한 1937년 이후 급증했다. 일본 정부가 1938년에 국가총동원법을 제정하면서 조선인 노동자의 도일이 급증했기 때문이다. 1938년에는 일본 거주 조선인이 80만 명 정도였다. 제2차 세계대전이 끝나는 1945년에는 200만 명이 넘었다.

〈표7〉 재일조선인 왕래 상황

년	일본입국	귀국	거주인구
1917	14,012	3,927	14,502
1923	97,395	89,745	80,415
1927	183,016	93,991	177,215
1937	118,912	115,586	735,683
1939	316,424	195,430	961,591
1941	368,416	289,838	1,469,230
1942	381,673	268,672	1,625,054
1943	401,059	272,770	1,882,456
1944	403,737	249,888	1,936,843
1945	121,101	131,294	2,365,263
(1~5월)			

자료 : 『쇼와사의 순간』(상) 아사히저널 편

조선인의 출신지별로 보면 지리적으로 일본에 가까운 경상남도와 경상북도가 압도적으로 많다. 이에 비해 평안도, 함경도, 황해도 등 북한 출신이 적다. 이 지역 사람들은 만주 지역으로 가는 사람이 많았다. 제주도 출신은 당시 제주도의 행정구역이 전라남도에 속해 있었기 때문에 전라남도에 포함되어 있다.

<표8> 재일조선인 출신지별 인구(1938년)

출신지	경상남도	경상북도	전라남도	전라북도	충청남도	충청북도	경기도
인구	300,143	184,641	165,125	48,858	28,751	22,524	14,433
출신지	강원도	평안남도	평안북도	함경남도	함경북도	황해도	합 계
인구	8,312	7,824	4,666	5,884	3,044	5,643	799,878

자료 : 강재언 · 김동훈 『재일한국 · 조선인 — 역사와 전망-』(1989)

한편 조선에 거주하는 일본 이주자가 점점 증가했다. 1933년까지는 일본 거주 조선인 보다 조선 거주 일본인이 많았다. 그러나 1934년부터 상황이 역전하여 일본 거주 조선인이 더 많아졌다. 일본의 노동자가 해외로 이주하면서 일본 국내의 노동력이 부족해져 이를 보충하기 위해서 값싼 조선인 노동력이 필요하게 된 것이다.

1938년 12월, 조선 거주 일본인은 62만 3,288명(15만 8,834세대)이며, 홋카이도(北海道)에서 오키나와(沖繩)에 이르기까지 일본 전국에서 모였다. 지리적으로 조선에 가까운 규슈(九州), 주고쿠(中国), 시코쿠(四国), 긴키(近畿) 지방에서 온 사람이 압도적으로 많았다. 대부분이 가족과 함께 이주했다.

이들 일본인들을 직업별로 보면, 공무원 및 자유업이 제일 많았고 상업 공업 농업의 순이었다. 식민지 지배를 위한 관리시스템을 구축해 나갔으며 주요 산업은 일본인들이 독점했다.

출신 현별로 보면, 1위 야마구치현(山口県), 2위 후쿠오카현(福岡県), 3위 구마모토현(熊本県), 4위 나가사키현(長崎県), 5위 히로시마현(広島県), 6위 가고시마현(鹿児島県), 7위 오이타현(大分県) 등의 순이었다.

조선 거주 일본인은 계속해서 증가하여 1942년에는 75만명이 넘었다. 이들 일본인들이 식민지 지배를 담당하는 일꾼으로서 조선으로 이주하였고, 그 반면 조선인들은 토지를 빼앗기고 직업을 잃은 상태에서 살아가기 위한 수단으로서 일자리를 찾기 위해 일본으로 건너간 것이다.

그 중에는 강제연행으로 끌려간 사람도 있었다. 일부 부유층의 자제는 유학을 목적으로 일본에 간 사람도 있었지만 대부분은 먹고 살기 위해서 또는 공부하기 위해서 스스로 일본으로 건너간 사람들이라고 보아야 할 것이다. 그러한 환경 속에서도 열심히 일하고 공부한 사람들이 있다. 당시 조선에서는 공부도 제대로 할 수 없었고 일자리도 없었다. 임금도 싸기 때문에 젊은이들이 조금이라도 조건이 좋은 일본 또는 해외로 나갔던 것이다.

당시 일본은 산업화가 진전되고 있었으며 일본인들의 해외 진출과 전쟁으로 인한 인력 부족으로 공동화한 빈자리를 조선인들이 메웠다. 그들은 일자리를 찾아서 부지런히 일했다. 그리고 많은 역경을 극복하면서 공부했다. 일본에서 살아나기 위해서는 정직해야만 신뢰를 얻을 수 있다는 것을 체득했다. 또한 일본 사람보다 2배 3배 더 노력해야 한다는 것도 알았다. 일본인들이 손대지 못했던 분야의 일들도 많았다. 전쟁이 끝나자 상황이 급변했다. 정치경제가 혼란해지고 급속도로 사회가 급변했다. 이러한 혼란 상태는 새로운 사업을 창업할 수 있는 좋은 기회이기도 했다. 어려운 시기에 인내와 노력으로 성공한 재일조선인들도 많이 있다.

열세 살의 소년이 홀로 현해탄을 건너다

희수가 보통학교 4학년 때 어머니도 아버지가 있는 일본으로 건너갔기 때문에 할아버지와 할머니 밑에서 자랐다. 여덟 살 위인 큰 누나도 시집갔기 때문에 집안이 한산해졌다. 희수가 아버지 어머니가 있는 일본으로 가는 것은 이미 결정되어 있었기 때문에 마음의 준비를 하고 있었다.

1938년 3월, 희수가 진동공립보통학교를 졸업했다. 어려운 가정 형편에서도 중단 없이 학업을 계속할 수 있었던 것은 할아버지와 할머니가 헌신적으로 보살펴 주신 덕분이었다. 졸업식에는 할아버지 할머니와 누나 동생들이 참석했다. 그 시절에는 보통학교를 졸업하면 어른 대접을 받았다. 희수도 어른이 된 셈이다. 정 든 고향을 떠나 미지의 세계로 들어간다는 막연한 불안감도 있었고, 여태까지 아버지 대신 키워 주시고 보살펴 주신 할아버지 할머니 곁을 떠나야 하니 슬픈 마음도 금할 수 없었다. 그리고 산이나 들에서 뒹굴며 놀기도 하고 고락을 함께 했던 친구들과 헤어진다는 것을 생각하면 눈물이 났다. 그러나 이것은 일시적인 이별이었다. 성인이 되면 다

75

시 만날 수 있다고 스스로를 위로했다.

학교를 졸업하자 할아버지는 희수를 일본에 보낼 준비를 시작했다. 도항증명서를 만들고 필요한 서류를 모두 챙겼다. 할머니는 매일 아침이 되면 교회에 가서 눈에 넣어도 아프지 않을 손자 희수의 장래를 위해 기도했다.

4월 어느 날 희수는 가족 그리고 친구들과 이별 인사를 나누고, 할아버지와 함께 기차를 타고 진동을 떠나 부산으로 향했다. 가족과 친구들이 역까지 나와 전송해 주었다. 친구들은 희수의 모습이 깨알만큼 작아질 때까지 마을 언덕에서 손을 흔들어 주었다.

동몽교관을 지낸 유학자인 할아버지는 아직 열세 살밖에 안된 손자에게 생활철학을 들려주셨다. 「이젠 너는 어른이 되었으니 남에게 욕먹는 일을 해서는 절대 안 된다」는 말씀이셨다.

부산은 개항도시로 번성한 항구이다. 사람이 많이 모인 것을 보고 놀랐다. 할아버지의 말씀대로 출항 수속을 마치고 여객터미널에서 부관연락선에 올라탔다. 7,000톤급의 선박은 그때까지 본 적도 없는 큰 배였다. 저 배를 타고 아버지 어머니가 계신 일본에 간다는 것을 생각하는 것만으로도 가슴이 뭉클했다.

부관연락선은 1905년부터 1945년까지 부산－시모노세키(下関) 간을 왕래하는 철도연락선이다. 1905년에는 경성－부산 간의 경부선이 개통되었고, 계속해서 경성－신의주 간의 경의선이 개통되었다. 그로 인해 일본의 시모노세키－부산－경성－신의주를 잇는 국제교통망이 완성된 것이다.

당시 시모노세키－부산 간의 항로 약 240Km를 약 7시간을 걸려 운행했다. 많은 한국사람과 일본사람 이 연락선을 이용해서 양국을 왕래했다. 항공편이 없던 시절이라 유일한 항로였다. 이 항로를 한국에서는 「대한해협」이라고 부르고, 일본에서는 겐카이나다(玄界灘)라고 부른다.

1905년의 개통 당시는 1,600톤급의 잇키마루(壱岐丸), 쓰시마마루(対馬丸)를 운행했고, 1913년에는 고려마루(高麗丸), 신라마루(新羅丸)를 운행했다. 그리고 1922년, 1923년에는 경복마루(景福丸), 덕수마루(徳寿丸), 창경마루(昌慶丸)를 운행했다. 이어서 1936년, 1937년에는 금강마루(金剛丸), 흥안마루(興安丸)를 운행했다.

연락선도 시대의 발전에 따라 서서히 대형화되면서 1936년부터 7,104톤급 선박이 되었다. 승선 정원은 1,740명으로 희수가 승선한 선박은 금강마루나 흥안마루였을 것이다.

희수가 탄 연락선 안에는 선조 대대로 경작해 온 농지를 잃고, 어쩔 수 없이 일자리를 구하기 위해 일본으로 건너가는 젊은이들로 가득 찼다. 생계를 꾸려나가기 위해 그리운 고향을 떠나는 그들의 모습은 무언가 어두운 표정이 역력했다. 이런저런 생각을 하는 사이에 목적지 시모노세키에 도착했다. 여기가 아버지 어머니 그리고 형이 살고 있는 일본 땅이라고 생각하니 가슴이 벅찼다.

부산에서 시모노세키까지는 할아버지께서 모든 수속을 해주셔서 무사히 부관연락선을 타고 시모노세키에 도착할 수 있었다. 그러나 무거운 짐을 들고 홀로 이국땅에 내리니 불안하여 어리둥절했다. 도쿄역에는 형 희성이 마중 나오기로 했기 때문에 어떻게든 도쿄역까지만 가면 된다. 시모노세키역에 가서 도쿄역까지 차표를 사서 기차를 타야 한다. 도쿄역까지 한시라도 빨리 가기 위해서는 급행을 타야 한다. 그러나 할아버지께서 주신 여비로는 그렇게 할 여유가 없었다.

열세 살 된 희수는 어른 취급이라 성인용 차표를 사야 했다. 우선 도쿄역까지 성인용 차표를 한 장 샀다. 거기에 급행열차에 승차하기 위해서는 급행권이 별도로 필요했

다. 성인용 급행권을 살려고 하니까 가지고 있는 돈이 부
족했다. 완행열차를 타게 되면 가지고 있는 돈으로도 충
분하지만, 시모노세키-도쿄 간의 거리는 1,000Km 이상
이다. 급행열차보다 완행열차는 10시간 이상 더 걸린다.
어지간한 인내심이 아니고서는 완행열차로 도쿄역까지
간다는 것은 힘든 일이었다. 그렇다고 해서 승차권을 어
린이용으로 바꿀 수도 없는 일이었다. 어떻게 하면 좋을
지 고민이었다. 일본에서 처음 겪게 되는 시련이었다.

그 순간 묘안이 생각났다. 희수는 어린이용 급행권을
사서 급행열차에 올라탔다. 열차가 출발한 뒤 저쪽에서
승무원이 검표하면서 다가오고 있었다. 가슴이 두근거
리기 시작했다.

「차표 좀 보여주세요」

「여기 있습니다」

희수는 성인용 승차권과 어린이용 급행권을 보여주
었다.

「성인용 승차권과 어린이용 급행권이네요? 어떻게 된
거죠?」

그만 걸렸구나. 직업이 기차표 점검 승무원인데 그대
로 지나갈 수는 없는 일이었다. 희수는 급히 가방을 열어

승무원에게 호적등본을 내보였다.

「이게 제 호적등본입니다. 여기에 있는 김희중(1926년 11월 18일생)이 바로 접니다. 도쿄에 계시는 아버지를 만나러 갑니다. 서둘러 기차를 타는 바람에 어린이용 승차권과 급행권을 사야 했는데, 잘못해서 성인용 승차권을 사버렸습니다. 어떻게 하지요?」

김희중은 두 살 아래인 그의 동생이었다. 희수는 몸이 작은 편이어서 그렇게 통했다.

「아, 그러셨군요. 잠깐만 기다려 주세요」

승무원은 어디론가 갔다가 다시 돌아왔다.

「죄송합니다. 그러면 성인용 표는 어린이용 표로 바꿔드리고 차액은 돌려드리겠습니다」

「네, 고맙습니다」

순간적으로 생각난 묘안으로 궁지를 빠져나갈 수 있었고 차액까지 되돌려 받았다. 순간적인 기지로 어려운 상황을 잘 모면했다는 안도감을 느끼는 반면, 남을 속여서는 안된다는 할아버지의 교훈을 일본에 들어온 첫날부터 어겼다는 죄책감이 교차했다. 일본에 가서 많은 것을 배우고 큰 인물이 되어 어두움 속에서 헤매고 있는 민족의 등불이 되겠다는 큰 포부를 가지고 바다를 건너왔는데 일본에서의 첫 번째 행동부터 남을 속였다는 사실 자체가 부끄러운 일이었다. 이런저런 생각을 하는 사이에 시간이 지나 어느덧 목적지인 도쿄역에 도착했다.

도쿄역에는 형 희성이 마중 나와 있었다. 형은 다섯 살 때 아버지를 따라 일본으로 갔으니, 무려 13년 만에 다시 만나는 것이었다. 일본에서 처음 대면한 형은 어엿한 어른이었다. 형과 동생이 뜨거운 눈물의 포옹을 했다.

「먼 길 오느라고 고생 많았지?」

「아니야, 아버지 어머니 다 잘 계시지?」

그 무렵 아버지 어머니는 고치현 아게군 기타가와무라(高知県安芸郡北川村)에 살고 계셨다. 기타가와는 고치현 동부에 위치한 마을로 나하리 강(奈半利川)을 끼고 있는 아름다운 산촌이다. 오래전부터 유자 산지로 알려져 있으며 다양한 농산물이 생산되는 풍요로운 지역이기도 하다.

기타가와는 사카모토 료마(坂本竜馬)와 함께 막부군에 의해 살해당한 나카오카 신타로(中岡慎太郎)의 고향이기도 하다. 또한 인접한 이노구치(井ノ口村)는 미쓰비시 재벌(三菱財閥)의 창업자인 이와사키 야타로(岩崎弥太郎)의 출신지이다. 일본 역사상 저명한 인사들을 많이 배출한 지역으로 알려져 있다.

제2장

고난의 청소년 시절

부모님과 일본에서 합류

희수는 도쿄에서 희성이 형과 며칠 동안 함께 지내고 아버지 어머니가 살고 계신 고치현으로 가기 위해서 도쿄역에서 기차를 탔다. 도쿄에서 고치현 아게군 기타가와에 갈려면 기차를 몇 번이나 갈아타야 하며 하루 종일 걸린다. 태어나서 처음으로 경험하는 장거리 여행이었다. 진동면에서 태어난 촌놈이 이렇게 먼 거리를 여행한다는 것도 처음이었다. 일본은 도시만이 아니라 시골 풍경도 깨끗하며 세련되어 있었다.

일본은 섬나라이지만 생각했던 것보다 국토가 무척 넓게 보였다. 기차 창문으로 보이는 일본의 시가지나 산과 들 농촌의 집까지 조선과는 전혀 달랐다. 산은 산림이 무성했고, 들은 푸르름으로 가득했다. 민둥산만 보이는 조선과는 전혀 달랐다.

희수가 온다는 소식을 알고 있었기 때문에 아버지와 어머니는 희수가 오는 날을 매일 같이 고대하고 있었다.

오래간만에 아버지 어머니와 만나게 되어 감개무량했다. 할 말은 많았지만 이렇게 만나고 보니 무엇부터 말해야 할지 기쁜 마음을 감출 수 없어 한없이 눈물만 흘렸다. 가족이란 이런 것이었어. 평소에 생각하고 있었던 것을 모두 망각해 버렸다. 어머니가 손수 만들어 주신 음식, 어렸을 때 먹었던 음식 맛이었다. 어머니 음식을 먹으며 먼 길을 찾아온 여정의 피로감도 말끔히 해소되었다.

며칠 지나고 나서 아버지가 그동안 아버지와 작은아버지 찬근이 일본에 와서 어떻게 생활해 왔는지를 차근차근 설명해주셨다. 그리고 일본에서 무슨 공부를 해야 하며 어떻게 적응해서 살아가야 하는지에 관해서 상세하게 말씀해주셨다. 그러면서 일본에서 살아가기 위해서는 첫째도 둘째도 「정직」이다. 「정직한 사람이 되어야 한다」고 강조했다. 정직한 인간이 되어야 한다. 무슨 일이 있어도 남을 속이거나 남에게 누를 끼치지 않고 열심히 일하면 언젠가는 평가를 받게 된다. 실적을 쌓아 올려 인간으로서 평가를 받게 된다. 신용이 중요하다고 거듭

충고해주셨다.

그때부터 「정직」이 희수 인생의 좌우명이 되었다.

이 말을 듣고는 가슴이 뜨끔했다. 얼마 전 시모노세키
역에서 승차한 기차 안에서 일본인 승무원에게 기차표
를 속였던 사실이 생각났다. 할아버지가 항상 들려준 말
씀이고, 아버지한테도 몇 번이나 듣던 말씀인데, 이날은
유난히도 아버지 말씀이 가슴에 찔렸다. 이렇게 해서 「정
직하게 산다」는 것이 희수의 인생철학이 되었다.

아버지 어머니가 일본의 티베트와 같은 시코쿠 지방
고치현의 산촌으로 가게 된 것은 고향 진동면의 같은 집
안사람한테서 소개받아 가게 되었다. 목재를 벌채하는
일과 목탄 만드는 일을 하면서 겨우 생계를 유지하고 있
었다. 이 시기는 이런 일이라도 해야만 생계를 유지할 수
있었다. 진동면에서는 그런 일마저 할 수 없을 때였다.

당시 일본사람들은 조선에서 살고 있는 일본인을 나
이치징(內地人)이라고 부르고, 일본에서 살고 있는 조선사
람을 조센징(朝鮮人) 또는 센징(鮮人), 한토징(半島人)이라고
불렀다. 이 말에는 단순히 조선이라는 나라의 백성이라
는 뜻이 아니라 자기들보다 열등 민족으로 상식이 없고,
마늘 냄새 나고 예의를 모르는 가난한 사람들이라는 의

노블리스 오블리제를 실천한 작은 거인

형 희성과 함께(오른쪽이 희수)

미가 담긴 말로 사용되고 있었다.

희수의 어머니는 언제나 말버릇처럼 희수에게 하는 말이 있었다. 어머니의 뼈에 박인 말이었다. 그 말은 희수한테는 어머니의 교육방침이었다.

「열심히 공부해서 잘살아야 한다」

희수의 귀에는 어머니가 들려주신 이 말씀이 사라지지 않고 언제까지나 붙어 있는 것 같았다. 젊었을 때부터 고생한 어머니의 몸에 스며들어 있는 말이었다. 유언이기도 했다.

이런 환경 속에서도 희수의 형 희성은 이를 악물고 공부하여 일본 최고 명문인 다이이치고등학교(旧制第一高等学校)에 입학했다. 일본인들도 입학하기 힘든 최고 명문학교였다. 김씨 집안의 자랑이었을 뿐 아니라 재일조선인의 자랑이었다. 고등학교를 졸업하고 국립대학인 도쿄제국대학 조선학과에 입학한 진짜 수재였다.

희수는 형처럼 수재는 아니었지만 착실하게 노력하는 노력가였다. 조선사람으로 프라이드를 가지고 있었으며 유교의 도덕성과 정의감을 잊지 않고 노력하면 언젠가는 성공하여 존경받는 사람이 된다고 굳게 믿으며 꾸준히 노력했다.

기술을 배워야 한다

희수는 자신의 진로에 대해서 고민한 끝에 실학교육이 중요하다고 생각하여 기술을 배우기로 결심하고, 아버지 어머니와 상의하여 승낙을 받고 고치에서 도쿄로 다시 돌아와서 형집에서 함께 지내면서 중학교 입학을 준비했다.

87

1938년, 도쿄 간다(神田)에 있는 야간학교인 전기학교(電機学校)에 입학했다. 이 학교가 1939년에 도쿄전기고등공업학교(東京電機高等工業學校)를 설립하자 다시 편입학했다. 당시 전쟁 중이었지만, 언젠가 전쟁이 끝나면 폐허가 된 땅에 건설 붐이 일어날 것이라고 생각했다. 전기의 사용량은 기하급수적으로 증가했다. 건설 기술과 함께 전기 기술은 가장 주목받는 분야가 될 것으로 예상했다. 전기 기술이라도 습득해 두면 안정된 직장을 확보할 수 있을 것으로 판단하여 전기공학을 선택했다.

그러나 가정의 경제사정은 아무리 열심히 일해도 겨우 먹고 살 수 있을 정도였다. 게다가 두 아들이 학교에 다녀야 했으니 집안 살림은 이루 말할 수 없는 형편이었다. 아버지는 돈이 되는 일이라면 무엇이든 해보았지만 돈을 모으기가 좀처럼 힘들었다. 당시 집안 경제를 책임진 사람은 작은아버지였다. 작은아버지는 대학을 졸업하고 도쿄간이재판소 서기관으로 채용되어 공무원으로 비교적 안정적인 직장이었다.

그렇다고 희수와 희성도 편안히 학교만 다니고 있는 것은 아니었다. 우유배달, 신문배달 각종 외판원 잡일까지 돈 벌 수 있는 일이라면 무엇이든 해가면서 학업을 계속했다.

일하면서 공부하는 고학생이었다. 그런데, 어려운 경제환경 속에서 항상 격려하면서 아버지와 함께 김씨 집안의 경제를 도맡아온 작은아버지 찬근이 1940년 갑작스럽게 세상을 떠났다. 그의 나이 40세였다. 슬하에 2남 3녀의 자식을 두고 있었다. 청천벽력 같은 일이었다. 감기 증세가 심하더니 폐렴으로 발전하여 병세가 급격히 악화하여 어쩔 수 없이 세상을 뜨게 되었다. 가족들의 충격은 이루 말로 표현할 수 없었지만, 특히 이국땅에서 서로 의지하면서 가족을 지켜온 희수의 아버지와 고향에서 슬픈 소식을 전해 들은 할아버지의 슬픔은 이루 말로는 형용할 수 없었다.

작은아버지의 갑작스러운 사망으로 누구보다도 큰 타격을 입게 된 사람은 하루 아침에 집안의 기둥이며 가장인 남편을 잃게 된 작은어머니 조필주였다. 작은아버지가 안 계신 일본에서 여자 혼자 힘으로 다섯 남매를 키운다는 것은 보통 일이 아니었다. 일치감치 짐을 꾸려 경상남도 함안의 친정으로 돌아왔다.

한편 고향에 남아 있는 할아버지 할머니가 그때까지 함께 살고 있던 딸들이 결혼하여 돌보아 줄 사람이 없자 장남 손자들과 함께 여생을 보낼 목적으로 남아 있는 자식들을 데리고 일본으로 건너갔다.

온 가족이 일본에서 함께 생활하게 된 것은 좋은 일이지만 생활환경이 좋아진 것은 아니기 때문에 생계유지가 이만 저만이 아니었다.

희수는 할아버지와 함께 살게 되어 할아버지로부터 유학적인 교육을 받게 되는 기회도 많아졌다. 또한 민족애가 강한 할아버지한테서 국권회복에 대한 이야기도 많이 듣곤 했다. 당시 일본에 거주하는 조선인들에게도 일본 정부의 황민화 정책을 위한 조직 「협화회」 가입을 추진하고 있었다. 희수의 아버지 호근은 재일조선인들의 모임 「갱생회」 일을 보고 있었기 때문에 협화회의 가입은 거절했다. 그러한 분위기를 알게 된 특고형사(特高刑事)들이 자주 출입하면서 감시하고 있었다.

희수는 매일 같이 일하면서 학교에 다녔다. 돈이 없으면 잠시 휴학하고 돈이 모이면 다시 학비를 내고 학교에 다니는 학창 생활을 되풀이했다. 그로 인해 3년에 끝낼 수 있는 과정을 4년이 걸려 도쿄전기고등공업학교를 졸업했다. 진학해서 학업을 계속하고 싶었으나 가정 사정을 생각하여 우선 취직하기로 했다. 다행스럽게도 전공

을 살려 전기회사에 취직하게 되었다. 그 무렵 압록강에
수력발전소가 건설되어 변전소에 직원이 필요했기 때문
에 조선인 김희수가 채용된 것이다.

제2차 세계 대전이 종전될 때까지 2년간 평양과 진남
포(현재의 남포)에서 근무했다. 수풍댐으로 알려진 회사였
다. 1937년에는 일본과 만주국의 공동출자로 압록강수
력발전소가 건설되었다. 1943년 11월에 제1기 공사가
완료되어 발전기가 가동되기 시작했다. 1945년 8월, 일
본의 패전으로 인해 북한에 인도되었으나 6.25사변으로
70% 가량 파괴되었다가 1954년 소련의 원조로 복구되
었다고 한다. 댐의 위치가 북한과 중국의 국경에 위치하
고 있기 때문에 북한과 중국이 공동으로 관리하고 있다.
그렇기 때문에 생산되는 전력의 절반은 중국에 송전되
고 있었다.

당시 평안남도 진남포에는 군수공장이 많이 있었고,
희수는 진남포와 평양 간을 왕래하면서 일하고 있었다.
학교에서 배운 기초이론과 실습이 많은 도움이 되었다.
변전소에서 기계를 만지면서 실제로 지식과 기술이 매
일 같이 향상되는 것을 느꼈다.

전쟁은 끝났다! 이제는 해방이다!

평양 근무를 마치고 일본으로 돌아왔지만 기다리고 있는 것은 가족만이 아니었다. 징병검사 통지서가 기다리고 있었다. 징병검사를 받아 합격 판정을 받으면 곧바로 군대에 입영해야 했다.

제2차 세계 대전이 본격적으로 전개되면서 군대 징집이 더욱 심해졌다. 일본 청년만이 아니라 조선 청년들도 징집 대상이었다. 희수의 입장에서 보면 자기 조국을 지키기 위한 군대가 아니고 일본제국주의를 유지하기 위한 군대였다. 이미 태평양전쟁이 극도에 달했고 일본의 패전이 명확해진 상태인데 계속해서 청년들을 전쟁터로 보내고 있었다. 희수는 무의미한 처사라고 생각하면서도 개인으로서는 어쩔 수 없었다.

가족과 함께 고민하고 있을 때, 할아버지가 묘안을 생각해 냈다. 할아버지는 한학자로서 한방 지식에도 조예가 깊었다. 한방의 지식을 활용해서 신체검사에서 불합격 판정을 낼 수 있는 지혜를 짜낸 것이다. 할아버지는 신체검사를 며칠 앞두고 희수에게 설사약을 처방해서 먹도록 했다. 설사약을 먹은 희수는 화장실을 수없이 들락

거리며 설사를 했다.

불편한 몸으로 징병검사장에 나가서 검사를 받았다. 검사 결과 설사 증상이 인정받아 당장 입영은 하지 않는 「제2을종」 판정을 받았다. 당장 군대로 보내는 등급은 아니고 「제1갑종」의 판정을 받은 자가 먼저 임영하고 그 후에 순번대로 입영 수속을 하는 순번 대기였다. 우선 급한 불은 껐지만, 불이 완전히 꺼진 것은 아니었다. 다소 입영 날짜를 연기할 수 있었던 것이다.

1945년 8월 10일, 연기한 김희수의 입영 날짜가 결정되었다는 연락이 왔다. 입영통지서에는 부산진에 있는 고사포사령부로 집합하라는 명령이었다. 가족들은 걱정하면서 그날을 기다리고 있었다. 주위 사람들이 태산같이 걱정하고 있는데 희수는 군대에 입영할 생각이 전혀 없었다. 버틸 때까지 버티다가 잡으러 오면 붙잡혀 갈 요량이었다. 연행되어 가서 조사받는 사이에 전쟁이 끝나겠지 하는 생각이었다.

그러는 사이에 8월 6일, 히로시마(広島)에 원자폭탄이 투하되었다. 3일 후인 9일에는 나가사키(長崎)에도 원자폭탄이 투하되었다. 이것이 종전의 계기가 되었다.

원자폭탄이라는 말은 전쟁이 끝나고 나서 알려졌지만

당시는 「신형폭탄」이라고 보도되었다. 일본 군부는 국민을 속이며 잠깐만 있으면 신풍(神風)이 불어 전쟁에서 승리한다고 선전하고 있었다. 그러나 희수 일가는 그런 소문은 믿지 않았다.

운명의 8월 10일이 되었다. 불안하긴 했지만 희수는 평소와 같이 일을 하러 나갔다. 그런데 하루 이틀이 지나도 아무 연락이 없었고 그를 잡으러 오는 군인도 보이지 않았다. 그럭저럭 닷새가 지났다.

8월 15일, 그의 형 희성이 전쟁이 끝났다고 전해주었다. 「일본이 패전했다. 우리들은 해방된다」고 외쳤다. 기쁜 소식에 희수 가족은 얼싸안고 좋아했지만 희수는 이것이 꿈인지 현실인지 어리둥절했다. 군대에 가지 않아도 된다는 것만으로도 안도했다.

조국의 해방이 이와 같이 갑작스럽게 찾아왔다. 만약 전쟁이 조금만 더 계속되었더라면 희수는 더 이상 버티지 못하고 일본 군대에 끌려가 어떤 수난을 당할지 모르는 상태였다. 운이 나쁘면 희생되었을지도 모른다. 다행이라고 생각하기로 했다.

히로시마와 나가사키에 원자폭탄이 투하되자 일본 정부는 더 이상 전쟁을 계속하는 것은 불가능하다고 판단하여 8월 14일, 종전조서(終戰詔書)를 발표하고 포츠담선언을 수락하였다. 8월 15일 정오, 일본 천황은 라디오를 통해 일본 국민에게 종전조서를 발표했다. 옥음방송(玉音放送)이라고 부른다. 드디어 전쟁이 끝났다.

미국은 1945년 7월, 세계 최초의 원자폭탄을 완성했다. 포츠담회담 회의 도중이었다. 원자폭탄을 완성한지 한 달도 안된 시기에 세계 유일의 핵무기를 실질적으로 사용한 것이다. 미국 군인의 인명피해를 피하기 위한 전쟁의 조기 결정의 수단으로 원자폭탄을 사용했다는 설명이었다. 승자의 논리였다.

1963년에 도쿄지방법원은 이러한 원자폭탄 투하는 국제법 위반이라고 판결했다.

원자폭탄 투하의 결과 인류 역사상 처음인 도시에 대한 핵 공격으로 인해 당시의 히로시마시 인구 35만명 중 9~16만 6천명이 폭격 후 4개월 이내에 사망한 것으로 알려져 있다. 원자폭탄 투하 이후에 히로시마시에 들어와 피폭된 피폭자를 포함하면 56만명이 원자폭탄의 피폭자들이었다.

히로시마와 나가사키 뿐만 아니라 일본 전토에 연합군에 의한 공습이 있었다. 1944년경부터 본격화하여

1945년 봄까지 일본 전국의 주요도시 및 공장 등에 대해서 대규모 무차별 폭격이 진행되었다. 그 후에도 미군에 의한 폭격이 계속되었다. 괌에서 날아온 B-29가 8월 14일 오후 10시부터 15일 오전 3시까지 일본석유아키다(秋田) 제유소에도 폭탄을 투하했다. 근처의 민가도 엄청난 피해를 입었다. 이것이 마지막 공습이었다.

태평양전쟁 중의 공습으로 인한 사망자는 33만명, 부상자는 43만명(『일본경제신문』 2011년 8월 10일)으로 추산되고 있다. 전쟁은 끝났지만 일본 열도는 폐허 상태였다.

총력전에 의한 전쟁의 패전은 국가 파탄을 의미한다. 그로 인해 전후의 일본은 정치와 경제가 파탄에 이르고 사회적 불안도 심각한 상황에 직면했다.

종전 직후의 고난을 극복하다

전후 일본경제는 말할 것 없이 그야말로 암흑기였다. 생산설비가 제대로 기능하지 못하고 국토가 황폐할 대로 황폐해진 상태였다. 또한 전쟁의 패전으로 인해 해외에 주재하고 있던 군인, 군속, 해외 이주민 등 수백만 명이 일제히 귀국함으로써 물자가 부족할 뿐 아니라 일자리를 찾기가 매우 어려운 시대였다. 당시 일본은 미국의 원조로 생활을 유지하고 있었다.

전쟁 직후에 일본에 재류하고 있던 한국인은 200만명 정도였다. 그 중에는 조국이 해방되었으므로 신생 조국의 건설에 이바지하겠다는 꿈을 안고 서둘러 귀국한 사람도 있다. 돈을 벌기 위해 일본에 온 사람들은 일자리가 없어지자 고향으로 돌아갈 수밖에 없었다. 또한 징병이나 노무자로 끌려간 사람들은 속박에서 풀려나와 자유의 몸이 되었다며 귀국의 길을 선택했다. 그러나 한국에 귀환을 희망하는 사람들이 일제히 오사카 시모노세키 등의 연락선을 탈 수 있는 항구로 몰려들었다. 연락선이 그렇게 빈번히 있는 것도 아니어서 연락선에 승선한다는 것은 결코 쉬운 일이 아니었다. 어렵사리 귀환선에 승선하여 겨우 고향에 도착했으나 고향의 사정은 일본보다도 더 심각한 상황인 것을 알고는 다시 일본으로 돌아간 사람들도 많다.

김희수 집안도 조국이 해방되었으니 진동면으로 귀환할지 일본에 남을지를 망설이는 상황이었다. 이런 상황 속에서 가족회의가 열렸다. 그러나 희수 어머니는 귀국을 완강히 반대했다.

「진동에 다시 가면 밭이 있나 논이 있나. 무얼 먹고 산다는 말이냐. 너희들 공부도 더 해야 하겠지. 할아버지 할머니도 여기서 같이 살고 계신다. 고향은 무슨 고향이야. 어르신들이 계시고 가족이 있는 곳이 고향 아닌가. 여태까지 여기서 고생하면서 자리 잡았으니 조금만 더 고생하면 된다」

아버지도 할아버지 할머니도 어머니의 의견에 동의했다. 혼란한 시기에도 정상적인 판단을 할 수 있었던 희수의 어머니의 식견은 정말 대단했다. 집안의 운명을 좌우할 수 있는 기로에 있을 때 이러한 판단을 내렸다. 그동안 어려운 형편에 있으면서도 가사를 도맡아 처리해온 경험으로 누구보다도 가정 사정을 잘 알고 있었기 때문에 이처럼 냉정한 판단을 할 수 있었다.

정치적으로 해방되었을 뿐 경제적으로는 여전히 어려운 상태였으며 사회적인 혼란은 일본이나 한국이나 마찬가지였다. 어려운 상황 속에서도 일본이 오히려 아이들의 교육이나 직장을 구하는 면에서 가능성이 많다는 판단으로 일본 잔류를 결정한 것이다. 이 때의 일본 잔류의 선택이 희수 집안의 성쇠의 기로였다고 생각할 수 있을 것이다.

할아버지로서는 평소의 염원이었던 조국이 해방되었고 생활은 충분하지는 않았지만 헤어져서 살고 있던 가족이 함께 모여 살게 되어 안심이 되었는지 할아버지의 건강 상태가 점점 쇠퇴해졌다. 드디어 1949년 2월 2일, 83세 나이로 세상을 떠나셨다.

할아버지는 희수에게는 특별한 존재였다. 희수의 정신적인 성장의 절반은 할아버지에 의해 형성되었다고 해도 과언은 아닐 것이다. 아버지가 안 계신 유소년 시절에는 할아버지가 부모 역할을 맡아 했고 한편으로는 스승이기도 했다. 할아버지는 한학과 유학을 가르쳐 주셨고 인생 철학을 가르쳐 주셨다. 그래서 할아버지가 세상을 떠나게 된 것은 희수의 인생에서 큰 기둥이 무너진 것과 같은 아픔이었다.

고향에 돌아가는 것을 포기한 희수는 도쿄에 정착하게 된 이상 무언가 새로운 목표를 설정해서 도전해야 했다. 상급학교에 진학해서 학업을 계속하기로 했다. 그러기 위해서는 생활기반을 확고하게 다져야 할 필요가 있었다. 그러나 쉬운 일은 아니었다. 고민에 빠졌다.

해방 이후 한국에서 좌익과 우익이 서로 사상대립으

로 극심한 혼란을 겪었던 것처럼 전쟁에 패배한 일본에서도 정치와 이데올로기가 재일조선인 사회의 최대의 관심사였다. 정치와 이데올로기 문제로 논쟁하며 각자 정당과 정파에 참가해서 활동하는 사람들도 있었다. 그들은 조국의 운명과 미래가 모두 정치와 이데올로기를 통해 결정된다고 믿고 있었다. 그러나 희수는 다른 생각을 갖고 있었다. 정치도 이데올로기도 먹고 사는 문제 즉 경제적인 문제에 대한 해결 없이는 단지 슬로건에 지나지 않는다고 생각하고 있었다. 잘 사는 나라 독립된 조국을 건설하는 길은 정치나 이데올로기에 있는 것이 아니고 경제적 능력에 달려 있다고 판단하고 있었다.

제3장

경제활동의 시작

도쿄 일등 번화가에서 양품점 개점

위기는 찬스였다. 혼란한 때일수록 새로운 비즈니스를 창조할 수 있는 기회이기도 했다. 희수는 도쿄 시내 번화가를 돌아다니며 분주히 거리를 오가는 사람들의 모습을 보고 느끼는 것이 있었다. 그들의 옷과 신발 모자 등의 일용품이었다. 세상이 어떻게 돌아가든 의식주는 반드시 필요하며 필요한 일용품이 있다고 생각했다. 시대의 발전에 따라 이러한 상품들이 진화하고 유행 상품이 나오는 것이다. 희수의 머리 속에 번쩍이는 것이 있었다.

「바로 이거다」

희수는 도쿄 번화가 도로 한 복판에서 무릎을 치며 소리를 질렀다. 이것이 그가 비지니스를 시작하게 된 동기였다.

가나이 양품점

1947년 김희수는 도쿄 시내 최고의 번화가인 유라쿠초(有楽町)역 앞에서 조그마한 가게 가나이 양품점(金井洋品店)을 오픈했다. 양품점 오픈에 필요한 자금은 그동안 절약해서 모아 둔 돈이 있었다. 한참 젊은 나이에 먹고 싶어도 먹지 않고, 입고 싶은 옷이 있어도 사지 않으며 모은 돈이었다. 하고 싶은 일이 있어도 참고 견디며 모은 그런 돈이었다. 이렇게 귀중한 돈을 전액 투자해서 아무런 경험도 없이 양품점을 시작하겠다는 희수한테는 성공할 수 있다는 확신이 있었다.

양품점을「가나이 양품점」이라고 한 것은 가나이(金井)는 김희수의 일본식 이름이다. 가나이란 의미는「돈이 나오는 우물」이란 의미이다. 점포 이름으로서는 최고라고 생각했다.「반드시 돈이 흘러나오는 우물을 파겠다」고 다짐했다.

스웨터 블라우스 셔츠 바지 모자 양말 스타킹 등 남녀노소 누구에게나 필요한 패션용품들을 도매로 사가지고 와서 소매로 파는 장사였다. 처음에는 종업원 두 명을 데리고 시작했다. 경험도 없고 장사도 서툴러 고전했지만 인내심을 가지고 꾸준히 손님의 입장에서 성실하게 접대한 결과 한번 다녀간 손님이 다시 찾아오고 해서 매출이 늘기 시작했다. 나중에는 상품이 없어서 팔지 못하는 일도 벌어졌다.

가게를 시작했을 때는 진열장 두 개에 상품을 진열해 놓고 팔았는데 장사가 잘 되어 가게 면적을 두 배로 늘리고 종업원도 더 채용하게 되었다. 상품을 가져다 놓기만 해도 팔렸다. 전후 물자가 부족한 때라 상품이 없어서 못 파는 장사였다.

점포는 JR 전철 유라쿠초역 중앙출구(中央出口) 바로 앞에 있었다. 현재 유라쿠초 역 근처는 재개발이 되어 고층

103

빌딩이 들어서 있어 당시의 흔적은 찾아볼 수 없다.

조그마한 가게였지만 양품점을 경영하면서 희수는 많은 것을 배웠다. 바로 신용의 중요성이었다. 손님 한 사람 한 사람에게 신용을 지키기 위해 노력했다. 좋은 상품을 싸게 팔아 안심하고 살 수 있는 가게라는 인식을 갖도록 했다. 거래처에도 똑같이 신용을 지켰다. 신용이 신용을 낳으면서 매출은 계속해서 증가했다.

희수는 눈앞의 이익을 추구하지 않고, 신용을 얻어 단골손님이 늘어남으로써 상당히 안정적인 장사를 했다.

이것이 김희수의 경영철학이 되었다. 희수가 신용을 가장 중요하게 생각한 이유는 일본사회에서 조선사람은 신용이 없고 나쁜 이미지가 침투되어 있었기 때문에 조선사람도 나쁜 사람만 있는 것은 아니라는 것을 보여주고 싶었던 것이다.

이렇게 해서 김희수는 일본에서 사업가로서 성공할 수 있는 토대를 마련했다.

김희수가 비즈니스를 시작할 때 그 거점을 유라쿠초역 앞에 자리 잡았다는 것이 그의 탁월한 비즈니스 감각을 엿볼 수 있는 대목이다.

사업과 학업을 병행

양품점이 잘되면서 생활비와 학비 걱정은 없어졌다. 이 무렵 어렸을 때부터 아버지 대신 키워 주신 할아버지가 영면하셨다. 슬픔과 쓰라림을 잊어버리기 위해 양품점 일에 열중했으나 시간이 지나면서 마음이 안정되어 중단했던 학업을 다시 계속하기로 했다.

1949년 4월, 도쿄전기공업전문학교에 입학했다. 이 학교가 1949년 4월에 4년제 대학의 도쿄전기대학으로 승격함에 따라 학제의 변경으로 김희수는 다시 도쿄전기대학 공학부 전자공학과 학생이 되었다.

1907년에 전기학교로 시작한 도쿄전기대학은 116년의 역사를 가졌고, 2023년 현재, 공학부 이공학부 미래과학부 시스템·디자인공학부 공학부 제2부(야간부)의 5개 학부와 5개 대학원을 설치한 이공계 종합대학이다. 「기술로 사회에 공헌하는 인재육성」을 슬로건으로 내걸고, 건학정신의 「실학존중」 및 교육 연구이론인 「기술은 사람이다」를 토대로 학생이 중심이 되는 교육을 전개하고 있는 대학이다. 「실학존중」이란 말에서 알 수 있듯이 실사회에서 활용하고 기술을 통해서 사회에 공헌할 수 있는 인재 육성을 한다는 것이다. 김희수는 스스로 양품점을 오픈하여 운영하면서 도쿄전기대학에 다니며 이 대학의 교육이념인 「실학존중」과 「기술은 사람이다」라는 건학정신을 배웠다. 두 개의 일을 동시에 추진했지만 어느 하나도 소홀히 하지 않았다. 이렇게 배우면서 비즈니스를 시작한 김희수의 생활은 삼각형 인생이라고 불렀다.

매일 같이 세타가야구 기타사와(世田谷区北沢)에 있는 자택과 유라쿠초에 있는 양품점 그리고 간다(神田)에 있는 학교 이 세 곳을 거점 삼아 이동하면서 쉬고자 해도 쉴 수 없는 바쁜 일상이었다. 사업을 하면서도 공부하느라 하루 4시간 이상 수면을 취해 보지 못한 바쁜 생활의 연속이었지만 참으로 보람 있는 생활이었다고 회상했다. 모든 것이 인내와 노력으로 얻어낸 결실이라고 할 수 있을 것이다. 성실하게 노력한 결과 비즈니스도 순조롭게 진전되어 생활이 안정되었을 뿐 아니라 기업의 기반도 마련되었다. 어렸을 때부터 집안이 가난한 탓으로 먹을 것도 충분히 먹지 못했으며, 학교도 제대로 다닐 수 없었지만 경제적인 문제가 해결됨으로써 안심하고 학교에 다닐 수 있게 되었다. 4년간의 대학 과정을 무사히 마치고 1953년 3월에 29세가 된 나이에 도쿄전기대학을 졸업하였다.

세 곳을 왔다 갔다 하는 삼각형 인생이었지만 학교를 쉬는 일은 없었다. 동급생들의 평가도 좋았다. 동급생인 하야시 스스무(林晋)에 의하면 대학 설립 당시는 교실에 난방설비도 없는 시절에 낡은 건물의 교실에서 강의를 들었지만 교실에서 언제나 김희수는 제일 앞자리에 앉아서 항상 열심히 노트를 하고 있었다고 추억했다. 학생 시절부터 위낙 성실하고 근면한 노력가였다고 평가했다. 그것을 증명하듯이 대학 졸업 후 전기주임 기술자면허장을 신청하기 위해서 정부기관 통산성에 같이 갔을 때의 일이다. 취득과목 증명서를 제출하자 담당 심사관이 여러 종의 필수선택 과목을 취득했고 필요한 학점을 모두 취득한 것을 감탄했다고 기억하고 있었다.

김희수가 1961년 가나이기업주식회사(金井企業株式会社)를 설립하여, 도쿄 긴자(銀座)에 부동산 임대업을 시작하기 위해 건축물과 설비 관계의 중요성을 인식하고, 건축설비회사의 설비를 검토하고 있을 때, 공조설비회사에 근무하고 있던 동급생 하야시 스스무를 국제환경설비주식회사 설립에 참가하도록 했다. 하야시는 그 후 이 회사의 대표이사로 근무했다. 희수가 교육사업을 시작하

107

자 학교법인 가나이학원 감사를 맡아 희수의 사업을 도
왔다.

동족상잔의 전쟁 6.25

1950년 6월 25일, 한민족에게는 불행한 전쟁이 일어났
다. 북한군의 돌발적인 공격으로 시작된 전쟁이지만 전
쟁 발발 3일 후에는 수도 서울을 북한군에게 넘겨주게 된
긴급사태에 처한 대한민국 정부는 임시 수도를 부산으
로 옮겼다. 우세한 군사력을 가진 북한군은 부산 중심의
경상남북도 일부를 제외한 거의 한반도 전 지역을 장학
했고, 그들의 점령지역에서는 인민위원회를 설치하여
행정을 관할했다.

그러나 북한의 예측과는 달리 미국이 한국 지원을 결
정하고, 유엔안전보장이사회 결의에 따라 미극동군사
령관 맥아더 장군이 UN군 최고사령관으로 임명되었다.
당시 한국을 지원하기 위해서 6.25전쟁에 참전한 나라
는 16개국이었다.

맥아더 사령관 지휘하의 UN군은 9월 15일, 인천상륙

작전에 성공하고, 그 여세로 서울을 향해 진격했다. 서울 방위에 전력을 집중한 북한군과의 사이에 대대적인 공방전이 벌어졌다. UN군과 한국군은 9월 28일, 서울 탈환에 성공했다. 이렇게 해서 수도 서울은 3개월 만에 한국군에 의해 수복되었다.

서울에서 철수하지 않을 수 없었던 북한군은 UN군을 상대로 싸우기에는 전력의 열세를 인정하고, 소련과 중국에 지원군의 파견을 요청하게 되었다.

세계의 관심은 UN군이 38선을 넘을까 여부였다. 38선을 넘게 되면 소련과 중국이 개입해서 제3차 세계 대전으로 발전할 가능성이 있기 때문이었다. 중국은 인도 등 제3국을 통해서 UN군이 38선을 넘게 되면 중국에 대한 도전으로 보아야 한다고 경고하고 있었다.

그러한 분위기 속에서 10월 1일, 한국군이 먼저 38선을 넘었고, 다음날 UN군이 진격 명령을 내렸다. 그러자 팽덕회(彭德懷) 총사령관이 인솔한 수백만의 중국의용군이 10월 18일, 비밀리에 압록강을 건너기 시작하여 25일에는 전쟁을 개시했다. 결국 내전으로 시작한 한국전쟁은 중국의 참전으로 새로운 국면으로 전개되어 국제 전쟁으로 확대되었다.

그때까지 수도 평양을 점령하고 압록강까지 밀고 올라간 한국군과 UN군은 예상 밖의 중국군 대부대의 참전에 대전을 피하여 잠시 철수하지 않을 수 없었다. 결국 12월 5일에는 평양에서 철수하게 되었다. 북한군은 1개월 반 만에 수도 평양을 회복하게 되었다. 한국군과 UN군의 철수와 더불어 대량의 피난민이 북한을 떠나 남하했다. 당시 북에서 내려온 피난민의 수가 20만명이 넘는 것으로 전해진다.

중국군은 12월 26일, 다시 38선을 넘어 남쪽으로 진격했다. 12월말까지 38선 이북 전지역을 중국군이 점령했다. 1951년 1월 4일, 수도 서울이 재차 중국군과 북한군에 점령당했다. 그러나 중국군은 공격을 일시 중단하고 장기전 태세를 준비하고 있었다. 인해전술로 표면상으로는 승리한 것으로 보였으나 엄청난 병력 손실과 보급선의 연장에 따라 물자조달이 어려워진 것이 배경에 있었다. UN군도 병력에 극심한 피해를 입어 전선을 포기한 상태였다. 격전이 계속되자 양 진영이 함께 피해가 커진 것이다. 이러한 상황이 휴전협정으로 이어지게 되었다.

결국 응원부대인 미국과 중국의 이해관계로 1953년 7월에 휴전협정을 맺게 되었다. 지금도 휴전상태가 계속되고 있다는 사실을 잊어서는 안 될 것이다.

결국 전쟁을 일으킨 측도 전쟁을 사전에 방지하지 못했던 측도 전쟁에 대한 책임을 지는 사람은 아무도 없었고, 국토통일이라는 명분마저 오히려 멀어지고 분열은 고착화되었다. 역사를 교훈 삼아 반성도 필요하지만 여기에 대한 반응은 보이지 않는다.

3년에 걸쳐 전쟁을 계속하면서 남북 양 정권의 심장인 수도 「서울」과 「평양」이 각각 적군에게 점령당하는 등 정권의 위신에 큰 상처를 입은 전쟁이었으며 국토는 황폐해지고, 전쟁에 의한 피해는 이루 헤아릴 수 없을 정도였다. 전쟁 피해자는 천만 명을 넘는 것으로 추정하고 있다. 당시 남북 합해서 총인구 약 3천만명인데 3분의 1 이상이 동족상잔의 전쟁으로 인한 피해자였다는 것을 상기해야 할 것이다.

한국전쟁 특수로 일본경제 일으켰다

한국전쟁이 일어나자 이익을 얻은 나라가 있다면 그것은 일본일 것이다. 제2차 세계 대전에서 패전 후 미국

111

의 원조물자에 의존하며 연명하던 최악의 경제 상태에 빠졌던 일본은 한국전쟁 특수로 인해 이를 전후 부흥의 계기로 삼았다. 일본의 경제계는 신풍(神風)이 불어왔다고 환영했던 것이다. 한국전쟁으로 인한 특수 경기가 전후 불황을 날려버렸다는 인식이었다.

한국전쟁 특수라는 것은 한국전선에 참전하는 UN군 (주력은 미군) 장병에게 보급하기 위한 물자 및 역무서비스에 대한 특별수요를 말한다. 미8군사령부 및 재일미군조달부에서 발주한 것이다. 1950년 7월부터 시작된 한국전쟁 특수는 1958년 12월까지 8년 6개월 동안 물자 12억 7,899만 달러, 서비스 9억 7,166만 달러로 합계 22억 5,065만 달러에 달했다. 이것은 계약 베이스로 계산한 것으로 수입 베이스로 계산하면, 51억 5,318만 달러가 된다. 넓은 의미의 특수이다. 이 특수 수입이 당시 외화 부족으로 어려움을 겪고 있던 일본 경제에 다대한 공헌을 한 것이다. 당시의 환율 1달러＝360엔으로 환산하면 1조 8,551억엔이 된다. 1958년의 일본의 국가예산 일반회계결산의 세출 총액 1조 3,121억엔을 넘는 특별 수입이었다. 1950년도의 국민소득이 3조 3,815엔이었다는 점을 감안하면 전쟁 특수가 일본 경제발전에 얼마나 큰 역할을 했는가를 알 수 있다.

한국전쟁이 일어나기 전에는 태평양전쟁의 상처가 매우 심했고 어려운 경제 상황으로 직장을 구하려는 사람들이 많았다. 한국전쟁을 계기로 경찰예비군이 창설되자 7만 5천명 모집에 38만 2천명이 응모했다. 그리고 당시의 공장은 전쟁 피해가 극심해서, 겨우 박격포 총탄을 만들고 비행기 분해 수리를 하는 정도로 기술 수준이 낮았다. 그런데 한국전쟁 덕분에 일자리가 생기고 실업자도 줄어들고 생산이 증가함으로써 생활 수준이 높아지고 기업의 수익도 급증했다. 이와 같이 전쟁 특수의 경제 효과는 관련 산업 뿐만 아니라 모든 산업에 파급되어 국민 생활 전체에 영향을 미쳤다. 한국전쟁이 그 후의 일본 경제에 있어서 고도성장의 기폭제가 된 것이다.

그 중에서도 자동차산업 섬유산업 철강업 등이 가장 많은 덕을 본 산업이다. 도산 위기에 직면해 있던 도요타 자동차가 전쟁특수로 재생했다는 사실은 널리 알려져 있는 사실이다. 당시 섬유업계와 금속업계가 전쟁특수와 수출로 성황을 이루어 경제성장을 주도했다.

1950년 4월 1일, 구 일본제철(旧日本製鉄)의 후계회사로 발족한 야하타 제철주식회사(八幡製鉄株式会社)는 한국전쟁 특수로 인해 좋은 실적을 거두면서 출발했다. 구 일본 제철은 재벌해체의 대상이 되어, 과도경제력 집중배제법의 적용으로 해체되었다. 야하타제철은 1950년부터 1951년까지 30%의 배당률을 유지했다. 창업 초년도에는 매출액 363억엔이었는데 10년 후의 1959년에는 1,695억엔으로 4.7배나 상승했다. 그것을 기반으로 계속 성장해서 20년 후에는 6,316억엔으로 17.4배의 급성장을 달성하게 된다. 야하타제철 창업 당시 일본의 철강업계는 미군정의 금융긴축정책과 철강재 가격차 보급금의 철폐등으로 인해 민간기업으로 자립한다는 자체가 대단히 어려운 시기였다. 그러나 운 좋게 한국전쟁이 일어나 급격한 철강수요의 증가와 가격의 급등으로 인해 매출액이 상승했다. 야하타제철은 관영기업에서 민간기업으로 재출발하면서 어려운 경제상황이었음에도 불구하고 창업 초부터 운좋게 세계적인 기업으로 발전하는 기반을 확립하게 되었다.

한국전쟁이 일어나기 직전인 1949년의 일본의 국민총생산은 3조 3,752억엔이었지만 1953년에는 7조 1,562억엔으로 급상승했다. 또한 같은 기간 국민소득은 2조 7,373억엔에서 5조 9,649억엔으로 2배 이상 상승했다.

전쟁특수의 파급효과가 국민생활 전체에 미치게 된 것이다.

형과 함께 원양어업에 도전

김희수가 도쿄전기대학을 졸업하고 가나이 양품점을 경영하면서 한참 재미를 보고 있을 무렵 그의 형 김희성도 도쿄대학 조선학과를 졸업하고 새로운 사업을 구상하고 있었다.

마침 한국전쟁 특수로 인해 일본경제도 회복하여 성장을 계속하고 있는 때였다. 또한 산업활동도 활발해지고 있었다. 머리가 좋은 형과 협력하면 새로운 길이 열릴 것으로 생각했다.

일본은 국토 전체가 바다에 둘러싸인 섬나라이다. 일본의 해안선의 총 거리는 광활한 국토를 가진 캐나다에 필적한다. 따라서 일본에서의 수산업은 중요한 산업이 될 것으로 생각했다. 더욱이 전후 경제가 회복되어 국민소득이 상승하고 있었기 때문에 일본인들의 기호에 맞는 수산물의 수요가 증대할 것으로 예상하고 있었다.

그동안 전쟁을 경험한 일본해군은 바다에서 적의 잠수함이나 함정, 어뢰 등을 탐지하는 기술을 축적하고 있었다. 그러나 패전 이후 이러한 기술은 GHQ의 명령으로 연구가 중단되어 무용지물이 되어가는 상황이었다. 그런 상황에서 거대한 군수산업이 다른 산업 분야로 전환되고 있었다. 희성이 주목한 것은 바로 이 분야였다. 수산업과 첨단군사기술의 결합이다.

당시의 원양어업의 방식은 현대적이라고 볼 수 없었다. 어부들의 오랜 경험과 재래식 기구에 의존하고 있던 실정이었다. 희성의 구상은 해군의 기술을 응용해서 바닷속 어류의 분포를 탐지하는 최신식 어군탐지기의 발명이었다.

「어군탐지기를 발명해서 판매하는 회사를 만들고 싶다」

「희수 너 투자 안겠나?」

희수도 전면적으로 찬성하고 형제가 의기투합해서 회사를 설립하기로 하고 준비를 시작했다. 희수는 수산업에 종사하는 어부들과 원양어업 회사들을 상대로 사업 전망에 대한 설문조사를 했다. 조사 결과는 밝은 전망이었다.

1953년 4월, 후타바어군탐지기주식회사를 설립하여

희성은 사장에 취임하고 희수는 전무를 맡았다. 형이 발명한 어군탐지기의 성능은 매우 뛰어났다. 어군탐지기의 제작과 판매가 본격적으로 시작되었다. 일본의 원양어업이 급진적으로 발전함에 따라 어군탐지기의 수요도 폭발적으로 증가하고 있었다.

그런데 기묘한 현상이 일어나고 있었다. 매일 주문은 끊임없이 들어오는데 회사는 돈이 없어 전전긍긍이었다. 제작비와 인건비는 그때 그때 지불해야 하는데 제품 판매 대금은 제대로 입금되지 않았기 때문이다. 돈을 받고 제품을 보내는 것이 아니라 주문이 들어오면 어군탐지기를 보내고, 제품을 받은 후에 대금을 송금받는 형식을 취하고 있었다. 수금 방법이 문제인 것이었다.

고객은 어군탐지기를 주문하여 선박에 장착한 후 그대로 원양어업에 나가버리면 어선이 언제 돌아올지 모른다. 몇 달 혹은 몇 년 동안 돌아오지 않을 때도 있다. 그 기간에는 돈을 받을 수가 없었다. 돌아오더라도 즉시 대금을 지불하는 것도 아니었다.

희수는 수금하기 위해 일본 전국을 누비고 다녔으나 수금은 힘들었다. 일본 전역이 바다에 둘러싸여 있어 어디나 어촌이 있기 때문에 어촌을 찾아 전국 곳곳을 가지 않은 곳이 없을 정도로 다녔지만 수금은 제대로 이루어지지 않았다. 그때 희수는 수금이 발명보다 더 어렵다는 것을 알고 비즈니스 시스템이 정말 중요하다는 것을 통감했다.

희수는 아무리 노력해도 이 사업은 자기한테는 불가능하다고 판단하여 어군탐지기회사는 형 희성에게 맡기고 자기는 회사를 그만 두었다. 가나이 양품점은 메이지대학(明治大学) 법학과를 졸업한 동생 희중에게 이미 넘겨준 상태였다.

희성은 어군탐지기회사를 혼자 맡아서「후타바통상(双葉通商)」으로 회사명을 변경하여 경영을 계속했다. 어군탐지기는 순조롭게 판매되었다. 특히 한국에서는 원양어업이 시작된 초기여서 기술적으로 뒤떨어져 있었다. 이 회사가 개발한 어군탐지기가 1958년 대한민국 정부수립 10주년 기념박람회에 전시되어 최첨단기기로 호평을 받았다. 박람회에는 이승만 대통령이 참석하여 최첨단 어군탐지기를 발명한 김희성을 격려하고 함께 기념사진까지 촬영했다. 이를 계기로 희성은 대한조선공사에서 기술자문역을 맡기도 했고, 해양대학교에서 강의도 했다. 또한 현대중공업에 근무하는 등 한국 수산업

발전에 기여한 바 크다.

실패를 통해서 얻은 교훈

1955년 희수는 형의 친구인 박봉열(교토대학 물리학과를 졸업하고 후에 서울대학교 교수가 됨)의 소개로 재일동포 2세인 이재림(李在林)과 만나 2년간 교제한 후 결혼했다. 이재림은 교토에서 태어나서 시가현립고등학교(滋賀県立高等学校)를 졸업했다. 그녀는 네 남매의 막내였다. 희수보다 여섯 살 아래이다.

희수는 신혼생활을 하면서 형이 경영하는 회사에서 경험을 쌓고 전후 복구사업이 본격화되면 철강이 많이 필요하게 될 것이라고 생각했다. 그래서 미사와제강주식회사를 설립했다. 대학에서 기술을 배웠을 뿐 실제 경험도 없이 전후 복구에 필요할 것이라는 시대적 감각만 가지고 자력으로 입수한 도쿄도 에도가와구(東京都江戸川区) 소재 논 600평을 매립해서 공장설비를 완성하여 단기간에 공장을 가동시켜 판매할 수 있는 철강제를 생산했다. 그러나 빌린 돈을 갚는 것만도 힘들었고 아무리 노력해도 수익을 내기가 어려웠다. 희수는 이때 있었던 일을 회상하면서 피땀을 흘리며 죽기살기로 일했다고 친한 친구에게 고백했다.

때마침 일본 대장성(大藏省)에서 제3국인(조선인, 한국인을 말함)에게는 은행 융자할 수 없는 법령이 제정되었다. 이러한 상황에서 자금조달을 할 수 없는 업종은 자기에게는 적당하지 않다고 판단하여 미사와제강을 매각하기로 했다. 그러나 이것은 희수에게는 단순한 실패만은 아니었다. 이 때의 경험이 희수로 하여금 기업가로 후일 성공하게 되는 기반조성에 많은 도움이 되었다고 볼 수 있을 것이다.

두번이나 사업에 실패한 희수는 의기소침했다. 형과 함께 시작한 후타바어군탐지기는 원활한 자금운용문제가 있었고, 미사와제강은 은행융자에 따른 자금 확보 문제가 있었다. 즉 자금의 융통 문제인 것이었다.

희수는 이러한 실패의 경험을 통해서 큰 교훈을 얻었다. 그러면 돈의 유통이 잘 되는 사업이 좋겠다고 생각했다. 더욱이 한국인으로서 일본기업을 상대로 사업을 하기 위해서는 이중 삼중의 제한이 있다는 사실을 인식하게 되었다. 따라서 자금의 흐름에 지장이 없는 업종을 선

택할 필요가 있다고 생각했다. 은행 융자를 받을 때, 일본
사람이면 한 사람의 보증인으로 충분하지만 한국사람은
여러 명의 보증인을 필요로 하며 담보까지 제공해야 한
다. 재일한국인이 이렇게 불리한 조건 아래에서 비즈니
스를 한다는 건 그만큼 어려운 일이었다. 일본사람 보다
두배 세배의 노력이 필요하다는 것이었다.

어느 날 미요시 쇼지(三好正二)라는 대학 동기생한테서
연락이 왔다. 근무하고 있는 회사가 자금 부족으로 어려
움에 처해 있다며 희수에게 자금 융자 요청이 들어왔다.
희수는 형 희성과 함께 조사하기 위해서 그 회사를 방문
했다. 도쿄대학 출신 수재 희성이 회사 임원들 앞에서 이
정도의 금액이라면 동생한테는 별로 어렵지 않겠지만
일시적인 처방일 뿐 다시 위기가 올 것이기 때문에 허사
가 될 수 있다는 견해를 전했다. 임원 모두가 난처한 분위
기였다. 그런데 그 다음 날 김희수한테서 생각지도 않았
던 전화가 동기생에게 걸려왔다. 「너를 믿고 너를 위해
융자하겠다. 아무튼 힘내라」는 말에 안심하여 눈물을 흘
렸다고 전했다. 희수의 따뜻한 정을 보여주는 장면이었
다. 그 동기생에게는 평생 잊을 수 없는 일이었다. 회사는
그 후 좋은 실적을 올리면서 사업을 계속했다고 한다. 김

희수는 단순한 깍쟁이가 아니라는 것을 보여준 것이다. 필요한 곳에는 금액에 관계없이 쓰는 사람이었다. 즉 돈을 어떻게 쓰느냐 하는 문제인 것 같다.

　김희수는 친구인 미요시 쇼지 뿐 아니라 지원을 받은 회사의 입장에서도 잊을 수 없는 은인이었고 존경하는 한국인 기업가였다. 한국인이라는 프라이드를 가지고 있는 김희수가 친구라는 사실에 미요시는 상당한 자긍심을 가지고 있었다. 조국을 위해서 열심히 일하고 있는 김희수를 보고 조국이란 무엇인가 하고 생각하게 했다. 미요시는 김희수로부터 일본과 일본인에 대한 욕설을 들어 본 적이 없었다고 했다. 한국은 일본에 배울 것이 많다고 말하는 희수의 태도에도 겸손의 미덕까지 느꼈다.

　김희수는 모교 도쿄전기대학의 졸업생으로 대학의 연구지원을 위한 조직인 도쿄전기대학 연구진흥회에 고액의 기부를 했고, 동 연구진흥회 이사도 역임했다.

제4장

부동산 임대업으로 거부가 되다

도쿄 중심지 긴자(銀座)에 세운 첫 빌딩

미사와제강은 자금난으로 어려운 상황이었지만 그동안 공장 부지 땅값이 많이 올라 매각대금 6,000만엔에서 2,000만엔의 부채를 모두 갚고도 무려 4,000만엔(당시의 환율로 약 1,400만원)이 남았다. 그때 김희수는 부동산의 가치에 대해서 다시금 눈을 뜨게 되었다. 전후 고도 성장기에 산업화와 도시화가 급속히 진행되면서 토지와 건물의 가치가 연일 상승하고 있었다. 부동산 사업이야말로 가장 안정적이고 현금의 흐름이 좋은 사업이라고 판단했다.

부동산 임대업의 가장 중요한 조건은 토지의 입지 조건이었다. 건물의 장소에 따라 임대업의 성공 여부가 결정된다고 해도 과언이 아니다. 희수는 도쿄 번화가라고 말하는 도심의 이곳저곳을 걸어 다니며 유동인구 교통

**구 긴자 다이이치
가나이빌딩(옛 간판은
현재도 남아 있다)**

조건 생활환경 등을 상세히 조사했다. 자기 눈으로 직접 보고 확인하는 것보다 더 나은 확실한 정보는 없을 것이다.

몇 번이든 가 보고 또 보고 조사한 결과 첫 번째 빌딩을 세울 장소를 도쿄 일등 번화가 긴자로 정했다. 긴자는 도쿄 시내에서도 가장 번화한 중심지이다. 한국으로 따지면 서울 명동 같은 곳이다. 그 만큼 땅값도 비싸다. 가진 돈을 다 털어서 빌딩을 지을 땅을 샀다.

1961년 4월, 빌딩 임대업 가나이기업주식회사를 설립하고 대표이사에 취임했다. 그리고 자기 자금 4,000만엔으로 긴자7초메에 있는 대지를 샀다. 대지는 매수했으나 건물을 지을 자금은 전혀 없었다. 돈을 빌리려고 은행에 가서 융자 요청했으나 김희수가 한국인이라는 것을 알게 되자 상대도 해주지 않았다. 도시은행 뿐 아니라 지방은행이나 신용조합 같은 작은 금융기관들도 마찬가지였다. 한국인이 일본에서 생활한다는 것이 이렇게 어렵구나 하는 생각을 하게 되었다.

「저는 한국인입니다. 약속은 절대로 지키겠습니다. 저를 한번 믿어 주십시오. 융자해 주시면 그 은혜는 평생 잊지 않겠습니다」

솔직하게 한국인이라는 것을 말하고 한국인이지만 약속은 꼭 지키고 빌린 돈은 틀림없이 기한 내에 갚겠다고 말했다.

다행히도 희수의 신용을 믿고 돈을 빌려줄 사람이 나타났다. 그때까지 얻은 신용의 효과가 나타난 것이었다. 자금조달에 다소 어려움을 겪기는 했지만 첫 빌딩을 예정대로 긴자 7초메에 건축하게 되었다.

이렇게 해서 1962년 4월에 제1호 빌딩이 완성되었다. 가나이 제1빌딩이라고 이름을 지었다. 초심을 잊지 않고 「가나이(金井)」라는 상표를 지키기로 했다. 이후 새로 빌딩을 지을 때마다 「가나이」라는 이름을 붙여 가나이 제2빌딩, 가나이 제3빌딩, 가나이 제4빌딩 식으로 빌딩 이름을 붙여 나갔다.

가나이 제1빌딩은 지하 1층 지상 5층 건물이었다. 당시로는 꽤 멋있는 건물이었다. 김희수로서는 자랑할 만한 건물이었다. 그러나 현실은 그렇게 녹록하지 않았다. 건축이 모두 완성되고 임대를 내놓아도 초기에는 들어올 사람이 나타나지 않았다. 일정 기간 동안 입주할 사람이 없어 방이 비어 있는 상태였다. 텅 빈 건물을 바라보며 답답함을 억제해야 하는 나날을 보내고 있었다. 그러한 환경 속에서도 희수는 사훈인 「절약·내실·합리·신용」의 경영철학을 지켰다. 믿을 만한 입주자들을 확보하고 신뢰를 얻기 위해서는 정성을 다해 성실히 빌딩 관리를 하는 수밖에 없었다.

「빌딩은 기계와 같습니다. 항상 보살피지 않으면 반드시 고장이 나게 되어 있습니다. 그래서 우리는 매일 같이 빌딩 구석구석을 점검하고 있습니다」

희수가 직원들에게 언제나 당부한 말이다. 진심은 통하는 법이다. 입주자가 입주해서 실제로 사용해 보고 가나이빌딩에 대한 좋은 소문이 나기 시작했다. 좋은 소문을 전해 들은 사람들이 입주를 하기 시작하여 계속해서 입주자가 증가했다. 그러던 사이에 공실이 없어졌다. 가나이빌딩은 한번 입주하면 나가는 사람이 없었다. 이렇게 해서 가나이빌딩의 공간은 공실 없이 항상 가득 찼다.

1964년 9월, 시부야(渋谷)에 가나이 제2빌딩이 완성되었다. 긴자의 평이 좋아 임대업무를 시작하자마자 빌딩 안의 오피스 및 점포 모두 순식간에 계약이 성사되었다.

김희수는 많은 자본을 가지고 있지 않았지만 제1호 빌딩의 임대보증금 및 월세를 모아 대지를 사고 그것을 담보로 융자를 받아 다른 빌딩을 신축하였다. 그리고 그 빌딩을 담보로 은행에서 다시 융자를 받아 대지를 사고 빌딩을 짓는 방식으로 자금을 융통해서 빌딩 신축을 계속했다. 그렇게 해서 빌딩 수가 계속해서 늘어났다.

최고의 빌딩회사를 만든다

1966년 3월, 빌딩환경관리 및 경비업무를 담당하는 가네시로관재주식회사(金城管財株式会社)를 설립하고, 1967년 5월, 공기조절과 전기, 급수, 배수, 위생설비의 설계 및 시공을 담당하는 국제환경설비주식회사를 설립했다. 그리고 1978년 8월에는 건축과 설계를 담당하는 국제건축설계주식화사를 설립했다. 이렇게 해서 가나이기업은 빌딩의 건축, 설계, 임대, 관리 업무를 총망라하는 기업그룹으로 성장했다.

고도 성장을 계속하고 있던 일본경제는 1970년대에 두 번이나 석유파동을 거치면서 경제위기에 직면했다. 그러한 경제위기에도 건전한 경영을 해왔기 때문에 극복할 수 있었다. 이 시기에도 가나이기업은 오히려 사업을 확장하고 계열회사도 늘어났다.

1981년 2월, 건축물의 수리와 인테리어를 담당하는 국제건축영선주식회사를 설립하고, 광고기획, 부동산의 조사와 계획, 화재보험의 대행회사인 가네시로산업기획주식회사를 설립했다. 이와 같이 다섯 개의 계열회사를 가지고 가나이그룹을 형성했다. 김희수는 종합빌딩 경영의 가나이기업주식회사 사장으로 있으면서 계열 5개 사의 대표이사를 맡았다.

땅값이 금값처럼 비싼 도쿄 긴자를 비롯한 도심에서 23개의 빌딩을 소유하고 있었으며 약 600개나 되는 오피스 또는 점포를 소유하고 있었다. 김희수가 소유하고 있던 빌딩의 부지면적은 2,300평이나 되었다. 건물의 총면적은 1만평이 넘었다. 이 방대한 부동산을 김희수가 일대에 축적한 것이다.

르포 라이터 고이타바시 지로(小板橋二郎)는 그의 저서 『코리안 상술의 기적』에서 5명의 재일한국인 실업가의 성공담을 소개하면서 「긴자를 중심으로 23개의 빌딩을 세운 남자」라는 제목으로 김희수에 대한 이야기를 썼다.

김희수는 저자와의 인터뷰에서 「부동산업자로서 최대의 전기가 된 것은 1970년에 세운 다섯 번째의 빌딩이었다. 그 빌딩을 세우게 된 것이 그 후의 나의 신용을 그전보다 몇 배나 더 얻게 해주었다」고 말했다.

고이타바시의 저서에 따르면, 장소는 도쿄 긴자의 일등지이다. 긴자의 번화가인 덴츠도오리(電通通)에 우뚝 서 있는 빌딩이다. 그 부지에는 지주도 있었고, 차주도 있었다. 그리고 빌딩 소유자도 있었다. 게다가 그 빌딩에 거주하고 있는 사람도 있고 점포 등으로 사용하고 있는 사람도 있었다. 보는 바와 같이 권리가 매우 복잡한 건물이었다.

그 장소에 새로운 빌딩을 세우기 위해서는 먼저 그 빌딩에 입주하고 있는 모든 사람들이 순조롭게 전출해야 한다. 차주도 퇴출해야 한다. 어떻든 간에 현재 영업이 잘되고 있다는 전제로 모든 관계자들에게 배상하지 않으면 안되는 상태다. 모든 것이 정리된 후에 최종적으로 지주로부터 땅을 매입하던가 또는 빌려야 하는 상황이었다. 이렇게 복잡한 부동산의 매입 문제가 있었다. 게다다 당시의 토지 가격은 매일 같이 오르고 있는 유동적인 시세였다.

당초에 계획하고 있었던 대지면적은 35평 정도였다. 그 건물에 들어 있는 임대자 중에는 일본인도 있고 중국인도 있었다. 그것만도 권리관계가 복잡하다. 그러나 이 35평의 대지만으로는 새로운 빌딩을 세우기에는 너무 좁아서 효율이 좋지 않았다. 이왕이면 더 넓은 대지가 좋다고 생각하여 같은 규모의 인접한 빌딩이 눈에 들었다. 그 대지도 같이 매수하기로 하고 교섭했다.

빌딩 건축자금은 은행에서 융자받기로 되어 있었다.

은행에서 융자 승인을 받기 위해서는 먼저 대지의 지주, 차주, 또는 거주자, 사용자 등의 동의가 절대로 필요하다. 이러한 사정을 알고 있는 은행측은 빌딩이 완성되기까지 4년 내지 5년은 걸릴 것이라고 추측했다. 그러나 김희수는 그 복잡한 권리관계를 신속히 처리하고 빌딩 건축을 1년 내에 완성했다. 교섭이 어려울 것으로 생각했던 배상금도 반액만 먼저 지불하고 나머지 반액은 빌딩이 완성된 후에 지불하기로 합의했다는 것이었다.

당시의 긴자의 토지 가격은 평당 약 350만엔(당시의 환율로 300만원). 토지가 70평 정도이므로 땅값만 해도 2억 4,500만 엔(약 2억원) 정도다. 희수의 아이디어와 경영 수완에 감동하여 자금을 융자해 준 은행의 태도 변화에도 놀라지 않을 수 없었다.

많은 사람이 관여되어 있고, 복잡한 이해관계가 걸려 있는 부동산을 입수하기 위한 교섭인데 단기간에 순조롭게 처리했다는 김희수의 말을 도저히 믿기 어려워 인터뷰한 작가는 조심스럽게 물어보았다.

지주나 차주들을 어떻게 설득시켰느냐고 질문하자 김희수는 담담하게 대답했다.

「이럴 때 특별한 노하우가 있었던 것은 아닙니다. 단지

131

성의를 보여주고 성실히 납득할 때까지 설득했지요. 나는 긴자 발전이 무엇보다 중요하다는 점을 내세워 설득했습니다. 긴자는 일본의 중심적인 지역이다. 긴자가 발전하는 것은 일본의 발전과 연결되어 있다. 긴자가 노후화되어가는 것을 보고 모른 척하고 아무것도 하지 않으면 틀림없이 도쿄의 다른 지역에 중심가의 지위를 빼앗기게 될 것이다」

「동네 거리의 미관을 위해서는 어떻게든 빌딩의 신진대사가 필요하지 않겠는가 하며 설득했지요. 말하자면 당시는 아직 젊었을 때라 정말 열심히 찾아다니며 설득 작업을 한 것입니다. 보상문제도 빌딩의 기능에 대해서도 최대한 상대방의 요구 사항을 들어주며 조정하기 위해 노력했습니다」

지주 한 분은 당시 김희수가 발행한 3,000만엔(약 2,600만원)짜리 어음을 신용하면서 그대로 받아 주었다고 한다. 여기까지 하기 위해서는 무엇보다도 자신의 인간성을 상대방이 신용할 수 있도록 해야 한다. 그때 지주 중에는 중국인, 일본의 고급관료, 대학교수 등이 있었다. 그들은 역시 지식인들이라 내가 사심 없이 하는 이야기를 이해해 주고 오히려 격려해 주었다. 이 세 사람을 김희수

옛 긴자 가나이 제5빌딩
(중앙의 높은 빌딩)

는 「나의 사업에 있어서 최대 은인이다」라고 말했다. 평
생 잊을 수 없는 은인들이었다.

　이렇게 해서 도쿄 긴자 일등지에 김희수의 빌딩이 들
어선 것이다. 새로운 빌딩은 부지 70평으로 지상 9층, 지
하 1층의 최신형 빌딩이다. 당시에 3억엔(약 2억 6천만원)을
투자해서 세운 빌딩이었다. 1985년 당시 50억엔(당시의 환
율로 약 185억원) 가치의 평가를 받았다.

133

긴자 소토보리 도오리(銀座外堀通)에 있으며, 덴츠긴자
(電通銀座) 빌딩 건너편, 휴릭크 긴자7초메빌딩의 바로 옆에
있다. 현재는 브란에스파 긴자(Blanespa Ginza) 빌딩으로 이름
이 바뀌었다. 2010년에 준공한 새로운 빌딩은 지하 2층,
지상 13층으로 투명감 있는 유리창벽으로 외관을 장식
한 멋진 빌딩이다. 현재는 클리닉 등 15개의 오피스가 입
주해 있다. 당초에도 김희수가 자랑하던 빌딩이었다.

「그 빌딩을 건축하고 비로소 나에게는 빌딩 건축의 노
하우가 있다는 신용을 더욱 많이 얻게 되었다」고 말했다.
그렇게 장담할 수 있는 이유가 충분히 있었다.

일본 최고의 종합빌딩회사

김희수는 「우리 회사 이상의 빌딩회사는 없다」는 자
부심을 가지고 있었다. 빌딩회사라는 것은 단순히 하드
웨어로 빌딩을 지어 그것을 대여해 주고 임대료를 받아
도 경영은 할 수 있다. 그런 회사도 없는 건 아니다. 그러
나 이런 방식으로 빌딩회사를 유지해 나간다는 것은 어
려운 일이다.

점포 입주자의 입장에서 생각해 보면 빌딩회사에서 대여받은 빌딩의 한 칸은 단순한 하드웨어의 존재가 아니다. 그 장소가 어떤 비즈니스에 적합한가가 중요하다. 주변이 주택가인지, 상점가인지, 번화가인지, 또한 역에서 가까운지, 자동차를 사용하기 편리한 곳인지, 그리고 그 빌딩에 적합한 사업이 있는지, 그 사업을 하기에 적당한 빌딩인지 등이 항상 문제가 된다.

긴자 지역이라 해도 클럽이나 음식점이 들어가는 것이 좋은 장소도 있고, 오피스 빌딩으로 적합한 장소가 있다. 그렇다면 빌딩 건축할 때 처음부터 그 장소에 적합한 비즈니스를 할 수 있는 시설과 설비를 갖출 필요가 있다. 오피스 빌딩으로 할지, 클럽 빌딩으로 할지, 아니면 음식점 빌딩으로 할 것인지에 따라 빌딩 내부의 수도 전기 가스 등 배관 배선이 다르다. 건물의 성격과 규모에 따라 설계와 시공을 해야 한다.

그러한 의미에서 빌딩회사가 취급하는 상품은 빌딩의 공간 설계와 같은 하드웨어뿐만 아니라 빌딩의 입지 조건이나 주변의 시장조사를 포함한 소프트웨어도 중요하다. 즉 빌딩업자에게는 입주자들에 대한 섬세한 서비스가 필요하다. 그것을 소홀히 하면 빌딩업자로 성공하기는 어렵다는 것이다.

김희수가 「우리 회사를 이겨낼 업자는 없을 것이다」라고 장담한 것은 가나이빌딩이 소프트웨어의 성격과 입지 조건의 선택, 설계, 건축, 보수에 이르기까지 일관되어 있다는 자신감에서이다.

1970년까지 김희수는 긴자 지역에 다섯 개의 빌딩을 세웠다. 초기에는 빌딩에 고객이 입주해서 영업을 시작한 후에도 심야에 작업복 입고 고무신을 신고 있는 사장 김희수의 모습을 자주 볼 수 있었다고 한다.

「이봐, 그 배전반을 다시 한번 체크해 보게나」

「연기탐지기에 이상이 없는지 한번 더 확인해 보게나」

입주자로부터 긴급 제보가 들어오면 종업원에게 맡기지 않고, 김희수 본인이 현장에 달려가 원인 규명에 나섰다. 그만큼 철저히 현장을 챙겼다.

일반적으로 빌딩회사는 입주자가 들어온 후에는 빌딩 관리를 하청의 관리회사에 맡긴다. 그러면 그 관리회사는 보수나 수리 등을 다시 하청업자에게 업무 위탁하는 경우가 많다. 비용을 절약하기 위한 방법이다. 그렇게 되면 상근의 전문직원이 없기 때문에 긴급 사퇴가 일어날 경우 즉시로 대처할 수 없다는 문제가 있다. 아파트 등에서 갑자기 화재경보기가 울려도 관리인이 어리둥절할 뿐 전문업자가 도착할 때까지 한 시간 이상 걸리는 것은 흔히 있는 이야기다.

여기에 관심을 가진 김희수는 빌딩회사로서 철저하게 소프트웨어 상품을 취급하기로 한 것이다. 그러기 위해서 입지 조건을 조사하기 위한 시장조사를 하고, 그 시장 조건에 적합한 빌딩을 세우기 위해 목적에 맞는 설계를 하여 설계대로 건축한다. 빌딩이 완성되면 빌딩의 관리 부문, 부동산의 소개 부문, 설비의 고장을 신속히 수선하는 영선 부문 등 일괄해서 취급할 수 있는 여섯 개의 관련 회사를 설립하여 팀 워크 시스템을 형성했다. 전문적인 종합빌딩회사를 추구한 것이다.

관련 회사를 설립하여 기술자들을 직원으로 채용하고, 대기시키면 사고가 발생했을 때 신속하게 처리할 수 있을 뿐 아니라 평상시에 점검하여 사고를 예방할 수 있다. 또한 빌딩 전체를 파악할 수 있기 때문에 고장이 나더라도 근본적인 처방이 가능하다.

사고가 났을 때 기술자를 부를 경우에는 일시적인 처방을 할 수밖에 없다. 물론 전문 기술자를 채용하면 그만큼 재정적인 부담은 크다. 그렇지만 사고를 미연에 방지

할 수 있고 사고가 나도 신속하게 처리함으로써 입주자들에게 안심감을 느끼게 해주는 데 큰 도움이 된다. 그것이 또한 빌딩 평가에도 효과적이라고 판단한 것이다.

김희수 자신이 대표이사로 있는 네 개 회사가 각각 그 역할을 담당하도록 했다. 이러한 일관된 서비스는 규모가 작은 회사들이기 때문에 가능한 것이다.

가나이기업이 설립해서 최초의 빌딩이 완성된 1961년 4월부터 1986년까지 25년 동안 긴자 등 도쿄 도심에 23개의 빌딩을 세웠다. 김희수 회사의 그 동안의 성장률은 연평균 20~30%의 추세였다고 한다.

확실한 성장의 비밀이 무엇이냐는 고이타바시의 질문에 김희수는 이렇게 대답했다.

「기업을 하는 것은 냉혹하고 비정하다고들 말하고 있다. 그러한 면이 없다고는 볼 수 없으나 그렇지만 그 반면 결국 인간이 할 수 있는 기술이기 때문에 상식을 넘는 것이 아니고 넘을 수도 없는 것이지요. 결국 인간은 자기가 맡은 일에 충실하고 성심성의껏 노력하는 것이 그 일을 성취할 수 있는 길이 아닌가 생각합니다. 여러모로 힘든 일도 겪어보고 특히 인간관계에서는 고생도 적지 않게 했습니다. 그러나 결과론이지만 나는 평범하게 살아왔고, 유난스럽게 남과 다투는 것을 피해 왔을 뿐입니다」

「고객 중심」「신용 제일」

김희수는 대지를 매입하고 건축하는 과정에서 세 가지 원칙을 가지고 있었다.

첫째, 대지를 매입하되 매도는 하지 않는다. 값이 오를 만한 땅을 사서 가지고 있다가 땅값이 오르면 되팔아 이윤을 남기는 것은 부동산 투기꾼이 하는 짓이라고 생각했다.

둘째, 건물은 대지의 용도와 목적에 맞게 새로운 건물을 건축해서 사용한다. 따라서 기존 건물을 매입해서 사용하지는 않는다. 맞춤형 빌딩을 건축하여 임대하는 것이 그의 경영철학이다.

셋째, 건물을 세울 자리는 최고의 요지여야 한다. 최고의 요지에 적합한 건물을 지어야 생명력이 긴 부동산이라고 생각하고 있었다.

그렇기 때문에 김희수는 토지를 매입해서 건물을 신축할 때 사전 조사를 철저히 하고 세밀한 계획하에 추진했다. 장래성 있는 장소를 선정하며 안전하고 살기 편한 건물을 신축하는 것이 기본방침이었다.

김희수는 자금의 여유가 있는 것은 아니었지만, 눈앞의 이익을 추구하는 것이 아니고, 장래성 등을 참작하면서 사업을 추진했다. 그러므로 고객이 사용해 보고 기뻐하는 건물을 세우는 것이 경영방침이었다. 신용제일주의의 경영철학이다. 김희수는 한번 매입한 부동산은 절대로 팔지 않으며 부동산 임대업은 산업사회에서 주요 사업이라는 신념을 가지고, 성실한 관리와 임대인에 대한 신용을 담보로 회사를 발전시키고자 부단히 노력한 기업가였다.

이러한 경영방침으로 임대 빌딩 건설이 서서히 증가했다. 가나이 제1호 빌딩부터 제4호 빌딩까지는 은행 융자를 받을 수 없었다. 그러나 그 동안의 신용이 축적되어 제8호 빌딩부터는 일본의 은행들이 경쟁적으로 한국인 김희수에게 융자하겠다고 자청해 왔다. 인간적으로 신용할 수 있게 되었고, 그에게 투자해도 확실히 이익을 얻을 수 있다고 판단했기 때문이다.

이렇게 하여 부동산 임대사업은 순조롭게 진전하여 도쿄 긴자 주변에 김희수 소유 빌딩이 계속해서 증가했다.

빌딩관리도 철저하게 했다. 비상상태에 대처하기 위해서 미리 빌딩관리 부문에 전기, 상하수도, 냉난방, 전화, 기타 보수공사 등에 필요한 기술 요원을 채용해서 확보하고 있었다. 빌딩 수가 증가됨에 따라 기술자가 증가되었기 때문에 건물관리에 해당하는 관련 회사를 별도로 설립하게 되었다. 이것은 김희수가 전기 기술을 배운 이공계 기술자 출신이었기 때문에 이러한 발상이 가능했다고 볼 수도 있을 것이다. 소유 건물에서 어떤 사고가 발생했을 때 신속한 대응을 할 수 있었기 때문에 이런 것으로 인해 고객에게 좋은 평을 얻게 되었다.

이와 같은 철저한 서비스와 관리로 인해 가나이 빌딩은 50년 이상 경과해도 고장도 사고도 없는 완벽한 건물로써 높은 평가를 받게 되었다. 건물은 현재도 건재하다. 「구 긴자 가나이 제1빌딩」의 표찰이 아직도 붙어 있다. 빌딩 입주자를 알리는 간판에는 「가나이빌딩」이라고 그대로 남아 있다.

김희수의 경영철학은 「절약 · 내실 · 합리성 · 신용」이다. 건물을 효율적으로 관리하기 위해서는 작은 것이라도 절약해야 하고, 입주자가 편리하게 사용하기 위해서는 외견보다는 내실을 우선적으로 생각해야 한다. 그렇

141

게 하기 위해서는 줄일 수 있는 곳은 줄이고, 투자해야 할 곳에는 투자해서 회사를 합리적으로 운영해야 한다. 그러므로 입주자만이 아니라 직원이 보아도 신용할 수 있는 건물, 신용 받는 회사가 되는 것이 중요한 것이다.

김희수는 회사 일을 하면서 많은 일본의 기업가, 금융 관계자, 공무원, 고객들까지도 접촉해서 느낀 것은 그들은 어려움에 처한 사람을 보면, 모른 척하지 않고 자진해서 도와주려고 한다. 이런 사람들을 많이 본다. 이것은 선진국 국민의 몸에 스며 있는 도덕적 관념일 것이다. 일본 사람들에게 「적당히」라든지 「대충」이라는 것은 통하지 않는다. 무엇이든 정확해야 하고, 논리적이어야 하며 상식과 도리에 맞아야 한다. 사업하는 사람들 특히 금융기관에 근무하는 사람들은 정직과 신용이 목숨과도 같다. 물론 모든 일본인이 그렇다고는 말할 수 없지만 대개는 그런 사람들이다.

도쿄 도심에 빌딩 23개 소유

가나이기업주식회사가 1961년에 긴자에 임대빌딩

제1호를 세운 이래, 25년 동안 긴자를 중심으로 신바시, 아사쿠사, 시부야, 신주쿠 등 주요 도심에 빌딩 23개를 세웠다. 모두가 도쿄의 도심 일등지이다. 그 중에서도 번화가인 긴자 5초메에서 8초메 사이의 일각에 7개의 임대용 빌딩을 건설한 것이다. 그때부터 긴자의 빌딩 재벌이라고 불렸다.

1986년에 가나이기업 창립 25주년을 맞이했다. 그때 회사 소유의 빌딩이 23개에 달했다. 사업 확대 과정에서 한국인이라고 해서 기업활동의 제약 차별 부당한 대우도 많이 있었다. 그러나 불굴의 정신으로 그런 것들을 극복하고 신용과 노력으로 획득한 자산이다.

어느 날 긴자에 있는 은행지점장이라는 사람으로부터 전화가 걸려왔다. 수화기를 들자, 「자금이 필요하면 언제든지 융자하겠습니다. 이자도 싸게 드리겠습니다」라는 자금 융자하겠다는 이야기였다. 김희수는 「고맙습니다. 현재는 자금이 필요 없지만, 다음에 빌딩을 건축할 때에 상의하겠습니다」라고 대답했다.

부동산 임대업을 개시했을 때 자금을 빌리기 위해 몇 번이나 은행을 찾아갔으나 상대도 하지 않던 은행이 김희수의 사업이 잘 되어 신용을 얻고 있다는 소문이 나돌자 은행 측에서 먼저 융자하겠다는 전화가 걸려온 것이다. 상황의 변화를 실감했다.

김희수는 부동산 임대업을 시작하면서 내세운 세 가지 원칙을 성실하게 지켰다. 이것이 바로 그의 부동산 사업의 성공의 비결이다. 부동산 사업의 급성장은 단순한 운만은 아니었다. 명확하고 뚜렷한 의지와 과감한 추진력이 있었기 때문이다.

새로운 빌딩을 세우기로 하고 융자를 받기 위해서 은행을 찾아갔다.

「사업자금을 융자받으러 왔습니다」

「사업계획서는 가지고 오셨습니까?」

「여기 있습니다. 다음 빌딩의 건축과 임대에 대한 계획서입니다」

「가나이기업주식회사군요. 또 빌딩을 건축하시나요?」

「우리 회사 빌딩의 평이 좋아서 입주하겠다는 사람이 많습니다」

「거래 실적이 매우 좋네요. 신용도가 아주 높습니다. 그런데 사장님은 한국 분이시네요?」

「네, 그랬습니다」

은행의 융자담당자가 사업계획서를 검토하면서, 김희

수의 눈을 계속해서 응시했다. 희수도 은행원의 눈을 똑바로 주시했다.

「알겠습니다. 융자해 드리겠습니다. 잠깐만 기다려 주세요」

이렇게 해서 융자가 즉시 이뤄졌다. 그 동안 김희수의 거래 실적이 인정을 받은 것이나.

이 은행원은 희수의 눈을 뚫어지게 바라보면서 정직성을 확인하는 것이었다. 그들은 대화하면서도 상대의 눈을 본다. 눈빛 속에서 마음을 읽는 것이다.

김희수는 부동산 임대업자로 성공한 기업가이다. 성공의 비결을 물으면「거짓말하지 않는다」「약속은 꼭 지킨다」고 대답한다. 즉,「정직」과「신용」이 그를 기업가로서 성공시킨 경영철학이다. 그것을 충실히 지키고자 끊임없이 노력한 사람이다

「정직」과「신용」은 다름 아닌 그의 할아버지와 아버지로부터 이어받은 유산이다.

세계에서 땅값이 가장 비싼 것으로 유명한 도쿄 긴자 등 도심에 23개의 빌딩을 소유하고 있으므로 부자인 것만은 틀림없다. 최초의 빌딩인 가나이 제1빌딩이 50억엔(1987년 현재 가격으로 약 286억원)을 넘는다고 하니 놀라운 일이다.

145

　김희수는 도쿄의 부동산사업 외에 홋카이도(北海道) 각
지에서 조림사업을 시작했다. 1965년부터 산림과 들판의
토지 매수를 시작하여 약 250정보의 들판에 조림사업을
착수했다. 최종적으로 1,000정보를 목표로 했다. 1,000정
보이면 당시의 시가로 5억 엔의 규모이다.

　김희수와 같은 재일한국인에게도 조림사업에는 일본
정부로부터 70%의 보조금이 나온다고 하지만 50년은 지
나야 수익이 나올 수 있는 조림사업을 하겠다는 취지에
는 비즈니스로서는 이해하기 힘든 일이다. 눈앞의 이익
을 중시하지 않는 김희수의 인생관으로 볼 수밖에 없다.
그의 조림사업은 단순히 경제활동 보다는 인류의 미래
를 생각하는 활동으로 보아야 할 것이다.

　김희수는 조림사업 외에 홋카이도 노보리베쓰(登別)에
3만평의 온천지를 소유하고, 가루이자와(軽井沢)에 별장
분양지 1,500평의 토지를 소유하고 있었다. 이 무렵 재
일한국인 사회에서는 김희수를 「가나이새빌」이라고 불
렀다.

　1981년 11월 10일, 도쿄 데이고쿠(帝国)호텔에서 가나
이기업주식회사 창립 20주년 기념식전이 거행되었다.
식전에서 김희수는 다음과 같은 소감을 피로했다.

146

흔히 부동산 사업은 「땅 짚고 헤엄치는 격이다」라고들
말합니다. 그러나 우리 회사는 절대 그렇지 않았습니다.
남들이 하지 않은 일을 하고, 남들이 가지 않은 길을 가고,
남들이 쉽게 일할 때 우리는 어렵게 땀 흘려 일했습니다.
그 결과 지금과 같은 「가나이」로 성장한 것입니다.

대개 작은 장사치는 먼저 자기 이익을 확보한 뒤에 나
머지를 가지고 손님에게 혜택을 주려고 합니다. 그러나
큰 장사꾼은 먼저 손님에게 혜택을 주고 나머지를 자기
몫으로 합니다. 이야말로 진정한 사업가이며, 올바른 기
업정신이라고 할 수 있겠습니다. 그렇게 하면 손해가 나
지 않겠느냐고 말하겠지만 결코 그렇지 않습니다.

멀리 보면 그것이 바로 이익을 창출하는 길이며, 그런
기업이 오래갈 수 있습니다. 우리 회사는 이와 같은 기업
정신으로 성장하여 50년, 100년을 계속할 것입니다.

1988년에 마베 요이치(間部洋一)의 『일본경제를 흔드는
재일한상 파워』가 간행되었다. 각 분야별로 사업가로써
성공한 재일한국인의 성공담을 담은 글이다. 김희수와
함께 소프트뱅크의 손정희, 롯데의 신격호, MK택시의
유봉식 등 20명이 소개되었다. 이 책에 김희수를 「자산

10조엔(약 57조원)을 손에 쥔 남자」라고 소개하고 있다.

이것은 너무나도 과장된 표현이다. 10조엔이란 숫자는 천문학적 숫자이다. 그의 자산을 아무리 계산해 보아도 도저히 그런 숫자에는 도달할 수 없다. 본인 스스로 부정해도 그 후 「10조엔을 손에 쥔 남자」라는 표현만이 남아 있다. 자산이라고 하지만 김희수의 경우 원래 자산이 있었던 것도 아니고, 전에 사업했던 철강회사를 청산하고 남은 돈 4천만엔(약 1,400만원)을 기본 자금으로 시작하여 가나이빌딩 제1호의 대지 대금을 지불할 정도였다. 부동산을 담보로 은행에서 융자를 받아 건물을 짓고, 그 건물을 담보로 다음 건물의 토지를 사고, 입주자로서 받은 보증금 등을 담보로 다시 새로운 빌딩을 짓는 방식으로 소유 부동산이 증가해 갔다. 그 동안 운 좋게 부동산 가격이 상승하여 많은 도움을 받은 것은 사실이지만, 은행에서 융자를 받은 차입금도 증가되었고, 은행에 갚아야 하는 이자도 대단했기 때문에 순자산은 그렇지 못하다. 하여튼 여러가지 경제적인 요인으로 부동산 가격이 상승함으로써 소유하고 있던 부동산 가치가 급상승한 것만은 사실이다.

1988년의 서울올림픽을 전후해서 서울에서 금융분야

를 담당하는 금정기흥주식회사와 비즈니스호텔을 관리하는 금성관광주식회사를 설립했다. 그 무렵 가나이그룹은 도쿄를 대표하는 도시개발의 선구자를 자임할 정도로 확고한 지위를 쌓아 올렸다.

김희수가 걸어온 길을 보면 누구나 기적적으로 성공한 것으로 생각할 것이다. 행정적, 제도적인 수많은 장애물과 견제에도 불구하고 모든 것을 극복해서 재벌이라고 부를 정도로 재산을 축적했다. 이와 같은 재일한국인 김희수에 대해서 보는 이들도 갑자기 그가 재벌 대열에 들어섰다고 해도 믿기 힘들 정도였다. 그러나 본인의 견해는 기적이라고 말할 수 없다고 한다. 김희수가 살아온 생애를 살펴보면 남보다 몇 배나 땀을 흘렸고, 피눈물 날 정도로 노력한 삶이었다는 것을 이해할 수 있다.

김희수는 어느 작가와의 인터뷰에서 「자기의 이익 보다 고객의 이익을 먼저 생각하는 것이 성공의 비결입니다. 우리 회사 빌딩에 한번 와 보세요. 이처럼 좋은 곳은 찾아볼 수 없을 것입니다」라고 말했다. 자신 만만한 태도였다.

통근은 버스와 지하철을 이용한다

김희수는 외출할 때 언제나 공공 교통기관인 전차나 버스를 이용한다. 매일 아침 자택에서 제일 가까운 역 메구로(目黑)역에서 지하철을 타고, 긴자 역에서 내려 집무실이 있는 가나이 제1빌딩까지 걸어 다닌다. 긴자 7초메에 있는 오래된 건물의 5층에 있는 7평 정도의 자그마한 방이 그의 집무실이다. 믿을 수 없는 이야기지만 도쿄 도심의 일등지에 빌딩 30개를 소유하며 7개의 회사를 거느리는 가나이그룹 총수의 집무실로서는 너무나 허술하기 짝이 없다. 이 빌딩은 엘리베이터가 보급되기 전에 지은 건물이라 엘리베이터가 설치되어 있지 않았다. 따라서 5층까지 계단을 걸어서 올라가야 한다. 희수는 계단을 오르고 내리는 것은 고통이 아니었다. 오히려 걷는 것이 건강에 좋다고 생각했다.

퇴근할 때도 똑같은 루트로 다닌다. 직원 전원이 퇴근하고 나서 7시쯤 되면 손가방을 들고 지하철 역까지 걸어가서 마침 퇴근 시간이라 만원인 전차를 타고 집에 돌아가는 것이 그의 일과이다. 출근이나 퇴근만이 아니라 회사 일 등으로 밖에 나갈 때도 전차, 지하철, 버스 등을 이용한다. 버스 정류장 서너 개 정도의 거리는 시간적인 여유를 가지고 걸어가곤 한다. 걸어 다니는 것이 건강에도 좋고 절약에도 도움이 된다고 생각했다.

보통 김희수 정도의 자산가이면 훌륭한 집무실에 고급 카펫과 고급 응접세트가 갖추어져 있고 호화로운 샹들리에로 장식되어 있을 것이라고 생각할 것이다. 그러나 김희수의 집무실은 오히려 정반대로 꾸밈이 없는 극히 평범한 방인 것을 보고 모두들 놀란다. 특히 한국에서 온 손님들은 생각했던 바와는 전혀 다른 상황에 놀라곤 한다.

어느 지인이 한 말이 있다.

「김 사장님, 최근 항간에 이런 소문이 흘러 다니고 있습니다. 김희수 사장을 만나면 누구나 세 번 놀란다는 것입니다. 먼저 그의 재산에 놀라고, 다음에 사장실을 보고 놀라고, 그리고 사장의 사치스럽지 않은 검소한 복장에 놀란다는 것입니다. 나는 이것이 꼭 좋은 이야기라고는 생각하지 않습니다. 젊었을 때 같으면 모르지만 현재는 주위의 사람들을 위해서도 사장실을 조금 더 좋게 꾸미고, 운전기사를 채용해서 승용차를 이용하는 것이 좋을 것입니다. 그냥 볼 수가 없습니다」

151

젊을 때의 김희수 부부

　그 말을 듣고, 김희수는 주저하지 않고 대답했다.

　「사장실은 일하는 장소이기 때문에 자기가 일하기 쉬운 공간이면 된다. 게다가 아직 다리가 건강하기 때문에 자가용은 필요 없다. 걷는다는 것은 건강에 좋고, 돈 절약도 되고, 자동차를 사용하지 않으면, 환경오염도 없을 것이므로 좋은 일이지 않은가」

　이러한 김희수의 인생관을 누구보다도 깊게 이해하고, 지지해준 사람은 부인 이재림이었다. 부인도 남편과 같이 승용차를 타지 않고, 버스와 지하철을 이용하는 검

소하고 평범한 여성이었다. 소박한 가정주부였다. 세탁
도 웬만한 것은 세탁기를 사용하지 않고, 손으로 빨래했
다. 세탁기를 사용하는 것이 빠르다고 해도 조그마한 것
은 손으로 빠는 것이 좋다고 들어주지 않았다. 3남매를
기르면서 가정부를 둔 적도 없었다.

시장 볼 때도 언제 어디가면 값싸고 좋은 물건을 살 수
있다는 것을 살펴서 효율적인 쇼핑을 하였다. 한 푼이라
도 싸고 좋은 것을 사는 것이 취미였으며, 그러한 쇼핑을
하는 것이 즐거움이기도 했다. 할인 쿠폰이나 경품교환
권을 손에 넣으면 그것을 유용하게 활용했다. 또한 시즌
오픈에 필수품을 할인하면 저렴한 가격으로 사두었다가
다음 계절에 사용하는 등 절약하며 검소하게 생활하는
주부였다.

부인의 내조의 공

김희수는 사업 또는 학교 일로 부인 동반으로 해외에
가는 일이 가끔 있었다. 해외에서 시간 보내기 위해서 관
광지나 쇼핑센터에 갈 때도 있었다. 그럴 때도 부인 이재

림은 고급 가구나 보석, 패션용품 등에는 별로 관심을 보이지 않았다.

부인이 혼자 가사를 맡아 하면서 시간이 있을 때는 가야금을 배우러 다녔고, 꽃꽂이나 요리 수예 등을 배웠다. 자택에서 사용하는 침대보나 이불, 베개, 쿠션, 테이블보 같은 것은 모두 부인이 손수 만든 것이다.

한국의 부자들은 본인은 물론 가족까지 전용 기사를 두고 외제 승용차를 타고 다니면서 고급 백화점 VIP룸에서 호화로운 쇼핑을 즐기는 것이 보통이다. 고급 주택에 가정부를 여러 명 두고 사는 집도 적지 않다. 그런 이야기를 들을 때마다 희수는 그들이 실지로 땀 흘리며 번 돈인지 의문을 가지지 않을 수 없었다.

도쿄에 있는 김희수의 집 부엌 앞에는 작지만 품위 있는 액자가 하나 걸려 있었다. 만당(晩堂) 이혜구(李惠求)가 쓴 액자이다. 이혜구는 서울대학교 음대 교수로 서울대학교에서 국악과를 창설했고, 국악이론의 기초를 만들어 국악을 학문 분야의 반열에 올려놓은 한국 음악학의 태두로 꼽힌다. 액자에 담긴 글의 내용과 뜻은 다음과 같다.

國正天心順 국정천심순 (나라가 올바르면 하늘도 순조롭다)

官淸民自安 관청민자안 (관리가 깨끗하면 백성은 자연히 편

안해진다)

妻賢夫禍少 처현부화소 (아내가 현명하면 남편이 입을 화가

줄어든다)

子孝父心寬 자효부심관 (자녀가 효도를 다하면 부모의 마음

이 넓어진다)

이 글의 내용이 바로 김희수 가정의 생활철학인 듯하다.

김희수가 중앙대학교를 인수한 뒤 어느 날, 부인이 갑

자기 이런 말을 했다.

「여보, 저 이제부터 한국어를 체계적으로 배워보고 싶

어요」

「한국어를? 느닷없이 왜 그런 생각을 했어요?」

「당신이 본격적으로 한국 교육계에 뛰어들었으니 앞

으로 한국 사람들과 만나는 자리가 점점 더 많아질 거 아

니에요? 그러면 저도 함께 가야 할 모임이 늘어날 텐데,

그때 제가 한국어를 잘하면 도움이 되지 않겠어요? 한국

어를 열심히 배워서 당신 일을 돕고 싶어요」

「어떻게 그런 생각을 다 했어요? 그렇게 하도록 해요」

부인은 그 후 연세대학교 부설 한국어학당에서 1년 6개월 동안 젊은 학생들과 함께 열심히 한국어를 배웠다. 공부하는 사이 부인의 한국어 실력은 눈에 띄게 향상되었다. 예상대로 부부 동반으로 가야 할 모임들이 많아졌고, 그때마다 부인이 실력을 발휘하여 한국말로 모임의 분위기를 화기애애하게 만들었다고 한다.

김희수는 이런 아내가 참 고맙고 자랑스러웠다. 아내는 남편을 존경하고, 남편 또한 아내를 존경했다. 부부 간의 상사상애(相思相愛)였다. 사업이 잘 안되어 몇 번이나 위기에 직면한 적이 있지만, 그때마다 부인은 묵묵히 남편 희수를 도와주었다.

교육사업에 나서면서 일본에서 외국어전문학교를 설립했을 때의 일이다.

「여보, 학교 이름을 정했어요」

「뭐라고 정하셨나요?」

「수림외어전문학교예요. 어때요?」

「그게 무슨 뜻인가요?」

「김희수의 '수'자와 이재림의 '림'자를 합쳐서 만든 거요. 한자로 말하면 「빼어날 수(秀)」에 「수풀 림(林)」이니까 「빼어난 숲」이란 뜻이고, 또는 「아름다운 숲」이라는 뜻이 되니 좋지 않소?」

「그러네요. 우리 이름을 합치니 그런 좋은 뜻이 나오네요. 괜찮아요」

수림의 이름은 이거만이 아니라 장학사업과 문화사업을 목적으로 하는 재단에도 사용되어 수림재단과 수림문화재단이 발족되었다. 남편이 빼어난 한 그루의 거목이었다면 그것을 울창한 숲으로 키워 준 것은 다름 아닌 그의 아내일지 모르겠다.

점심은 국수로 때우는 검소한 생활

김희수의 점심은 국수로 때운다. 몸에 좋은 것을 싸게 먹을 수 있으면 그것으로 충분하다. 점심식사로 비싼 것을 먹을 필요가 없다는 것이다. 일본에서는 근처에 있는 단골집 조그마한 식당에 가서 국수를 먹었다. 한국에서는 된장찌개나 칼국수 등 서민적인 음식을 먹었다. 고급요리를 많이 주문해서, 다 먹지 못하고 거의 남기는 경우가 많이 있는데, 이런 것은 낭비라고 했다.

김희수가 중앙대학교 재단 이사장에 취임한 직후이

다. 점심시간이 되어 점심을 먹기 위해서 현관 앞에 나갔더니 대기하고 있던 승용차가 여기저기서 나타났다.

「이사장님 타세요」

「이거 어떻게 된거지?」

「식사하러 가셔야지요?」

「식사하러 가는데 무엇 때문에 자동차를 타야 하지」

「예약한 식당이 약간 멀어서 자동차로 이동해야 합니다」

희수는 이런 날은 온종일 기분이 안 좋았다. 점심시간에 잠깐 점심 먹으러 가는데 자동차를 타고 가야 한다면 이 나라의 장래가 걱정되지 않을 수 없었다.

희수는 서울 생활이 별로 좋지 않았다. 이유는 생활이 너무 사치스러웠다는 것이다.

1987년 가을, 학교법인 중앙대학교 이사장에 한국일보 도쿄특파원이 「신임 중앙대학교 이사장은 칼국수로 점심을 때우는 1조 5,000억원의 부동산 재벌」이라는 제목으로 김희수를 소개했다. 「재벌」과 「칼국수」는 균형이 맞지 않는다는 것을 강조하려고 쓴 기사 제목이었을 것이다.

한국 부자들의 저택은 그야말로 궁전이다. 저택을 지키기 위해서 개 몇 마리를 두고, 경비원을 고용하고 있는 사람도 있다. 그런데 일본에 있는 희수의 집은 아주 평범한 서민의 집이다. 거기에 자택은 고급 저택이 아니라 회사의 사택에서 살고 있다.

중앙대학교 재단 이사장을 맡고 도쿄 - 서울 간을 오가야 했기 때문에 서울의 거처로 아파트 한 채를 구입했다. 가구 등 비품이 없었기 때문에 희수는 새로 사지 않고, 서울에 올 때마다 도쿄의 집에서 사용하고 있던 것을 하나둘 운반해 왔다. 김포공항의 세관원이 희수의 소지품을 보고 말했다.

「자산가인 분이 왜 이렇게 고물들을 가지고 오십니까?」

「돈이 있다고 해서 이미 가지고 있는 것을 놔두고 새로 살 필요가 있겠습니까?」

희수는 사업을 시작해서 돈을 버는 것은 자기가 사용하기 위해서가 아니라는 인생관을 가지고 있다. 어느 정도 돈이 모이면 사회적으로 환원해야 한다. 하늘이 자기에게 재물을 준 것은 입을 옷도 없고 먹을 것도 없이 사는 이웃 사람에게 입을 옷을 주고, 식사를 제공하는 것이며 어두운 세상을 조금이라도 밝혀주는 등불이 되어야 한다고 생각하고 있었다. 이것이 재산을 모은 부자의 사명이어야 한다는 신념을 갖고 있었다.

예술을 사랑하는 가족

김희수는 슬하에 3남매가 있었다. 장녀 양삼, 차녀 양주, 막내 양호이다. 3남매 모두 할아버지가 붙인 이름이다.

장녀 양삼은 가쿠슈인(学習院)대학에서 금속공예학을 전공하고, 목공예가인 남성과 결혼했다. 결혼 후 예술가로 활동하고 있다. 차녀 양주도 언니와 같이 가쿠슈인대학에서 서양미술사를 전공했으며, 이공계 대학을 졸업하고 쏘니에 근무하는 남성과 결혼했다. 차녀 양주는 부모님이 계신 집 가까이에 살고 있기 때문에 때때로 친정에 가서 어머니를 도와드렸다.

독자 아들인 양호는 게이오(慶応)대학 경제학부를 졸업하고, 공인회계사로서 회계사무소에서 근무하였다. 아버지가 돌아가신 후 인재육성에 진력하였던 아버지의 유지를 이어받아 수림재단 이사장에 취임했다. 양호는 풀르트를 좋아해서 음악대학의 진학을 희망했으나 아버지의 권유로 경제학을 전공하게 되었다. 대학시절에는 대학서클 오케스트라에서 음악활동을 했다. 대학의 서클에서 같이 활동하면서 피아노를 담당했던 여학생과 친해져 졸업 후에 결혼하게 되었다.

여행을 즐기는 김희수 부부

이렇게 보면 김희수 가족은 예술가 가족이다.

어머니 이재림은 미술이나 음악감상을 누구보다 좋아했다. 거기에다 파츠워크(patchwork)는 상당한 수준으로 조예가 깊었다. 전시회를 몇 번이나 개최했다. 예술적 감성과 열성이 없으면 못하는 일이다.

희수는 시간이 있을 때마다 부부 동반으로 미술전람회나 콘서트에 다녔다. 공예전시회에 갈 때는 장녀가 동반하고, 미술전시회에 갈 때에는 차녀가 동반했다. 그리

161

고 음악 콘서트에 갈 때는 장남이 따라갈 때도 있었다. 부부 동반으로 해외 출장을 갈 때는 현지의 미술관이나 박물관을 견학하고, 음악콘서트를 찾아다녔다. 이런 것들이 즐거움이었다.

미술품을 구입해서 소장하는 것도 취미였다. 이방자(李方子) 여사가 복지기금을 마련하기 위해서 손수 제작한 도자기 2점이 자선전시회에 출품된 것을 보고, 희수는 그것을 구입해서 소중히 보관했다. 그 도자기는 단정하고 기품이 있는 백자 항아리였다. 이방자는 일본 황족 나시모토노미야 모리마사(梨本宮守正)의 장녀로 태어나, 대한제국 최후의 황태자 영친왕 이은과 정략 결혼한 비극의 여성이다. 1945년에 일본의 패전으로 재산을 몰수당하는 등 불편한 생활을 하면서도 1962년에 한국 국적을 취득한 후, 「저의 조국도 저의 뼈를 묻을 곳도 한국」이라는 신념을 가지고 사회활동을 하면서 여생을 보냈다.

희수는 서양화와 동양화를 몇 점 소유하고 있었다. 그 중에도 원재(元齋) 정해준(鄭海駿) 화백의 「설중홍(雪中鴻)」을 좋아했으며, 항상 가까이 두고 있었다. 설원(雪原)에 있는 큰 기러기를 그린 작품이지만 그림 안에 「부귀공명설외사　설중독립사무사(富貴功名雪外事　雪中独立思無邪)」라는 글귀가 쓰여 있다. 즉 부귀공명은 눈이 쌓인 경치 밖에 있으며 나는 그 눈 가운데 혼자 있으며 비틀어진 생각을 하지 않는다는 의미이다. 비록 난세를 살아가고 있지만 나 자신까지 비틀어진 마음을 가져서는 안된다는 것이다. 「마음을 똑바로 가지며 비틀어진 생각을 하지 않는다」는 의미로 『논어(論語)』「위정편(為政編)」에 있는 말이다.

희수는 이 그림 안에 보이는 풍경이나 제목이 여태껏 자신이 살아온 것과 닮아 있는 것을 보고, 절절히 느끼게 되어 가슴이 뭉클해지는 기분이었다. 그런 심정으로 그림을 항상 감상했다는 것이다. 그 만큼 애착심을 가지고 있었으며, 기회가 있을 때마다 이 그림을 다른 사람에게 소개했다고 한다.

그리고 김희수는 한국의 전통음악에도 애정을 가지고 있었다. 오랜 기간 타국 땅에서 조국을 그리워하면서 살고 있었기 때문인지 모르지만 한국의 국악 연주를 들으면 다른 어떤 민족음악에서도 느낄 수 없는 깊은 정서적인 울림을 느끼게 된다고 했다.

1991년에 중앙국악관현악단의 미국 순회공연에 맞추어 부부 동반으로 미국을 방문하여 순회공연을 관람했다. 같은 해, 일본 후쿠이현(福井県) 쓰르가시(敦賀市)에서 열린 남북 코리아 합동 국악연주회에도 부부 동반으로 참가했다. 그리고 1992년에는 일본 가고시마(鹿児島)에서 열린 중앙국악관현악단의 연주회에 가족 전원이 시간을 맞추어 온 가족이 함께 연주회를 감상했다. 가족 전원이 행사에 참가한다는 것은 그리 용이한 일이 아니기 때문에 부모로서는 이 이상의 행복이 없는 것이다. 자랑일 수밖에 없다. 자식들에게도 조국의 문화와 예술에 접할 수 있는 기회를 제공하는 것도 중요하다. 그렇게 검소하고 절약하는 김희수이지만 조국의 문화와 예술의 발전과 이해를 위해서는 돈도 시간도 아끼지 않았다.

자식들에게 재산은 물려주지 않는다

보통 사람들은 부모가 부자면 자식들도 부자라고 생각한다. 부모가 생존 중에는 함께 부귀영화를 누리고, 부모가 세상을 떠나면 그 재산을 물려받기 때문이다. 특히 한국 사회에서는 이런 생각이 고정관념으로 자리잡고 있다. 그렇기 때문에 부모가 부자인 경우 부모가 돌아가신 후에 자식들끼리 재산 상속문제로 분쟁이 일어나는 경우가 종종 있다.

부자 집안에서 태어나면 아무런 노력도 없이 부를 손에 넣게 되고, 반대로 가난한 집안에서 태어나면 아무리 노력해도 먹고 살기가 쉽지 않다는 것이다. 그렇기 때문에 부자는 갈수록 더 부자가 되고 가난한 사람은 갈수록 더 가난해진다. 자연스럽게 부의 양극화가 진행된다.

김희수의 조부모와 부모는 자식들에게 한 푼의 재산도 남기지 않았다. 그러나 김희수는 일본에 있는 한국인 사업가를 대표할 정도로 큰 기업을 경영하게 되었다. 조부모와 부모는 희수에게 재산은 남기지 않았지만, 그에게 배움의 길을 열어주었고, 살기 위한 방법을 가르쳐 주었다. 또한 돈을 벌고 관리하고 사용하는 방법도 가르쳐 주었다. 물질 대신 눈에 보이지 않는 가치와 정신, 철학, 지혜를 남겨주었다. 김희수에게는 이것이 진정한 재산이라고 생각했다.

김희수 자녀들은 부자가 된 아버지 덕분에 고생 없이 성장했으며 교육을 받았다. 부모는 애정을 가지고 자식들을 교육시켰다. 자녀들도 부모의 애정 밑에서 아무 걱정 없이 하고 싶은 교육을 받을 수 있었다. 경제적으로 여유 있는 가정에서 태어나서, 부모의 정상적인 교육방침에 의해 고생을 모르며 대학생활을 영위했다. 당연히 부모로서는 자녀들의 양육과 교육은 가능한 한 해야 할 책무가 있다. 김희수는 평소「부모가 자녀들에게 해주는 것은 여기까지다」라고 말했다.

그렇게 보면 김희수가 자녀들에게 사업을 물려준다든가, 자산을 남겨준다는 것은 전혀 생각하지 않았던 것으로 볼 수 있다.

김희수의 아내는 두 딸이 결혼하기 전에 요리를 만들고, 식사 준비하고, 세탁하고, 집안의 청소나 정리정돈하는 것 등 가사에 필요한 일들을 모두 가르쳤다. 딸들도 불평하지 않고 어머니를 도와 부엌일이나 집안일을 거들었다. 김희수도 시간이 나는 대로 집안 청소도 하고 설거지도 했다. 희수에게도 당연한 일이었고 자연스러운 일이었다.

김희수는 생전 자식들이 자신의 가르침을 잘 이해하고 사치나 낭비하는 일 없이 충실하게 성장하는 모습을 보고 마음이 든든하다고 말했다.

어느새 나이를 먹게 되자, 주변 사람들로부터 이런 질문을 가끔 받았다.

「회사는 아들에게 물려주실 건가요?」

166

중앙대학교 이사장직에 있을 때, 이렇게 묻는 사람도 있었다.

「재단 이사장 자리를 아드님에게 물려주실 생각이 있으신가요? 그렇다면 지금부터라도 서서히 훈련을 시키고, 이사진에도 참여할 기회를 주셔야 하는 게 아닙니까?」

김희수는 이런 질문을 받을 때마다 부모와 자식 사이라 해도 사람마다 개성이 다르고 관심사가 다른데 다른 것도 아니고 대학교육이나 사업에 관한 일을 부모가 억지로 시킬 수는 없는 일이라고 했다. 자녀들의 인생은 자녀들 자신의 인생이고, 희수의 인생은 희수 자신의 인생이라고 명료하게 대답했다.

장남 양호가 대학을 졸업할 무렵, 회사 임원들은 당연히 아버지 회사에서 일을 배워야 한다고 권유했다. 그때마다 희수는 이렇게 대답했다.

「아닙니다. 내 아들이라고 해서 회사에 간단히 들어온다면 제대로 땀 흘려 일하는 의미를 알 수 없습니다. 처자식을 먹여 살리기 위해 고생해야 돈을 벌 수 있다는 사실을 알아야 합니다. 남의 밥을 먹어봐야 비로소 세상을 아는 법입니다」

제5장

사회공헌과 교육 · 연구지원사업

학생들의 꿈을 들어보자

2010년 2월 25일에 서울의 수림재단 회의실에서 장학생 선발을 위한 면접이 있었다. 경상도, 전라도, 제주도 등 전국 각지에서 어려운 처지에도 불구하고 지망하는 대학입시에 합격하고, 수림재단의 장학금을 희망하는 학생들이 면접장소에 모여, 면접관 앞에서 면접을 받고 있었다.

「어렸을 때는 우리 집 형편이 이렇게 어려운 줄 잘 몰랐는데 자라면서 보니까 무척 어렵다는 사실을 알게 되었습니다. 남들은 좋은 대학에 합격했다며 부러워했지만, 학비 걱정 때문에 속으로 얼마나 애가 탔는지 모릅니다」

「부모님들이 모두 돌아가셔서 … 이모할머니께서 저

와 동생을 맡아 키워 주셨습니다. 이제 대학생이 되었으니 장학금도 타고, 아르바이트도 열심히 해서 더는 이모할머니 신세를 지지 않고 제 힘으로 한번 살아보고 싶습니다」

「아버지가 2년 반 전에 일하다가 허리를 심하게 다치는 바람에 경제활동을 하지 못하고 집에서 치료를 받고 계십니다. 그래서 저는 이 장학금을 꼭 받아야 합니다. 제가 대학생이 되어 마음껏 공부하는 걸 보는 게 아버지 소원이시기 때문입니다」

「엄마 아빠가 이혼한 뒤 엄마랑 살게 되었습니다. 나이 차이가 크게 나서 제가 동생들을 돌보며 자랐는데, 어려운 여건 때문에 동생들이 잘못되지나 않을까 걱정을 많이 하고 있습니다. 대학을 졸업하면 저처럼 가난한 학생들을 도와주는 훌륭한 교사가 되고 싶습니다」

장학금을 받고 싶은 학생들의 어려운 심경을 토로하는 말들이다. 그들은 지망한 대학에 합격하고, 보통 같으면 장래의 원대한 꿈을 품고 보람 있는 대학 생활을 하기 위한 준비를 하겠지만, 가난한 가정 사정으로 학비도 내지 못할 형편이므로 장학금이 꼭 필요하다는 호소였다.

학생들은 대기실에서 기다리고 있다가 자신의 이름이

호명되면 한 명씩 면접실로 들어와 재단 이사들로 구성된 면접관들 앞에서 자기소개를 하고 질문에 답변한다. 일류 대학에 합격한 우수한 학생들인데도 모두 긴장한 표정이 역력했다.

이 수립재단의 장학생에 채용되면 받게 되는 장학금으로 4년간 안심하고 공부할 수 있기 때문에 어떻게 해서라도 장학금을 받을 수 있도록 면접관들에게 좋은 인상을 보이고자 애쓰는 모습이었다.

어느 여학생은 자기소개를 하다가 갑자기 눈물을 쏟고야 말았다. 침착하게 자기 생각을 정리해서 이해하기 쉽게 설명해야 한다고 생각하면서도 지난날을 회상하며 불행했던 가족의 과거에 관한 이야기를 하려고 하니 그동안 참아왔던 감정을 억누르지 못해 눈물을 쏟고야 만 것이다.

「학생이 대학을 졸업하고 사회에 나가 열심히 일해서 부자가 된다면 제일 먼저 하고 싶은 것은 무엇이지요?」

분위기를 바꾸기 위해서 어떤 면접관이 이런 질문을 던졌다.

「평생 저희들을 키우느라고 고생만 하신 엄마 아빠한테 멋진 집을 지어드리고 싶어요. 그리고 많은 분들이 생활이 어려운 저희들을 도와준 것처럼 저도 가난해서 공부를 하고 싶어도 제대로 할 수 없는 학생들을 도울 수 있는 장학재단을 만들고 싶습니다」

수림재단은 김희수 이사장이 중앙대학교 이사장 재임 중인 1990년 6월에 「수림장학연구재단」을 설립했지만, 본격적으로 활동을 시작한 것은 중앙대학교 이사장직을 떠난 뒤인 2008년 6월부터이다.

수림재단은 매년 봄 신학기가 시작하기 전에 전국의 고등학교에 모집 안내문을 발송하여 대학에 합격했지만 가정 형편이 어려워 학업을 계속할 수 없는 학생들을 추천하도록 하여 서류심사와 면접을 통해 10명 내외의 학생들을 선발하여 장학금을 지급했다. 장학금을 지급 받는 학생들은 매 학기 일정한 수준 이상의 성적을 유지하면 졸업할 때까지 4년 동안 소정의 장학금을 지급 받게 된다. 수림재단은 1기부터 8기까지 100여 명의 대학생에게 장학금을 지급했다.

전에는 가난한 가정에서 태어난 학생들은 대부분이 법대, 의대, 상대 등에 진학해서 판사, 검사, 변호사, 의사가 되든지, 대기업에 취직하는 것이 꿈이었지만, 요즘은 가정 형편이 좋지 않더라도 다양한 희망을 가지고 있다.

수림의 장학생들의 전공을 보면 수학, 기계항공공학, 전자공학, 건축디자인, 의공학분야, 화학생물공학, 도시행정학, 건축조경학, 문리천문학 등 전공이 각양각색이다. 시대의 변화에 적응한 것인지 미래를 내다보는 새로운 분야의 전공이 눈에 띈다.

「일본 드라마를 좋아해서 일본 문화에 관련된 일을 하고 싶습니다」

「제 손으로 설계하고 시공해서 저만의 도시를 만들어 보고 싶습니다」

「로봇을 처음 봤을 때 흥분되어 견딜 수 없었습니다. 제 꿈은 장래 AI 기술로 로봇이 모든 분야에서 실용화되는 그런 세상을 만드는 일에 공헌하고 싶습니다」

「대학에서 경영학을 공부하고, 졸업 후 로스쿨에 진학하여 인권변호사가 되고 싶습니다. 변호사가 되어 사회적 약자를 도와주는 일을 하고 싶습니다」

「범죄심리분석관이 되어 범죄 없는 안전한 세상을 만드는 것이 저의 꿈입니다」

이러한 분위기 속에서 학생들과 대면하면서 김희수의 얼굴에는 부드러운 미소가 만면에 번졌다. 안경 너머로 백발노인이 된 자신을 바라보는 눈망울들을 보고 그는 어린 시절의 자신의 경우를 생각한 듯했다. 그 자리가 생전에 그토록 사랑했던 젊은 학생들과 대화하는 마지막 시간이었다.

퇴계학 국제학술회의 지원

이퇴계는 조선시대를 대표하는 유학자이다. 현재 한국의 천원 짜리 지폐의 초상화 인물이고, 서울 중심부에 있는 「퇴계로」는 그의 이름을 따서 붙인 도로명이다. 그만큼 유명한 역사적인 인물이다.

어렸을 때부터 유학자인 할아버지 밑에서 유교사상을 배우고, 한국의 전통적인 학문에 깊은 애착을 가지고 있었던 김희수는 1985년 8월 29일부터 3일간에 걸쳐 일본에서 제8회 퇴계학 국제학술대회가 개최된다는 뉴스를 전해 들었다.

한국 경북대학교, 대만 사범대학교, 미국 하버드대학, 독일 함부르크대학 등에 이어 일본 쓰쿠바대학(筑波大学)에서 개최되었다. 대회 주제는 「퇴계학의 역사적 위치 − 동아시아의 사상과 문화의 역사적 전개와 세계사상사적

시점에서의 퇴계학의 위치ㅡ」였다. 일본국제퇴계학회회장 다카하시 스스무(高橋進) 쓰쿠바대학 교수가 대회의장을 맡았고, 한국퇴계학회(이동준 회장)의 후원으로 쓰쿠바대학과 국제과학진흥재단이 주최하는 국제회의이다. 일본에서 개최되는 터라 참가자가 당초 예상보다 훨씬 많은 250여 명이 모이는 바람에 예산 초과로 주최측이 어려운 처지에 놓였다. 대회 책임자인 다카하시 교수는 대회 주최를 맡은 이상 국제적인 신용문제도 있고 해서 어떻게 해서든 성공적으로 개최해야 한다고 생각하고 있었다. 그래서 최악의 경우에는 책임자 본인이 부담하겠다는 각오로 자금조달 방안 찾기에 골몰하고 있었다.

그러던 어느 날 다카하시 교수한테 전화가 걸려왔다.

「저는 김희수라고 합니다. 한국 경상도 출신으로 일본에서 회사를 경영하고 있습니다. 이퇴계 선생에 관한 국제회의를 개최하신다고요? 어느 정도의 규모인가요?」라고 묻는 것이었다. 다카하시 교수는 국내외에서 250여 명이 참가한다고 대답했다.

「그러면 막대한 경비가 필요하겠네요?」라고 김희수가 먼저 말을 꺼냈기 때문에 「실은 자금문제 때문에 어려운 상황입니다」라고 말하자, 김희수는 대뜸 「저 자신은

175

퇴계학 연구자는 아니지만, 한국인으로서 일본의 학자를 비롯해 세계 각국의 학자들이 퇴계학을 연구한다고 하기에 보람을 느껴 적극 지원하겠습니다」라고 말을 전했다.

다카하시 교수가 놀란 것은 김희수가 경상도 출신으로 이퇴계 선생과 동향이라면서 국제회의 개최에 협력하기 위해 경상도 출신으로써 일본에서 사업하고 있는 기업인들에게도 대회 경비의 기부를 권유하겠다는 것이었다. 다카하시 교수한테는 정말 고마운 이야기였다.

다카하시 교수는 고맙다는 인사차 도쿄 긴자의 김희수 사무실을 방문했다. 전화가 걸려온 뒤 2주쯤 지나서다. 그동안 비서에게 부탁해서 기부를 요청할 사람의 명부를 작성했다고 하면서 명부를 건네주었다. 그러면서 김희수는 「어떻게 해서든 기부금을 모읍시다」라며 스스로 상당한 금액을 내놓았다. 이를 계기로 여러 곳에서 기부금이 모였고, 제8회 국제학술대회를 성공적으로 마칠 수 있었다고 다카하시 교수는 감사의 뜻을 잊지 않았다.

국제학술대회에는 미국, 유럽, 독일, 중국, 대만, 한국, 일본 등에서 다수의 연구자가 참가하여 성공적인 대회로 마무리되었다. 이 분야의 저명한 학자인 도호쿠대학

176

(東北大学) 미나모토 료엔(源了円) 교수는 환영파티 자리에서 「이와 같은 아시아의 학문을 국제적으로 토론할 수 있는 기회를 만들어 주셔서 감사하다」며 눈물의 스피치를 했다. 그만큼 감격스러운 국제학술대회였다고 다카하시 교수는 회상했다.

국제학술대회는 큰 성과를 올리고 끝냈지만 또 하나의 문제가 남아 있었다. 학술대회에 제출한 발표논문과 토론내용을 논문집으로 간행하는 것이었다. 방대한 분량의 발표논문을 한 권의 책으로 간행하자고 대회에서 결의했지만 책자를 발행하는 비용은 전혀 준비되어 있지 않았다. 이 문제도 결국 김희수의 지원으로 훌륭한 논문집을 발행하게 되었다. 1986년 12월 12일, 도쿄 도요쇼인(東洋書院)에서 간행되었다. 이 책은 일본의 각 대학도서관 및 연구기관에 배포되었다.

국제학술대회 기간 중 김희수는 매일 회의에 출석했고, 이 국제대회가 인연이 되어 중국 학자들과 교류하게 되었다. 특히 중국 동북지방 연길시(延吉市) 소재 연변대학(延辺大学) 교수로 있는 재중동포인 이홍순 교수와 인연을 맺게 되었다. 이홍순 교수를 통해 동북 자치구의 학자들과 교류가 시작되어 연변대학에 교육기구, 교재, 교육

경비 등을 보냈다.

이 이야기는 국제학술회의에 참가한 중국인 학자들로부터 다카하시 교수에게 전해졌다고 한다. 거주하는 나라는 다르지만 같은 핏줄인 해외동포에게 동족애로 따뜻한 지원을 한 것이다.

다카하시 교수는 일본에서 개최되는 국제퇴계학술대회를 성대히 마칠 수 있도록 정신적 물질적으로 지원을 아끼지 않은 김희수에게 다음과 같은 감사의 뜻을 표명했다.

김희수 선생님은 대단히 겸손한 분으로 무엇이든 부탁드리면 아무 말없이 조용히 도와주시는 분으로 자기가 해주었다고 떠들어대는 성격도 아니었다. 아무 조건 없이 필요한 것을 무조건 도와줄 뿐 아니라 미리 말하기도 전에 상황을 알아차리고 도와주시는 분이다. 학술대회를 주최할 때 많은 분들로부터 도움을 받았지만 아무 조건 없이 협력해주신 분은 김희수 선생 뿐이다. 김희수 선생한테서 걸려온 감격적인 전화를 받았을 때의 일이 생생하게 기억난다. 아직도 세상에는 이런 분이 계시구나하고 내 귀를 의심할 정도이다.

국제퇴계학회는 1976년에 창립했다. 그 동안 한국, 일본, 중국, 대만 등 동아시아를 중심으로 베트남 등 동남아시아, 미국, 유럽 등 전 세계에 전파된 권위 있는 전통을 가진 국제학술회의이다.

1988년 9월 15~16일, 제10회 퇴계학 국제학술대회가 서울올림픽기념 퇴계학국제심포지엄으로서 서울 교외에 있는 한국정신문화연구원에서 개최되었다. 국제퇴계학회(회장 금진호), 일본국제퇴계학회(회장 다카히시 스스무), 유네스코 한국위원회(사무총장 조성옥)의 공동 주최였다.

「퇴계학의 회고와 전망」을 주제로 개최된 국제심포지엄은 영국, 미국, 독일, 호주, 중국, 한국, 일본, 소련, 유고, 싱가폴, 대만 등에서 120여 명이 참가했다. 50여 명이 대회에서 연구성과를 발표했다. 발표는 영어, 중국어, 일본어, 한국어의 동시통역으로 진행되었다. 차기 주최를 맡게 되는 중국에서는 10여 명이 참가했다.

야스오카 마사히로(安岡正篤)와 퇴계학연구

일본의 퇴계학연구회는 1972년에 창립했다. 회장에

우노 데쓰진(宇野哲人)도쿄대학 명예교수, 부회장에 아베 기치오(阿部吉雄) 도쿄대학 명예교수, 우노 세이치(宇野精一) 도쿄대학 명예교수, 고문에는 야스오카 마사히로, 모로하시 데쓰지(諸橋轍次) 도쿄교육대학 명예교수와 같은 일본 한학계의 석학들이 추대되었고, 야기 노부오(八木信夫)가 이사장에 취임했다. 야기 노부오는 도쿄대학 법학부 재학 중에 고등 문관시험에 합격하여 조선총독부 관리로서 황해도지사, 총독관방부사무관, 전라남도지사 등을 역임하고, 퇴임 후 야스오카가 주재하는 전국사우협회(全国師友協会) 상무이사 · 사무국장 · 부회장으로 야스오카와 함께 한일 우호를 위해서 여생을 바친 인물이다. 이 연구회에는 부회장, 이사, 감사에는 국립대학 명예교수, 시립대학 총장과 이사장, 저명한 대학교수 등 쟁쟁한 인사들이 포진하고 있었다.

퇴계학 연구회의 창립 목적은 이퇴계의 학문을 중심으로 동양 정신문화의 연구와 보급에 힘쓰며, 한일 친선의 정신적 기반을 확립한다는 것이었다.

1972년 5월, 퇴계학연구회 주최의 국제학술회의가 도쿄에서 개최되었다. 주제는 「근세 동아시아의 주자학과 이퇴계」, 한국에서 18명, 대만에서 3명, 미국에서 2명 등 해외에서 23명 참가했다. 대회 상임고문으로 야스오카 마사히로는 환영사에서 「유학(儒学)은 수신제가치국평천하(修身斉家治国平天下) 및 치기치인(治己治人)의 학문이며, 경세재민(経世在民)이라는 고귀한 한 면이 있는가 하면, 동시에 깊은 내면적 함양을 의미한다」고 말하고, 「그 내용을 보다 더 깊고 넓게 연구하고 해명하여 양원리적(陽原理的)인 서양 근대문명에 깊은 영향을 주었다. 일본 및 세계의 문명의 위기 대처에 활용해야 한다」고 말했다.

야스오카 마사히로의 격조 높은 인사말에 참가자 일동은 감명을 받았다. 야스오카 마사히로는 양명학(陽明学)의 대가이며 동양사상가로 유명할 뿐 아니라 일본의 역대 총리대신의 스승으로 정계, 재계, 관계의 지도자로 알려진 사람이다. 전후 일본의 대부분의 총리대신들이 정국의 고비마다 그에게 가르침을 받았고, 많은 재계 인사들이 지도를 받을 만큼 정재계에 강력한 영향력을 갖고 있었다.

야스오카 마사히로는 일본 역사에 남길 만한 큰 공적이 있는 사람이다. 일본 천황의 종전조서(終戦詔書)를 수정한 인물로 알려져 있다. 또한 「쇼와(昭和)」와 「헤이세이(平成)」의 원호(元号)를 발안한 사람으로 알려져 있다. 이러한 사실은 성격상 비밀로 되어 있으나 관계자들의 증언으로 세상에 알려졌다.

1976년 5월, 대구에 있는 경북대학교에서 이퇴계사상 연구 국제회의가 개최되어 일본에서 10여 명이 참가했다. 외국에서도 저명한 학자들이 다수 참가했다. 국내외에서 600여 명이 모였다. 퇴계학연구의 인기를 짐작할 수 있겠다. 대회 모두(冒頭) 야스오카 마사히로가「선철(先哲)의 교학(敎学)」이라는 주제로 특별 강연했다. 야스오카는「불어(仏語)에 연심기묘(緣尋機妙)라는 말이 있다」라고 말을 꺼냈다.「연심기연이란 것은 인연이 찾아다니며 여기저기서 이상한 작용을 하는 것이다. 인연이 인연을 낳고, 새로운 결연의 세계를 전개한다. 인간이 좋은 인연, 우수한 인연과 만나는 것은 매우 큰 일이다. 이것을 지장경(地藏経)에서는 성인(聖因)·승연(勝緣)이라고 한다」고 말했다. 야스오카가 이퇴계를 처음 알게 된 것은 그가 도쿄대학 학생 때인 22~3세였다고 말하고, 학문의 엄격함과 진리의 불변을 말하면서「결국은 퇴계학이 보여주는 고전에서 가르치고 있는 수신·재가·치국·평천하에 귀결된다. 고전을 현대에 어떻게 활용할 것인가, 이것이 대단히 중요하다」고 해석했다.

한 시간 정도의 야스오카의 강연 내용은 출석한 학자들에게 깊은 감명을 주었다. 한국의 참가자 중에는 이퇴계의 사상은 400년 전의 옛날 이야기라고 생각했으나 야스오카 선생의 강연을 듣고, 놀랍게도 현대에 통용하는 사상이라는 것을 알았다고 말하는 사람이 적지 않았다.

퇴계학연구 국제회의에 참가하기 전에 야스오카는 포항종합제철소 박태준 사장의 초대를 받아 포항종합제철소를 방문했다. 박정희 대통령의 숙원이었던 국가사업인 종합제철소 건설에 다대한 공헌을 한 것은 야스오카 마사히로였다. 종합제철소 건설이 꼭 필요하다는 박태준 사장의 설명을 듣고, 야스오카가 당시 일본철강연맹 회장이며 야하타(八幡)제철 사장 이나야마 요시히로(稲山嘉寬)에게 협력을 요청하고, 일본의 정재계에 영향력을 행사해서 최종적으로 일본의 자금과 기술을 도입하여 포항제철이 건설되었다는 것은 공공연한 사실이다. 박태준은 은인 야스오카에게 세계적인 제철회사로 훌륭하게 성장하고 있는 포항제철소의 모습을 볼 수 있도록 초대한 것이었다.

국제퇴계학회는 1976년에 창립 이래 세계 각국을 순회하면서 국제회의를 개최하고 있었다.

중앙국악관현악단에 이사장의 따뜻한 배려

중앙국악관현악단은 중앙대학교 음악대학 국악 전공의 졸업생을 중심으로 1987년 3월에 창설한 민간 연주단체이다. 1988년 서울올림픽 행사에 참가하여 연주한 것이 호평을 받아, 한국 국내 뿐 아니라 해외에서도 연주할 기회가 많았다. 특히 일본 및 중국의 연주단체와 합동으로 연주하는 등 국제무대에서의 연주 활동도 많았다.

한국의 전통음악에 남다른 관심을 가지고 있는 김희수는 한국의 혼이 담겨있는 전통음악에 특별한 마음으로 감상하며 이 분야의 음악인들을 지원하였다. 고국을 떠나서 일본에서 생활해 왔기 때문에 한국음악에 대한 애착이 한층 더 강했는지 모른다. 한국음악에 의해 표현되는 민족적인 정서가 다른 음악보다 깊은 감동을 주고 있는지도 모르겠다.

그러한 관심에서 김희수는 중앙대학교 졸업생을 중심으로 구성된 중앙국악관현악단에 특별한 관심을 보이며 지원을 아끼지 않았다. 이 악단이 일본이나 미국에서 연주회를 개최할 때는 반드시 악단에 동행하여 필요한 것이 있으면 지원하곤 했다.

미국에서는 뉴욕, 워싱턴DC, 시카고, 아틀란타 등에서 공연이 있었다. 이 공연들은 김희수가 이사장으로 취임한 지 얼마 안 되었을 때로, 재미 중앙대학교 동문회 관계자들과 접촉하는 기회도 많았다. 그러나 이사장은 언제나 단원들과 같이 행동하면서 열성적으로 악단을 보살폈다.

이 연주 여행 때 악단 일행이 깊은 인상을 받게 된 것은 이사장의 검소하고 겸손한 인품과 생활 태도 그리고 그의 인간미였다. 보통 대학 재단의 이사장이면 졸업생들이 준비한 호화로운 승용차를 타고, 고급호텔에 체재하면서 위엄을 보이고 싶어 하지만 그는 졸업생들이 준비한 승용차는 거절하고, 단원들과 함께 버스를 탔으며 고급호텔을 고사하고, 단원들과 같은 숙소에 숙박했다. 이동할 때도 단원들과 함께 행동하며 그들과 대화를 나누는 시간을 즐겼다. 공연회장의 관객이 적을 때는 비서들에게 관객동원을 위한 홍보가 부족한 것 아닌가 하고 걱정했다. 단원들의 리허설부터 함께 동행하면서 관객동원에도 열성적이었다. 이와 같은 따뜻한 정성은 김희수 이사장만이 아니라 동행한 이재림 부인도 마찬가지였다.

연주 여행 때 있었던 흥미로운 에피소드가 있다. 연주단 일행이 아침 4시에 출발하는 비행기로 애틀랜타에서 뉴욕 경유로 서울 가는 비행기를 타기 위해서 애틀랜타 공항에 갔을 때의 일이다. 김희수 이사장이 타는 도쿄행 비행기는 연주단 일행이 출발하는 비행기보다 6시간 후인 10시 출발임에도 이사장 부부는 연주단 일행을 전송하기 위해서 이른 아침 4시에 공항에 와서 기다리고 있었다. 전날 밤 전송은 하지 않아도 좋다고 몇 번이나 말씀드렸지만 이른 아침에 공항까지 전송하러 나온 이사장의 따뜻한 배려에 단원 일동이 감명했다는 것이다.

이와 같은 배려는 단순히 예술 활동에 대한 재정적인 원조와는 다른 차원의 지원이라고 말 할 수 있을 것이다. 이런 일들은 금전으로서는 바꿀 수 없는 인간애에서 나오는 행동이다.

1991년 5월 2~5일, 후쿠이현(福井県) 쓰루가시(敦賀市)에서 환일본해 국제예술제가 열렸다. 한국의 중앙국악관현악단, 북한의 평양무용음악단, 일본의 일본음악집단, 중국의 상해경극원과 석강성가무단, 구 소련의 고작 · 앙상블 등이 참가하는 「바다를 넘어 시간을 넘어 우리들은 하나가 되자」라는 제목으로 환일본해에 있는 국가들의 전통음악을 연주하는 대음악회였다.

이 음악회의 클라이맥스는 남북분단 이래 처음으로 개최되는 남북한 악단 합동연주였다.

당시 이 연주회는 한민족이 가지고 있는 「한」을 음악의 세계를 통해서 해결하는 민족통일의 서주로 하자는 평가를 받았다.

5월 4일에는 「남」의 중앙국악관현악단과 「북」의 평양무용단이 합동으로 공연하는 「아리랑환상곡」이 분단 민족의 대결을 화해로 전환하기 위한 길을 열었다. 이 연주회에도 김희수는 도쿄에서 쓰루가까지 먼 길을 찾아가서 중앙국악관현악단의 단원들을 격려하고, 평양에서 온 연주단원들을 만나, 남북 분단의 쓰라림에 관해서 대화하면서 남북의 연주단원들을 위로했다. 그 후, 가고시마에서 연주회가 열렸을 때도 일정을 조정해서 부부가 참가하여 여러가지 지원을 했다.

김희수 이사장은 중앙국악관현악단의 연주회는 국내외를 막론하고, 빠짐없이 참석하여 한국의 전통음악에 대한 애정을 보여주었다. 단원들은 이와 같이 거리감 없는 소박한 이사장 부부를 옛 어른 같기도 하고 자기 집안의 어른 같기도 하다며 언제까지나 잊을 수 없다고 이구

동성으로 말하고 있었다.

1988년 7월, 중앙국악관현악단이 텐리(天理) 시민회관에서 열린 연주회에서 김희수 이사장은 축사를 했다.

> 우리 인간들의 삶의 모습을 모두 문화라고 정의한다면 문화는 흐름을 갖기 마련입니다. 고인 물이 썩게 되는 것과 같이 정체한 문화는 소멸을 의미하기 때문입니다. 동아시아에 위치하고 있는 중국, 일본, 한국의 세 나라는 천년 이상 문화교류를 지속해 온 역사가 있습니다. 그 동안 문화교류를 통해서 성숙해진 잠재력이 21세기에는 세계를 선도할 가능성을 보이고 있습니다.
>
> 이와 같은 의미에서 제가 교육에 관여하고 있는 중앙대학교 음악대학 국악관현악단이 일본 순회공연을 하게 되어 대단히 기쁜 마음을 금할 수 없습니다. 이러한 음악과 문화의 교류를 통해서 서양 문화의 한계를 간파할 정도의 성숙함을 느끼는 바이며 인류의 가능성을 확인하는 계기가 될 것입니다.

또한 1993년 4월 20일, 서울 세종문화회관 대강당에서 학교법인 중앙대학교와 중앙대학교 발전기금조성위원

회가 후원하는 중앙국악관현악단 주최의 「중앙가족을
위한 국악의 밤」 연주회가 개최되었다. 김희수 이사장은
격려사에서 자신의 장학정신과 예술관을 피력했다.

중앙가족을 위한 단합과 화목을 도모하는 국악의 밤을
개최하게 된 것을 진심으로 축하하며, 계획과 실행에 많
은 노력을 기울이고 수고하신 한국음악과 교수님들에게
진심으로 위로의 말씀을 드립니다.

중앙가족 여러분들이 아시는 바와 같이 최근의 중앙대
학교는 많은 진통을 경험했습니다만, 70여 년의 전통과
국가발전과 국가의 간성을 양성하는 장학정신이 기반이
되어 발전의 궤도에 박차를 가하고 있습니다.

이 마당에 우리 민족의 전통적인 국악으로 화합과 단결
의 한 마당을 가지게 됨을 의의 깊게 생각합니다. 국악을
배제하는 잘못된 풍조를 없애고 예술을 선호하며 고양시
켜 한국 고유의 전통문화 발전에 기여하기를 기대합니다.
우주의 율동이 악기의 율동과 조화하는 예술적 사회가 되
기를 기원합니다.

김희수는 한국 전통음악을 통한 전통문화의 발전과

음악을 통한 중앙대학교의 모든 관계자들의 화합과 단결을 이루자고 호소했다. 이것은 음악이 가진 위대한 힘과 능력을 통해서 중앙대학교의 모든 관계자의 이상을 넓은 의미로는 이상적인 사회를 추구한다는 신념을 가지고 있었다고 볼 수 있을 것이다.

유학생들의 지원

김희수는 학술문화에 대해서 광범위하게 지원 활동을 했다.

1970년대부터 일본의 대학에서 배우고 있는 한국인 학생들에게 아낌없는 지원을 했다. 유학생들을 만나면 열심히 공부해서 조국의 발전을 위해서 일하라고 격려하면서 때로는 용돈을 주기도 했다. 그리고 재일 한국유학생회가 주최하는 체육대회나 학술연구발표회 등에도 후원금을 냈다.

1988년에 재일 한국학생연합회가『일본유학 100년사』를 간행했을 때는 유학생들에게 정신적인 격려와 함께 고액의 재정적 지원을 했다. 이 책 간행을 위해 주식회사

롯데의 신격호 회장을 비롯해서 다수의 재일 기업가들이 기부했다. 그 중에서도 제일 큰 돈을 아낌없이 희사한 기업가는 역시 김희수였다.

한국의 근대화 과정에서 해외에 유학한 사람들이 조국에 돌아와서 새로운 조국 건설에 각 분야에서 이바지한 공적은 적지 않다. 조선 말기에 완강한 쇄국 정책을 견지하는 바람에 세계의 변화에 적절히 대응할 수 없었으며, 뒤떨어진 조국의 상황을 해외생활을 하면서 실감했다. 신문명을 창출하기 위해서 매진하고 있는 선진국에서 배워 조국 근대화에 공헌하겠다고 노력한 해외유학생들도 많이 있다.

그들은 해외의 선진국에서 습득한 근대적인 지식 및 기술을 익혀, 조국으로 돌아와 서양문명을 소개하고 전파함으로써 민족의식을 각성하도록 하고, 개화운동을 전개하는 등 여러 분야에서 활약하며 공적을 남겼다. 그 중에도 일본유학생들이 한국근대사에서 차지하는 역할도 매우 크다고 『일본유학 100년사』는 지적하고 있다.

그 이유로 일본유학생들은 한국 역사상 최초의 근대적 정규교육과정인 고등교육을 받은 사람들이라고 말하고 있으며, 일본에서 교육을 받은 많은 사람들이 정계, 경제계, 교육계, 언론계 등에서 근대 한국의 지도자로서 활약했으며 한국근대사에 직접적인 영향을 주었다고 기술하고 있다.

그 예로써 조선 왕실은 일본의 개화 실태를 시찰하기 위해서 일본에 국정조사단「조사시찰단(朝士視察団)」을 1881년에 파견했다. 처음에는「신사유람단(紳士遊覧団)」이라고 했지만, 적절한 표현이 아니라 하여 변경된 것이다. 조사시찰단 파견 때 당시에 반대의견이 강했기 때문에 시찰단 파견을 공표하지 않고 비밀리에 계획이 추진되었다.

시찰단 총인원 62명을 12조로 나누어, 조사 12명이 각 반의 책임자로 되고 2명 정도의 수행원과 1명의 통역, 1명의 하인으로 각 조를 구성했다.

시찰단은 비밀리에 부산을 출발하여 4월 11일에 나가사키(長崎)에 도착했다. 나가사키에서 선박을 타고, 요코하마(横浜) 경유로 도쿄에 도착했다. 도쿄에서 74일간 체재하면서 대정대신 산조 사네토미(太政大臣三条実美)를 비롯하여 좌대신 이와쿠라 도모미(岩倉具視), 참의 이토 히로부미(伊藤博文) 등 정계의 주요 인물들과 만났다. 각 조는 역할을 분담하여 내무성, 농상성, 외무성, 대장성, 문부

성, 사법성, 군부, 세관, 조폐국 등을 시찰했다. 특히 포병
공창, 각종 공장, 도서관, 박물관, 병원, 우편, 전신 등의
공공시설이나 각종 학교 등을 견학했다. 그리고 일본이
먼저 도입하여 실시하고 있는 서양문물의 실상을 직접
견문했다.

사절단은 조선의 개화 정책에 참고가 되는 많은 자료
를 수집하여 귀국했다. 귀국 후 시찰보고서와 견문사건
록을 작성해서 제출했다. 시찰단에 참가한 일행 중에 후
에 개화운동에 참가한 사람도 다수 있다.

어윤중 조에 수행원으로 참가한 유길준, 유정수, 윤치
호는 임무를 마친 후, 어윤중의 지도를 받아 일본에 남아
서 신교육을 받았다. 어윤중은 유길준과 유정수를 후쿠
자와 유키치(福沢諭吉)에게 의뢰하여 후쿠자와 유키치가
개설한 게이오기주쿠(慶応義塾 : 현재의 게이오대학)에 입학시
켰다. 또한 윤치호는 외무경 이노우에 가오루(井上馨)의
알선으로 나카무라 마사나오(中村正直)가 개설한 사숙인
도진샤(同人社)에 입학시켰다. 도진샤는 게이오기주쿠와
함께 당시 3대 사숙으로 불렸다. 도진샤는 나카무라 마사
나오의 사망 후, 도쿄영어학교에 합병되어 폐교되었다.

이들이 바로 근대한국 최초의 일본 유학생들이다.

청일전쟁에서 승리하고 그 위세로 대륙침략을 꾀하고 있는 일본의 명치유신 이래의 발전 모습에서 배울 것이 많다고 생각한 조선 왕실은 일본에 관비 유학생을 파견했다.

1904년 10월, 대한제국 황실 특파 유학생으로 「고관의 자제」 50명을 선발하여 학비 생활비 등 모든 경비를 부담해서 일본에 파견했다. 일본의 근대적 교육제도를 활용하고, 조선의 개혁을 선도하는 인재양성을 위한 목적이다. 선발된 유학생 중에는 독립운동 및 해방 후에 정계에서 활약한 조소양, 최린, 최남선 등이 있다.

조소양은 대한민국 임시정부 외교부장을 맡았고, 최린은 3.1독립선언에 서명한 33인 중의 한 사람이다. 매일신문사장 및 천도교 도령(교주) 등을 지낸 사람이다. 최남선은 3.1운동 때 독립선언서를 기초했다. 그러나 황실 특파 유학생의 대부분은 조선총독부에 협력했다는 경력이 문제되어 친일 인물로 판정받았다.

이러한 선배들의 활동에 힘입어 사비 유학생들이 급속히 증가했다. 1908년 10월, 김성수와 송진우는 사비 유학생으로 일본에 건너가 세이소쿠(正則)영어학교와 긴조(錦城)중학교에 다니면서 입학시험을 준비한 뒤, 1910년

4월에 와세다(早稻田)대학 예과에 입학했다. 때 마침 한국 병합이 되자, 송진우는 조국이 처해 있는 상황을 보면, 일본에서 공부하고 싶지 않다고 생각하여 즉시 귀국했다. 그렇지만 김성수는 감정에 치우칠 것이 아니라 실력을 길러야 할 때라고 생각하여, 일본에 남아 착실히 공부하면서 1911년 가을, 와세다대학 정치경제학과에 진학했다.

한편, 송진우는 귀국해서 차분히 생각해 보니 김성수가 자기보다 한 걸음 앞을 보고 있었다고 하면서, 상황 판단에 안이했던 점이 있었다는 것을 인정하고 다시 일본으로 건너가서 메이지(明治)대학 법학과에 진학했다.

김성수는 와세다대학을 졸업하고 귀국하자 와세다대학 창설자 오쿠마 시게노부(大隈重信)의 건학정신에 영향을 받아 인재육성을 위한 교육사업에 투신했다.

자산가인 양부(養父)와 실부(實父)한테서 재정적인 지원을 받아 자금이 없어 운영이 안 되는 민족학교 중앙학교의 경영을 인계받아 교육사업을 추진했다. 동시에 민족자본을 모아 민족기업 경성방직주식회사를 설립하여 조선 최대의 근대적인 민족기업으로 성장시켰다. 또한 민족신문『동아일보』를 창간하고, 사립 명문대학 고려대학교를 설립하는 등 일본에서 배운 것을 활용하고, 학생 시절 도쿄에서 교류했던 동료들을 권유하여 함께 일하면서 일본의 식민지시대라는 특수한 조건 하에서 교육, 산업, 언론계에 다대한 공적을 남겼다.

그 시기에 도쿄에는 약400명의 조선인 학생이 있었다. 그들은 도쿄라는 같은 공간에서 조국의 장래를 걱정하고, 역량을 길러야 한다고 생각하며 열심히 공부했던 엘리트들이다. 당시의 유학생은 지주 및 관료의 자제들이 대부분이었다. 그들은 대학이라는 공간을 초월해서 서로 교류했다.

도쿄제국대학에는 박용희(경성방직 전무), 김준연(법무부 장관), 유억겸(미군정청 문교부장, 대한체육회장), 와세다대학에는 김성수(경성방직 창업자, 동아일보 사장, 고려대학교 창립자, 부대통령), 장덕수(동아일보 주필), 안재홍(조선일보 사장, 미군정청 민정장관), 현상윤(고려대학교 초대 총장), 최두선(경성방직 사장, 동아일보 사장, 국무총리), 메이지대학에는 송진우(동아일보 사장, 한국민주당 초대 당수), 조만식(조선일보 사장, 조선민주당 초대 당수), 김병로(대법원장), 현준호(호남은행 설립자), 조소앙, 게이오대학에는 김도연(법무부장관) 등이 있었다. 해방 후 한국 각계에서 활약하는 젊은 엘리트들이 같은 시기에 도쿄에서 배우며 서로 교류했다. 그들에게는 서로 연대감이 있었다.

일본 유학생은 그 후에도 서서히 증가했다. 1922년에는 3,000명이 넘었고, 1938년에는 1만 명이 넘었다. 1942년에는 약 3만 명에 달했다. 이 시기는 초기의 유학생들과 달리 경제적으로 여유가 없는 학생들이어서 일하면서 공부하는 고학생들이 많았다.

목포공생원과 김희수 목욕장「사랑의 물」

목포에는 한국전쟁 때 3,000여 명의 고아를 기른 다우치 치즈코(田內千鶴子, 한국명 윤학자)의 사회복지시설인 목포공생원이 있다. 목포공생원은 1928년에 기독교 전도사 윤치호가 부모를 잃은 일곱 명의 아이들을 데리고 같이 생활한 고아원이다. 지역 사람들은 이 청년을「거지대장」이라고 불렀다.

일본 고치현에서 태어난 다우치 치즈코는 조선총독부 관리였던 아버지를 따라 목포로 이주했다. 어머니는 경건한 기독교인으로 조산부였다. 치즈코가 목포고등여학교를 졸업하고 목포정명여학교에서 음악교사를 하고 있

을 때 여학교 때의 은사로부터 공생원에 가서 자원봉사
하라는 권유를 받고, 자원봉사하면서 윤치호와 같이 활
동하는 사이에 서로 사랑하는 관계가 되어 두 사람은 결
혼하게 되었다. 치즈코는 무남독녀였기 때문에 윤치호
가 다우치 집안에 양자로 입적하게 된 것이다.

1945년 8월 15일, 한국이 해방되자 젊은 두 사람에게
는 가혹한 시련이 들이닥쳤다. 윤치호는 일본인 처가 있
다는 것 때문에 박해를 받았다. 폭도들이 쳐들어와서 행
패를 부릴 때는 「우리 아버지 어머니는 죄가 없어요. 우
리를 길러 주고 공부까지 시켜주었어요」라며 고아들이
울면서 항의했다.

1950년 6월, 6.25전쟁이 일어나 혼란한 상황 속에서 윤
치호는 500명의 고아들 식량을 구하기 위해 도청 소재지
광주로 갔다가 돌아오지 않았다. 치즈코는 행방불명된
남편 대신 전쟁으로 고아가 된 아이들을 키웠다. 치즈코
는 일본인이라고 학대받는 일도 있었으나 한국인 남편
을 존중하여 자기도 한국인이라고 치마저고리를 입고
한국어를 사용하는 고아들의 어머니로 3,000명의 고아
들을 보살폈다.

치즈코의 헌신적인 공생원 운영은 목포 시민 뿐 아니

라 한국 정부도 관심을 갖게 되었다. 창립 20주년을 맞아 동네 사람들에 의해 기념비가 세워졌고, 정부 관계 단체로부터 감사장과 표창장을 받았고 한국 최고의 상인 「대한민국 문화훈장」까지 수상했다.

고아들을 양육하느라 과로에 지쳐 치즈코는 중병을 앓고 1968년 10월 31일 56세의 나이로 세상을 떠났다. 임종 직전 무의식 상태에서 치즈코가 장남 다우치 모토이(田內基 : 한국명 윤기)에게 한 마지막 말이 「우메보시를 먹고 싶다」였다고 한다. 그때까지 한국어만 사용하고 고아들의 어머니로 살았던 어머니가 일본인으로 돌아간 순간 윤기는 충격을 받았다. 이 경험이 그의 사회복지 활동의 원동력이 되었다고 한다.

다우치 치즈코의 장례식은 목포시민장으로 목포역 광장에서 거행되었다. 당시의 신문은 「어머니! 이 어린 저희들을 그대로 두고 어디로 가시나요? 고아들의 울음 소리에 항도 목포가 울었다」(『조선일보』 1968년 11월 3일)고 보도했다. 시민장에는 3만 명의 목포시민이 참가했다.

목포공생원에서 자란 17살 소년의 추도문을 소개한다.

일본에 고향을 두고 있으면서 언어도 풍습도 다른 이

나라에 무엇 때문에 오셨나요. 40년 전 탄압정책이 계속
되고 있는 식민지시대 울면서 굶주림을 호소하는 고아들
을 모아 당신은 학원을 만들었습니다. 스스로 밥을 지어
고아들에게 먹였습니다. 입을 옷이 없는 아이들에게는 옷
을 만들어 주셨습니다. 고아와 거지들 사이에서 괴로움을
두려워하지 않고 돌보아 주신 어머니. 그 많은 고난을 견
디며 누구도 흉내 낼 수 없는 기독교 정신으로 살아온 것
을 어떻게 우리가 잊어버릴 수 있겠습니까? 당신의 한국
어는 서툴렀습니다. 그래도 그 음성 어머니 냄새 사랑이
넘쳐흐르는 당신의 눈을 지금 어디서 찾을 수 있겠어요.
어머니!

(『세계』 2009년 7월호)

다우치 치즈코의 생애『사랑의 묵시록』이 한일 합동
영화로 제작되어 1995년에 일본에서 상영되어 각종 상
을 수상했으며 1999년에 한국에서도 상영되었다. 일본
의 대중문화 한국 해금 제1호 작품이 되었다. 「한류 붐」
의 원조이다.

김희수는 가끔 부부 동반으로 목포공생원을 방문했
다. 처음 방문했을 때 100만엔을 두고 갔다. 관계자가 성

함을 물어보니 마산 출신 일본에서 온 김사장이라고만
남기고 갔다. 얼마 후에 김희수 부부가 다시 목포공생원
을 방문했다. 그 때도 100만엔을 놓고 갈려고 해서 이사
장으로부터 반드시 성함을 알아두도록 지시를 받았다고
하자 명함을 두고 갔다. 가나이기업주식회사 사장 김희
수였다.

김희수가 목포공생원에 가게 된 것은 모리야마 사토
시(森山諭) 목사로부터 다우치 치즈코의 장남 윤기 이사장
을 소개받고 공생원을 도와주라는 부탁을 받았다. 김희
수는 모리야마 목사를 존경하고 있었으며 아들, 딸들이
결혼할 때는 주례를 설 정도로 친밀한 관계였다. 모리야
마 목사는 한국 사회복지사업의 선각자로서 『진주의
시 : 한국 고아의 어머니 · 다우치 치즈코의 생애』라는
저서가 있다.

김희수는 마산에서 태어난 재일기업인이다. 고향 마
산을 방문한 후 버스로 장시간이 소요되는 거리를 고아
들을 만나러 목포에 들렀다. 고아들을 보면서 자기가 어
렸을 때 고생한 일들을 생각하며 지원에 나섰다. 김희수
부부는 몇몇 아이의 양부모가 되어 고아들을 도왔다.

공생원 방문 때 아이들이 생활하는 모습을 보고 느끼

는 것이 있었다. 아이들은 천진난만하게 하루 종일 뛰어다니며 노는데 몸을 씻을 물이 없다는 것을 알았다. 아이들이 어떻게 목욕이라도 하고 싶은 대로 할 수 있도록 해야 하겠다며 본인이 우물을 파겠다고 건의했다.

우물을 파는 업자들을 서울에서 불러 각자 견적을 내도록 했다. 제출된 회사들의 견적서를 김희수는 항목별로 체크하면서 각 항목의 최저가를 모아 그 합계 가격으로 하도록 업자들에게 요청했다. 역시 일본에서 성공한 기업인의 계산 방식에 맞추어 한국 업자들이 그 금액으로 공사를 맡았다는 윤 이사장의 에피소드였다.

공생원 부지 안에 어느 장소나 가능한 한 깊게 파서 물이 나올 수 있도록 해 달라는 주문에 업자들은 모든 방법을 동원하여 여기저기 파보았지만 물은 나오지 않았다. 결국 업자들은 포기하고 돌아갔다. 김희수는 낙담과 실망 속에서도 약간의 희망을 가지고 공생원 소속 목사들과 함께 열심히 기도했다.

얼마 후 기술자들이 파놓은 우물 중의 한 곳에서 물이 나오기 시작했다. 염수가 아닌 식수였다. 이 소식을 듣고 김희수는 「사막의 오아시스」와 같은 기분이라고 기뻐했다. 이로 인해 아이들은 마음대로 목욕할 수 있게 되었다.

그 후에 목포공생원에 갔더니 우물 옆에 비석이 세워져 있었다. 「사랑의 물」의 유래가 적혀져 있었다. 사정을 물어보니 세월이 흘러도 잊지 말자고 감사의 뜻을 표하기 위해서 우물이 생긴 유래를 적은 비석을 세웠다는 것이었다.

현재 우물은 없어지고 비석만 남아 있다. 당시 목포공생원 원생들은 이 우물을 「희수욕장」이라 불렀다. 김희수의 사랑의 욕장이다.

목포공생원은 1970년대 초부터 소년 소녀 중심으로 수선화합창단을 조직하여 국내외를 순회하면서 연주회를 가졌다. 윤학자 고향이 일본이기 때문에 일본 도시를 순회하면서 연주하는 교환 음악회도 열렸다. 김희수는 수선화합창단의 연주회가 일본에서 성공할 수 있도록 여러가지로 협력했다. 이 연주회는 NHK 등 공공 방송을 통해 일본 전국에 중계되고 일본사람들 뿐 아니라 재일동포들로부터 열렬한 환영을 받았다. 합창단 일본 연주회 일정이 모두 끝나면 김희수 부부는 아이들에게 선물을 나누어 주었다. 당시 유행한 워크맨을 한 개씩 받은 아이들은 갖고 싶어도 손에 넣을 수 없는 때였으므로 매우 기뻐했다.

공생원 희수욕장 「사랑의 물」 비석
(왼쪽에서 두 번째가 김희수·부인·윤기)

　다우치 치즈코의 장남 윤기의 「재일한국 노인이 들어
갈 수 있는 김치를 먹을 수 있는 양로원」 건설에 찬동하
는 일본 각계의 유지들이 발기인이 되어 1985년에 「재일
한국인 양로원을 만드는 모임」이 발족되어 1989년에 한
일 양국의 고령자가 같이 사는 한일 공생의 양로원 「고향
의 집」이 오사카 사카이시(堺市)에 탄생했다. 그리고 계속
해서 오사카, 고베, 교토에 개설되었고, 2016년에는 도쿄

에「고향의 집·도쿄」가 개설되었다.

「고향의 집·사카이」를 건설할 때 자금 준비가 안 되어 어려운 처지에 있다는 말을 듣고 김희수는 토지 구입 자금 4,700만엔을 자기 명의로 은행에서 대여받아 윤기에게 주었다. 이 돈은 전부「고향의 집」에서 갚았지만 경제적으로 어려울 때 아무말 없이 지원해 준 김희수의 후의에 윤기는 감사의 마음을 잊을 수 없다고 했다. 만일 첫번째 시설인「고향의 집·사카이」를 개설할 수 없었다면 현재 도쿄까지 5개 시설의 건축 역시 불가능했을 것이다. 김희수의 선의의 지원이 정말 큰 성과를 남긴 것이다.

다우치 치즈코의 유지를 계승하여 현재「목포공생원」과「고향의 집」은 일본인과 한국인의「교류의 집」,「공생의 집」으로 한일 양국의 가교역할을 하고 있다.

사할린 동포의 지원

김희수는 재일동포 사회의 정치적인 활동에는 별로 관심이 없었다. 1980년대에 들어가면서 사업가로서 어느 정도 성공하여 경제적인 기반이 생김으로써 동포 사

회에도 협력할 필요가 있다고 생각하게 되어 관련 단체
의 직책을 맡게 되었다. 도쿄상은신용조합 이사와 도쿄
한국인상공회 부회장에 취임하고, 한국민단도쿄본부 및
중앙본부 고문 등에 취임하게 된다.

당시 소련과는 적대관계에 있었기 때문에 아무런 관
심이 없었지만 사할린 거주 동포들의 문제에는 관심을
가지게 되었다. 재일한국인들이 사할린귀환 재일한국인
회를 결성하고 김희수는 고문으로 취임했다. 이 모임의
사업으로 사할린 동포와 한국의 친족이 만날 수 있도록
가족을 찾고 양측 가족을 일본으로 초청해서 일본에서
만날 수 있도록 활동하는 것이었다.

1986년까지 8회에 걸쳐 한국과 사할린에 헤어져서 거
주하고 있는 가족들이 일본에서 만나는 사업을 추진했
다. 그러나 또 다른 문제가 제기되었다. 사할린과 한국에
서 친족 또는 가족이 도쿄에 와서 40년 만에 만나게 해주
는 활동도 어려운 일이었지만 당시는 한국에 있는 친족
의 경제 사정도 그렇게 좋지 않은 시대라서 그들의 도쿄
에서의 체재비 문제가 또 있었다. 이 사정을 들은 김희수
는 도쿄 료고쿠(両国)에 있는 개인의 숙박시설을 그들에
게 무료로 제공했다.

206

이 사실을 『통일일보』는 1986년 4월 12일, 「사할린 문제에 관해서는 비용을 포함해서 일본 한국 소련이 인도적 입장에서 해결해야 되겠지만 상황이 간단한 문제가 아니었다」고 보도했다.

필자는 2013년 7월 30일부터 8월 2일까지 4일간 사할린을 방문할 기회가 있었다. 사할린은 현재 러시아 영토이다. 1945년까지는 가라후토라 부르는 일본 영토(북위 50도 이남의 가라후토)였다. 구소련이 붕괴되는 1992년까지는 일반인이 들어갈 수 없는 지역이었다. 사할린 전체 인구는 약 50만 명으로 77%가 러시아인, 6.6%가 한국·조선인, 일본인이 219명(2010년)이었다.

그 때 잔류 한국인 서 씨와 잔류 일본인 여성과 면담했다. 한국인 서 씨는 사할린에서 태어났으며 할아버지가 전쟁 전에 부산에서 사할린으로 이주했다. 3대에 걸쳐 오지제지(王子製紙)에서 직공으로 일했다. 일본의 패전으로 갑자기 일본인이 아니라는 데서 상당한 충격을 받았다. 1946년에 조선학교가 설립되어 조선학교에 입학했지만 조선어를 전혀 모르는 상태여서 고생했다고 토로했다. 조선학교 졸업 후 사범학교에 진학하여 조선민족의 역사와 문화를 전하기 위해 교사가 되었다. 한국 국적을 취득하여 한 때는 한국에 귀국할 생각을 했으나 부인이 반대해서 사할린에 남게 되었다고 말했다.

사할린의 조선인들은 1931년에 중일전쟁이 시작되자 「응모」, 「모집」, 「징용」으로 약6만명이 사할린으로 이주했다. 패전 후에는 일본인이 아니어서 조국으로 돌아가지도 못하고 「기민」이라고 불리었다.

일본인 여성은 전쟁 전에 사할린으로 갔지만 가난해서 학교도 못 다니고 패전 후 생활을 위해서 16세 때 조선인 남성과 결혼했다. 세 아이를 가졌지만 둘은 죽었다. 이혼했지만 일본에 귀국하는 것을 포기하고 재혼하여 현재는 가족과 함께 행복한 생활을 하고 있다고 했다. 패전 후 많은 일본인 여성이 조선인 남자와 결혼했다고 했다. 그래서 일본에 귀국할 수 있는 길이 막혔다. 이 사실은 별로 알려지지 않았다고 한다. 또한 반일 감정이 강했기 때문에 귀국할 수 없었던 잔류 일본인은 일본어 사용을 피했으며 한국인 또는 조선인 행세를 한 사람도 적지 않았다고 했다. 패전으로 인해 일본인과 조선인의 입장이 역전된 것이다. 가족을 지키기 위해서 어쩔 수 없는 일이었지만 당사자의 고생은 이루 상상할 수 없을 정도였으리라 생각한다.

이러한 격동의 시대를 경험한 두 사람은 누구도 원망하지 않는다며 사할린에서 살아남은 것을 오히려 자랑스럽게 생각한다고 말하는 것이 인상적이었다.

제6장

가나이학원 설립과 인재 양성

수림외어전문학교 설립

김희수는 평생 세 개의 한을 가슴에 담고 살았다. 배우지 못한 한, 가난한 한, 나라를 잃은 한이다. 배우려 해도 배우지 못했으며, 가난한 생활을 하지 않을 수 없었다. 이 모든 것이 나라를 빼앗겼기 때문에 백성들이 편히 살지 못하고, 타향에서 고생해야 하는 신세가 되었다는 것이다. 그러나 원망만 해서도 안된다. 김희수는 이것을 극복하기 위해서 많은 노력을 했다. 사회생활을 하면서도 뚜렷한 목표를 가지고 「정직」과 「신용」으로 남들에게 존경받는 사람이 되기 위해서 노력했다. 사업을 하는 과정에는 여러가지 난관과 제약이 있었다. 그런 것들은 인내와 노력으로 해결했다.

김희수는 본인의 노력으로 많은 자산을 가지게 되었

다. 그러나 한풀이는 남아 있는 과제였다. 이 한풀이는 자기 혼자 할 수 있는 문제가 아니었다. 민족 전체의 문제였다. 진정한 애국이란 우수한 민족적 역량을 기르는 것이며, 그러기 위해서는 확고한 토대를 구축해야 한다. 그것은 즉 교육이라고 생각하게 되었다.

김희수는 부동산 재벌이라고 불릴 정도로 불과 20여 년 동안에 큰 자산을 손에 쥐게 되었다. 원래 김희수는 부자가 되기 위해서 돈을 모은 것은 아니다. 그의 검소한 생활에서 나타나듯이 절약하면서 인내와 노력으로 열심히 일해서 형성한 자산이다. 「돈이란 모으는 것만이 재주는 아니다」라는 특별한 가치관을 갖고 있다. 김희수가 잘 사용하는 말이 있다.

돈을 남기는 것은 「하」
사업을 남기는 것은 보통의 「중」
사람을 남기는 것은 「상」

어느 르포라이터와의 인터뷰에서 「돈이란 벌기보다 쓰기가 더 어렵다」고 말하고, 한국 중앙대학교의 경영을 인수한 후, 「남은 인생을 인재를 양성하는 데 바치려 합

가나이학원 창립자 김희수

니다. 일본의 모든 재산을 다 바칠 각오가 되어 있습니다」
(『여성동아』 1987년 10월호)라고 말했다.

부동산 임대업으로 성공하여 축적한 재산을 유효하게
활용하기 위해서는 교육사업에 투자해서 인재를 양성하
는데 여생을 바치기로 결심했다. 자기가 세상을 떠난 후
돈을 남길 것인가. 인재를 남길 것인가 심사숙고한 결론
으로 바로 인재를 남기기로 한 것이다.

교육계에 투신한 이상 최종 목적은 조국 한국에서 인
재를 양성해야 하겠지만 당시 전두환 정권이 대학 신설

213

을 억제하는 정책이었기 때문에 한국에서의 대학 신설은 어려운 상황이었다. 그러나 거액의 부채를 껴안고 경영에 어려움을 겪고 있는 대학에서 경영권 인수를 타진해 온 대학이 몇 곳 있었으나 조건이 맞지 않아 신중을 기할 필요가 있었다.

급변하는 세계정세 속에서 국제화가 진전되어, 외국어가 더욱 필요하게 된다는 인식으로 교육사업의 일환으로써 먼저 일본에서 외국어학교를 설립하기로 결심했다.

1985년에 오시마(大島) 외국어전문학교 설립준비위원회를 만들었다. 신주쿠구 가부키초(歌舞伎町)에 있는 나라야(奈良屋)라는 비즈니스 호텔에 사무실을 두고, 위원장 김희수, 본부장 정동호, 준비위원 신경호의 3명이 학교 설립 준비를 시작했다. 당시 김희수는 환갑이 막 지난 일할 만한 연령이었으나 정동호 본부장은 30대, 준비위원으로 참가한 신경호(현재 이사장 겸 교장)는 20대 청년이었다. 두 사람의 젊은 청년들의 의견을 들으면서 외국어전문학교 설립 준비작업을 시작했다. 주요 멤버 3명 모두 학교 경영에는 전혀 경험이 없는 사람들로 건물설계 및 건축, 설비, 교직원 등의 준비, 커리큘럼 작성 등 학교 인가를 받기 위한 제반의 수속을 준비해야 했다.

학교법인 가나이학원(金井学園)을 설립하여 김희수가
이사장으로 취임했다. 도쿄도 고토구(江東区) 오시마(大島)
에 69평의 토지를 구입하여, 교사 건축 등 수림외어전문
학교(秀林外語専門学校) 설립 준비를 시작했다. 수림은 김희
수의 「수」와 부인의 이름 재림에서 「림」을 따서 만든 학
교명이다. 두 사람의 이념을 실현한다는 취지로 이름을
지었다. 초대 교장에 가나야마 마사히데(金山政英) 전 주한
일본국 대사를 초빙하여 도쿄도에 전문학교 인가를 신
청했다. 설립취의서는 다음과 같다.

　　본교의 교육목표는 인간존중의 정신에 투철하고, 국제
　인으로서 자각을 가지고 국제사회에 봉사할 수 있는 풍요
　롭고 따뜻한 마음을 가진 훌륭한 인간을 육성하는 것이
　다. 그러기 위해서 특히 인격형성과 인격향상에 노력하는
　것이 급선무이다. 한 사람 한 사람의 개성 및 능력이 충분
　히 활용될 수 있도록 배려하고 의욕적인 학원 생활을 보
　낼 수 있도록 노력한다.
　　따라서 한 사람 한 사람의 인간을 잘 이해할 수 있도록
　학생과 교원의 교류를 소중히 하며 개성과 능력에 맞추어
　지도를 통해 학생 스스로가 사회의 일원으로써 자각하며

215

　　자기실현을 하도록 할 필요가 있다.

　20세기까지는 유럽 및 미 대륙이 세계의 중심이었다. 그러나 21세기는 아시아 대륙이 세계의 중심이 된다. 그러므로 아시아인들의 역할이 중요하다. 세계의 정보를 재빨리 입수해서 정확하게 판단해야 한다. 그러므로 어학의 역할이 매우 중요하다는 인식에서 도쿄에 외국어 전문학교를 설치하여, 주로 아시아 지역 유학생을 받아들여 국제무대에서 활약할 수 있는 인재양성을 추진하는 것이 중요한 과제로 되었다.

　현재의 수림외어전문학교의 교지에 1985년부터 교사 건물의 신축이 시작되어 2년 걸려 공사가 진행되었다. 철근 철골 콘크리트로 된 10층 건물(총면적 345평)이 1987년 가을에 완성되었다. 1988년 1월, 도쿄도지사로부터 2년제 수림외어전문학교를 인가받았다.

　수림외어전문학교는 한국어학과, 영어학과, 중국어학과, 일본어학과의 4개의 학과로 구성되었다.

　아시아 주요국의 언어를 배우고, 문화를 알게 됨으로써 커뮤니케이션 능력을 높이고 글로벌 경쟁 세계에서 활약할 수 있는 인재, 그리고 다가오는 아시아 시대를 짊

216

수림외어전문학교 입학식에서 축사를 하는 김희수 이사장

학생에게 상장을 수여하는 김희수 이사장

어지고 나갈 인재를 육성하는 학교를 목표로 했다.

1988년 4월에 수림외어전문학교가 개교하여 신입생 모집이 시작되었다. 1999년에는 일한통역번역학과, 일중통역번역학과, 일본어학과로 개편했다. 그 동안 국제 사회에서 활약하는 우수한 인재들을 배출했다. 특히 일한, 일중 통역번역학과의 졸업생들은 국가자격인 통역안내사 시험에 많은 합격자를 배출했다.

수림외어전문학교 개교 이래 2022학년도까지 35년간 수림외어전문학교에서 배우고 졸업한 학생 수가 무려 4,000여 명에 이른다. 졸업생은 일본, 한국, 중국, 베트남의 동아시아 지역 출신이 대부분이지만 일본의 대학에 진학하는 사람, 일본기업에 취직하는 사람, 모국으로 귀국하는 사람, 그 중에는 다른 나라로 유학하는 사람도 있다. 다시 말하자면 세계 무대에서 일하는 글로벌 마인드를 가진 인재, 국제사회에서 공헌하는 인재를 배출했다.

수림일본어학교 설립

가나이학원은 계속해서 2001년에 도쿄도 스미다구 료

가나이학원 임원과 졸업생에 둘러싸여 감개무량한 김희수 이사장

고쿠(墨田区両国)에 수림일본어학교를 설립했다. 주로 아시아 지역에서 온 유학생들을 받아들여 일본어의 기초교육을 하는 것을 취지로 일본어 능력 배양을 위한 학습을 한다.

외국인 학생을 대상으로 일본어를 가르치는 어학학교이다. 입학 시의 일본어 능력이 천차만별이기 때문에 교육 성과를 효율적으로 달성하기 위해서 신입생 전원에게 일본어 능력시험과 면접을 실시해서 일본어 능력별로 학급을 편성하여 일본어 교육을 실시한다. 또한 수업 내용의 수준을 고려하여 초급, 중급, 고급 레벨의 클래스 및 대학 진학을 목적으로 하는 클래스를 설치하는 등 체계적으로 일본어를 습득하게 하고, 또한 일본의 역사와 문화 등의 전문지식을 습득하도록 교육하고 있다.

그리고 일본어 교육 외에도 생활이나 장래의 진로 등에 대해서 상담할 수 있도록 담임제도를 도입하여 교사와 학생들 사이에 원활하게 소통할 수 있도록 했다.

일본어학교 개설 초기에는 입학 정원 140명, 총 정원 280명이었으나 그 후 전체 정원이 360명으로 증가했다.

〈표9〉 일본어 코스 및 수업기간

코스	수학기관	입학시기
대학 진학 A	1년	4월
대학 진학 B	1년 6개월	10월
대학 진학 C	1년 9개월	7월
일반일본어 A	1년	4월
일반일본어 B	1년 6개월	10월

수림일본어학교 뿐 아니라 계열학교인 수림외어전문학교(현재의「전문학교 디지털&랭귀지 수림」)에는 외국에서 오는 학생이 많기 때문에 그들의 일본에서의 주거 문제는 큰

과제이다. 그 해결책으로써 2005년에 기숙사를 개설했다. 7층 건물에 원룸 54실이 마련되어 있다. 에어컨 침대 냉장고 등 필요한 설비가 완비되어 있으며 WiFi 등이 설치되어 있는 현대적인 생활환경이 조성된 주거시설을 제공하고 있다. 관리인도 상주하고 있다.

2007년에는 일본어학교 옆에 5층 건물 40실의 기숙사가 추가로 확보되어 학생들에게 편의를 제공하고 있다.

수림일본어학교는 개교 이후 2022학년도까지 1,145명의 학생을 배출했다. 졸업 후 대학 대학원 전문학교 등에 진학하는 학생도 있고, 일본기업에 취직하는 학생도 있으며 학업을 마치고 귀국하는 학생도 있다.

도산 직전의 학교 재건

학교법인 가나이학원은 창립자 김희수의 교육이념에 따라 1988년에 수림외어전문학교를 설립했다. 김희수가 설립 때부터 2004년까지 이사장직에 있었으며 설립 준비 단계부터 김희수를 따라다니며 도왔던 신경호(국사관 대학 교수)가 2005년부터 제2대 이사장에 취임해 오늘에 이르고 있다. 김희수는 한국 중앙대학교 이사장(1987~2008년)을 맡아 하고 있었기 때문에 설립 초기에는 학교 경영을 정동호 본부장 중심으로 운영하고 있었다.

가나야마 초대 교장은 1997년에 퇴임하고, 1997년부터 쓰지무라 도시키(辻村敏樹) 전 와세다대학(早稲田大学) 교수가 제2대 교장에 취임했고, 1999년에는 김동준(金東俊) 전 레이타쿠대학(麗澤大学) 교수가 제3대 교장에 취임했으며, 2002년부터 김희수 이사장이 학교장을 겸임했다.

1991년 3월부터 1993년 10월까지 일본에서 일어난 버블 붕괴기를 맞아 일본경제의 저성장으로 인한 경제 사정이 어려웠을 때, 그 여파로 인해 학원 경영도 어려움에 직면했다. 회복할 여유도 없이 1997년부터 시작되는 아시아 금융위기의 영향을 크게 받아 아시아 각국에서 오는 유학생을 대상으로 하는 외국어학교로서는 최악의 상황을 맞이하였다. 대부분의 재학생들은 귀국하였고, 신입생들조차 일본 유학을 포기하는 현상이 일어났다. 교실에는 학생이 없는 텅 빈 시기도 있었다.

1999년에 수림외어전문학교 교원으로 취임한 호소야 요키치(細谷陽吉) 부교장은 당시의 상황을 다음과 같이 회상했다.

「수림의 가메이도교(亀戸校)에 있을 때는 아시아 금융 위기로 한국 유학생이 격감하여, 그 대신 중국인 유학생으로 교실이 가득 찼다. 그 때 유학생들은 육체적 정신적으로 왕성했으며 다정다감한 인간관계를 맺어 내가 도쿄에서 사는 사람이라는 사실을 잊어버렸을 정도였다. 상급반의 한국 학생들은 선생의 수준을 확인하려고 예민한 질문을 하여 진땀을 흘린 적도 있었다. 일본어능력시험이 임박하면 밤 11시경까지 7층의 대형 교실이 가득 찰 정도로 시험공부에 열심이었다. 2001년에 료코쿠에 수림일본어학교를 개교하면서 주임교사로 배치되었는데, 1학급 10명도 안되는 상태였지만 다음 해에는 한국인 학생과 중국인 학생이 입학하면서 2학급으로 늘어났다. 그 무렵 동료인 나카노 미치오(中野道生) 선생님과 이런 저런 고민을 하면서 수업했고 학생들과 다카오산(高尾山)에 등산도 했다. 그 때는 상당히 체력이 좋았다」(『수림외어전문학교 창립 30주년 기념지』)

1997년 7월에 태국에서 시작된 아시아 금융위기가 한국에도 이어졌다. 김영삼 정권은 같은 해 11월 IMF 구제자금으로 200억 달러를 요청했다. 한국 정부와 IMF가 협의하여 IMF가 사상 최대 규모인 210억 달러의 융자 제공을 결정했다. 게다가 세계은행에서 100억 달러, 아시아 개발은행에서 40억 달러, 일본과 미국을 비롯하여 G7 국가에서 550달러의 긴급지원을 받게 되었다. 그러한 조건에서 한국은 IMF 제재 하에 들어갔다. 뒤를 이은 김대중 정권은 IMF의 지도를 받으면서 금융개혁 및 재벌개혁 등 각종 개혁을 적극적으로 추진했다. 2001년 8월에 IMF에서 빌린 195달러를 모두 반환하고, IMF 제재 하에서 해방되었다. 예정보다 3년 빨리 상환했다.

그러나 한국에서의 IMF 제재는 김희수에게는 악운의 도래였다. 한국 내에 있는 김희수의 사업체는 태풍과 같이 직격탄을 맞아 도산을 당하는 상황이 되었다. 그 전에 일본에 있던 부동산이 버블 붕괴의 영향을 받아 가나이 기업 소유의 부동산 대부분이 정리회수기구에 의해 차압을 당했다.

도쿄 도심에 34개의 빌딩을 소유하고, 수 천억 엔의 자산 가치로 평가를 받아 부동산 재벌이라고 불리던 김희수가 1990년대 말에는 「종이호랑이」가 되고 말았다. 일본에 남은 경영체는 학교법인 가나이학원의 수림외어전문학교와 수림일본어학교 뿐이었다. 그러나 이들 두 학교는 창립 이래 계속해서 적자였다. 수림외어전문학교

수림외어전문학교 입학식(왼쪽에서 네 번째가 신경호 이사장 겸 교장)

설립을 위해 은행에서 대여받은 3억 5천만엔(약 20억원)의 대여 잔금이 3억 1천만엔이 남아 있었다. 김희수 이사장이 중앙대학교에 자금 지원이 불가능해지자 중앙대학교에서는 일본에 있는 사업체인 수림외어전문학교의 처분을 요구하는 의견도 나왔다. 그러나 처분한다고 해도 폐교로 인한 직원들의 퇴직금 등 모든 비용을 지불할 능력이 없었다. 김희수는 손을 쓸 수 없는 상황이었다. 학교 설립 준비단계부터 관여해 온 신경호에게 일본에 있는 학교 경영의 모든 권한을 일임했다.

　신경호는 학교설립 준비위원으로 김희수를 보필했으며 학교가 설립되자 카운셀러, 한국어강사, 교무과장, 부교장으로 일했다. 우선 학생모집을 해야 한다고 생각한 신경호는 학생모집을 위해서 중국과 베트남을 방문하여 학생모집에 전력을 경주했다.

그 실적을 평가 받아 김희수는 명실공히 경영의 제일선에서 물러나고 신경호가 뒤를 이은 후계자로 2005년에 학교법인 가나이학원 제2대 이사장에 취임했다. 동시에 수림외어전문학교 교장과 수림일본어학교 교장을 겸임하게 된다. 신경호가 김희수의 후계자가 되어 어려운 경제 상황 속에서 학생들 대부분이 귀국해버리는 바람에 학교 존폐의 위기에 직면한 수림외어전문학교와 수림일본어학교의 재건에 진력했다. 그리고 부채를 갚는 일이 급선무였기 때문에 사학공제사업단의 조성금제도 등 공적자금을 활용하는 한편 천부적으로 타고난 결단력과 추진력, 행동력을 발휘하여 해외에서 신입생을 모집하는 데 성공함에 따라 견실한 경영 기반을 마련하게 되었다. 신경호는 학교발전을 위해서 분주하게 활약했다.

세계화가 진전되고 있는 시대에 국제경제에서 중요한 지역은 동아시아이다. 그 중에서도 일본과 한국, 중국의 협력관계는 경제발전에 많은 영향을 미치는 아주 중요한 문제이다. 특히 중국은 무한의 가능성을 가지고 있으며 동아시아 성장의 중심축인 중국에 관심을 가질 필요가 있었다. 지금까지 일본과 한국에서 배양해 온 교육 시스템과 교육 방법을 중국이란 거대한 시장으로 확대할 필요가 있었다. 신경호는 2008년 4월 중국 동북 지방의 중심도시인 다롄(大連)에 수림중국다롄교를 설립했다.

다롄교에서는 수림외어전문학교 일본어학과의 수업 내용과 동일한 프로그램을 제공했다. 그것이 일본 유학을 희망하는 중국 학생들에게 큰 평가를 받게 되었다.

학교법인으로써는 일본과 한국, 중국에 거점을 둔 것은 선견지명이었다. 학교법인 가나이학원으로써는 김희수 이사장 시대를 창립기라고 본다면 신경호 이사장 시대는 재건기로 볼 수 있을 것이다.

수림외어전문학교 창립 30주년 기념 심포지엄

2018년 수림외어전문학교 설립 30주년을 맞이하여 30년간을 회상하며 교육기관으로서 미래를 지향하는 새출발을 다짐하는 기념행사인 심포지엄이 있었다. 신경호 이사장 겸 교장은 창립 30주년을 기념하는 인사를 했다.

　　본교는 1980년대 국제화의 도래와 함께 세계의 여러 나라와 지역들이 다방면에 걸쳐 교류에 힘쓰던 시기, 그 미래를 짊어지고 갈 인재육성의 필요성에 의해 개교했습니다. 이후, 본교의 교육에 대한 사명과 열의를 바탕으로 학생과 교직원이 하나가 되어, 매년 우수한 인재를 배출해 내는 눈부신 성과를 이루어 왔습니다. 아울러 가메이도에는 수림외어전문학교가 있다는 강한 인상을 도쿄 안팎으로 남기며, 빛나는 역사를 새겨 오고 있습니다.

　　창립 10주년과 20주년을 거치면서, 학생과 교직원, 그리고 학교와 관련된 모든 분들의 끊임없는 노력으로 활력이 넘치는 학교가 만들어졌고, 목표로 한 직종에 필요한 전문지식과 자격을 습득하여 세계에서 활약할 수 있는 최고의 전문가를 육성하는 학교로서, 국내외에서 신뢰받는 학교의 기반을 갖추게 되었습니다.

　　1997년, 아시아 금융위기 속에서 한국이 IMF의 경제제재 하에 들어갔을 때를 돌이켜보면, 교직원의 급여는 고사하고, 폐교를 하고 싶어도 폐교를 하기 위한 자금이 없을 정도의 힘든 시기를 보내기도 했습니다. 일중관계,

한일관계 등 국제관계의 여러 문제들로 인한 온갖 시련을 겪기도 했습니다. 지금도 잊을 수 없는 일은 2011년 동일본 대지진이 일어났을 때의 일입니다. 이로 인해, 대부분의 재학생이 본국으로 돌아가게 되었고, 일본으로 오는 유학생이 없어서 본교로서는 어떠한 방식으로 학교를 운영해야 할지 고민하고 고뇌해야 하는 시기이기도 했습니다.

본교가 이러한 어려운 위기를 극복하고, 오늘과 같이 성장할 수 있었던 것은 교직원 여러분의 헌신적인 노력이 있었기 때문입니다. 또한 이사, 평의원 여러분들의 협조가 있었기 때문입니다. 앞으로도 많은 관심과 성원을 부탁드립니다.

학교법인 가나이학원 이사, 전 참의원 의원, 내각관방 참여 아라이 히로유기(荒井広幸)는 「일본과 각 나라, 사람과 사람을 잇는 가교역할로서 많은 공헌을 해주시기를 기원합니다」라고 축사를 했다.

이어서 6명의 강사들이 강연했다. 먼저 도쿄가쿠게이대학(東京学芸大学) 이수경(李修京) 교수가 「재일한인 독지가들의 모국에서의 교육·장학사업 공헌에 대하여」라는 제목으로 강연했다.

오랜 유교문화와 가부장 제도가 뿌리 깊게 작용해 온 조국이 일본의 식민지로 되었다. 구습과 빈곤과 탄압의 공간에서 벗어나기 위해 일본으로 건너간 초기 재일 한인은 일본에서 편견과 차별 속에서 견디면서 개인의 영달 보다는 민족이나 조국의 발전을 의식하고, 망향심을 가지고, 고향에 금의환향한다는 꿈을 가지고 열심히 일하며 살아온 사람들이다.

일본의 패전으로 해방되자 많은 재일한인들이 조국으로 돌아올 준비를 시작했다. 그러나 당시의 조국의 불안정한 사회상황과 동족 간의 전쟁에 의해 폐허가 된 조국의 현실을 보고 귀국을 포기하고, 일본에 남아 생활 기반을 만들게 된다.

열악한 환경 속에서도 굴하지 않고, 기업을 일으켜, 사회적 경제적 기반을 구축한 재일 한인 중에는 조국의 발전에 공헌하겠다는 의식을 가지고, 장학사업이나 교육지원에 힘쓴 독지가들이 있다. 그 중의 한 사람이 김희수이다. 일본에서 수림외어전문학교를 설립하고, 한국에서 중앙대학교 이사장으로써 대학경영을 맡았다. 그리고 수림문화재단을 설립했다.

파산의 위기에 직면한 중앙대학교 이사장에 취임하면서 천억 원이 넘는 거액을 투입해서 대학경영을 재건하여 한국의 사학 명문으로 성장시켰다. 특히 지방 출신 학생들의 경제적 어려움을 생각하여 기숙사를 증설하고, 장학금 대폭 증대 등 세계로 도약하는 인재 육성을 신념으로 21년간 헌신적으로 중앙대학교의 발전에 전력투구했다. 이것이 김희수가 남긴 공적이다.

그러나 한국의 고등교육정책의 대전환기에 한국의 정치 경제 사회 문화에 교육이 복잡하게 얽혀 있던 인맥구조를 숙지하지 못한 채 교육에 대한 열정만으로 임한 결과, 원칙과 성실함과 신념으로 펼친 김희수의 기대치에 부합하는 결과에 이르지 못하게 되었다고 분석했다.

다음 강연자 나가노 신이치로(永野慎一郎) 다이토분카대학(大東文化大学) 명예교수는 「수림 창립자 김희수의 철학과 인생관 – 정직과 신용 – 」이란 제목으로 강연했다.

동의대학교 이경규 교수는 「동교 김희수 선생의 삶에서 배우다」라는 제목으로 강연했다.

재일동포 사회에서 선망의 대상으로 여길 정도로 굴지의 사업가로 성공한 김희수는 기업가로서의 인생만으로 만족하지 않았다. 재산을 축적하는 것보다 더 중요한

것은 조국의 인재육성을 위한 교육사업이었다. 마침 그
무렵 방대한 부채를 껴안고, 경영난에 직면한 한국의 대
표적인 사립대학 중앙대학교의 모든 부채를 떠안고 인
수하기로 하고, 대학의 정상화와 발전을 위해 거액의 자
금을 아낌없이 투입했다.

그러나 불행히도 한국의 IMF 금융위기와 일본의 버블
경제의 붕괴가 겹쳐 김희수의 경영 모체가 위기에 빠져,
중앙대학교에 자금 지원이 어렵게 되었다. 따라서 중앙
대학교 이사장 취임 때 약속한 마스터플랜을 예정대로
진행할 수 없게 되었다. 그렇게 되자 중앙대학교 교직원,
학생, 동창회 등에서 재단에 대한 불신과 억측이 난무하
여 정상적인 경영이 어려운 상황이 되었다. 그렇게 갈망
했던 인재육성에 대한 그의 신념은 주변의 배신과 음모
속에서 무너져 버렸다. 결국 경영권을 두산 그룹에 넘길
수밖에 없었다. 그렇지만 김희수는 남을 원망하지는 않
았다. 이것이 그의 인간성이다.

한남대학교 임영언(林永彦) 교수는 「김희수 선생의 경
영전략과 기업가 정신」이란 제목으로 다음과 같이 정리
했다.

첫째, 김희수는 해방 직후 생계의 수단으로 가나이 양

품점을 창업했다. 종전 후의 물자 부족 시절에 양품점 개업은 사업가로서 탁월한 식견과 시대적 흐름을 간파하는 사업가적 기질을 보여 주었다.

둘째, 김희수의 경영철학은 정직과 신용을 무기로 사업 성공을 일본인의 차별에 대한 사업적 복수 수단으로 삼았다. 끊임없는 도전과 불굴의 창업 정신, 혁신적 마인드를 몸소 실천한 기업가이다.

셋째, 김희수의 경영철학은 「절약, 내실, 합리, 신용」을 모토로 삼아, 「돈만 보고 사업을 하면 모두 행복해질 수 없는데 모두의 행복을 위해 일하다 보면 돈은 자연스럽게 따라온다. 내 이익보다는 고객의 이익을 먼저 생각한다」는 뜻이다.

넷째, 가나이 기업은 토지나 건물을 매매해서 이익을 얻는 것이 아니고, 자기관리와 경영관리를 철저히 함으로써 이익을 올리고, 그 이익으로 교육사업과 문화사업을 통해서 사회적 공헌을 했다.

다섯째, 김희수의 경영철학인 「공수래공수거(空手來空手去)」는 재산보다 인간 존중을 표방하고 있다. 김희수가 생전 소유하고 있던 빌딩이나 대학에서는 흔적조차 남아 있지 않고, 모두 살아졌지만 그의 경영철학과 기업가

정신은 후대의 가슴에 영원히 새겨져 있다.

『중소기업 Today』발행인 박철의(朴鐵義) 대표는「김희수 선생이 남긴 무소유의 삶」이라는 제목으로 강연했다.

학교법인 중앙문화학원 이사장(현재의 중앙대학교) 임철순(任哲淳) 이사장이 몇 번이나 일본에 방문하여 중앙대학교의 경영권을 인수해 달라고 요청했다. 이미 중앙대학교는 회복이 불가능한 식물상태와 같았다. 당시 중앙대학교 연간 예산은 200억원이었다. 그러나 부채가 713억원에 달하는 등 경영상태가 심각했다. 대학 직원 4년분의 월급에 상당하는 부채액이다. 이런 상황에서 김희수는 중앙대학교 인수를 결심했다. 가족은 물론 지인들도 이 결정을 다시 생각해 보라고 설득했으나 희수는 자기 의견을 번복하지 않았다. 학교 시설은 황폐해 있었고, 학교 당국과 직원 사이에는 심한 갈등이 있었다. 전 이사장의 비리 문제도 있었고, 무엇보다 교직원의 패배주의가 팽배해 있었다.

이러한 상황을 보고, 김희수는 그때까지 모아둔 현금을 꺼내고, 토지 및 빌딩 등을 담보로 은행에서 융자를 받아 중앙대학교가 가지고 있는 부채를 모두 상환했다. 부채 리스트에는 가짜 어음 등 재단 관계자의 개인적인 사채 등도 포함되어 있었으나 그것도 모두 갚았다. 통 큰 결단이었다고 평가했다. 그렇게 해서 김희수는 1987년 9월 12일 중앙대학교 재단 이사장에 취임했다.

박철의 대표는 「만일 김희수 이사장이 중앙대학교를 인수하지 않았다면 어떻게 되었을까. 극도의 사회적 혼란기를 극복하고 살아났을 것이라고 아무도 단언할 수 없을 것이다」라고 의문을 제기했다. 김희수는 이사장 취임 후, 먼저 가난한 학생들을 위해 기숙사를 짓고, 도서관을 확장하고, 체육관, 실습실 등 교육환경 개선에 전력을 다했다. 또한 교직원의 월급을 올리고, 대학시설을 확충하는 등 대학 재건을 위해 수백 억원을 투입했다. 이렇게 해서 중앙대학교는 김희수 이사장 시대에 모든 채무를 청산하고, 명문대학으로서 재도약의 기반이 마련되었다.

마침 그 무렵 한국에서의 IMF 금융위기와 일본에서의 버블경제 붕괴라는 상상도 못 했던 위기가 김희수에게 닥쳐왔다. 경제원칙을 무시하면서까지 부동산을 담보로 융자를 받아 비생산적인 대학시설 확충에 무분별하게 투자한 결과라는 지적도 있다. 인재 육성이라는 굳은 신념으로 학교 경영에 매진하는 김희수 주변에는 배반과

수림외어전문학교 창립 30주년 기념 심포지엄 참가자들

심포지엄 참가자들의 창립자 묘소 참배

심포지엄 참가자들 김희수 동상 옆에서 기념 사진

음모가 잇따랐기 때문에 이 위기를 극복하지 못했던 것이다.

중앙대학교 어느 졸업생은 「만일 중앙대학교 전교직원이 좀 더 참고, 김희수 이사장의 생각을 존중했었더라면 지금의 중앙대학교는 질적으로 양적으로 상당히 변했을 것이다」라고 말하고, 「80년대, 90년대의 중앙대학교 동창과 교직원은 고 김희수 이사장에게 큰 빚이 있다」고 소개했다.

『KOREA TODAY』 편집장 노치환(盧治煥)은 「국밥 한 그릇의 거인 김희수, 교육 1000년 대계 선각자」라는 제목으로 강연했다.

　김희수는 일본에 정주하면서 그 험한 멸시와 차별 속에서도 평생 번 돈을 오로지 조국과 민족의 미래를 위한 교육과 문화사업에 몸을 던졌다. 그러나 생전 일본에서는 깍쟁이로 불렸으며, 조국 한국에서도 그의 공적은 인정받지 못하고, 투자에 실패한 재일사업가라는 인식만으로 잊어버렸다. 중앙대학교 재단을 인수하고, 수림재단 설립에 이어, 「문화로 꽃피우는 대한민국」을 목표로 수림문화재단을 설립했다. 그러한 김희수는 한 치의 빛도 영광도 명예도 누리지 못한 채 모국의 이질적 풍토의 희생양이 되어 한을 품은 채 사라졌다.

　생전에 모은 재산과 자신의 모든 것을 조국과 민족 앞에 송두리채 던졌음에도 조국에 김희수 이름이 새겨진 비석 하나 없다. 또한 그의 이름과 공적을 기억하고 있는 사람마저 많지 않은 것이 현실이다. 그는 이름을 남기지도 못하고, 아무런 명예를 얻지도 못했다. 다만 조국에 문화제국에의 희망이라는 불씨 하나를 남겼다고 평했다.

　창립 30주년 기념 심포지엄에서 있었던 강연 내용을 발췌해서 소개했다.

(『학교법인 가나이학원 수림외어전문학교 창립 30주년 기념지』 1919년)

과외수업 : 창립자 김희수 포럼

학교법인 가나이학원을 창립한 김희수의 족적을 이해하고, 교직원과 학생, 또는 학생끼리 친목을 도모하는 것을 목적으로 하는 「창립자 김희수 포럼」이 수림문화재단의 후원으로 2019년부터 개최되었다.

제1회 포럼은 2019년 9월 28~29일, 1박 2일의 일정으로 교직원 학생 등 30여 명이 참가했다. 마이크로 버스에 탄 일행은 먼저 도쿄도립 하치오지(八王子) 공동묘지에 있는 창립자 김희수의 성묘부터 시작했다. 한국식의 제사를 처음으로 체험하는 학생들은 흥미진진했다. 성묘 방식도 나라에 따라 각각 다르기 때문에 참가자들은 나라에 따라 문화가 다르다는 것을 느꼈다.

성묘를 끝내고 사키타마 고분공원과 사키타마 사적박물관 등을 견학했다. 사키타마 고분공원에는 「사이타마현 명칭 발상지」라는 비석이 있고, 「사이타마(埼玉)」가 현의 명칭이 된 경위가 쓰여 있었다. 공원 부근에는 사키타마신사(前玉神社)가 있고, 그 주소가 「사이다마현 교다시 사이타마(埼玉県行田市埼玉)」로 되어 있다. 사키타마(前玉)에서 「사이타마」가 되었다는 역사를 알게 된다.

239

「운해와 자양화의 숙소」라 불리는 「이코이노무라 해리태지 미노야마」에 도착. 치치부 나가토로(秩父長瀞)의 산들을 바라보며 절경에 만족감을 느끼고 저녁 식사를 끝낸 후, 주 행사인 신경호 교장의 강연이 시작되었다. 신경호 교장은 창립자 김희수의 경력을 소개하고 김희수와의 관계와 수림의 미래 비전에 대해서 이야기했다.

둘째 날 29일은 나가토로의 명물인 나가토로 유람선을 타고 즐겼으며 고마(高麗)신사를 견학한 후, 1박 2일간의 투어를 마치고 도쿄로 돌아왔다.

고마신사에 대해서 소개해 본다.

한반도 북부에 있었던 고구려가 668년에 당나라와 신라의 연합군에 정복되어 멸망했다. 그때, 약광(若光)이라는 사람이 고구려에서 파견한 사절단의 일원으로 일본으로 건너갔다. 야마토(大和) 조정은 716년에 스루가(駿河), 가이(甲斐), 사가미(相模), 가즈사(上総), 시모후사(下総), 도키와(常陸), 시모노(下野)의 7국에 산재해 있는 고구려에서 도래한 1,799명을 무사시노국(武蔵国)에 이동시켜, 고마군(高麗郡)을 창설했다. 약광이 군수로 임명되었다.

약광은 군내의 고마인을 지휘하여 미개척 들판을 개척했다. 약광이 사망한 후 군민들은 그의 은덕을 연모하

여 제사를 지내고, 고마군의 수호신으로 모셨다고 전해
지고 있다. 약광의 자손 고마 성씨는 1300년 60대에 걸쳐
가계 혈맥이 이어지고 있으며, 약광의 후손이 현재도 궁
사(宮司)를 맡고 있다.

제2회 김희수 포럼은 2020년 9월 5~6일에 개최되었다.
코로나가 한참 유행하던 시기였지만 학생 16명과 교직
원 4명이 참가했다. 먼저 하치오지에 있는 창립자 김희수
의 성묘부터 시작해서 고마신사, 무궁화 자연공원, 나가
토로 유람선 등의 견학과 관광을 하고 전 도쿄한국학교
교장 김득영의 「무사시노국과 고대조선 도래인과의 관
계」에 대한 강연이 있었다.

제3회 김희수 포럼은 2021년 6월 26~27일, 학생 15명
과 교직원 6명이 참가했다.

이번에는 코스와 일정을 약간 바꾸어 숙소 「뉴 산피아
사이타마 오고세」(치치부)로 가서 참가자들의 자기소개가
시작되었다. 자기 나라의 자랑거리 유학의 목적과 장래
의 희망 등을 각자 2분 정도 이야기했다. 계속해서 수림
졸업생으로 메지로(目白)대학 외국어학부 한국어학과 김
경호(金敬鎬) 교수의 「수림 선배가 후배에게 보내는 메일!」
을 제목으로 강연했다.

강연이 끝난 후, 4개 그룹으로 나누어 토론했다. 다음날 고마신사와 쇼텐인(聖天院) 등을 견학하고, 돌아오는 길에 하치오지의 창립자 김희수 묘를 성묘했다. 제4회 포럼은 2022년 6월 18~19일 개최했다. 학생 15명과 교직원 7명에 강사와 게스트를 포함해서 24명이 참가했다. 창립자의 성묘부터 시작해서 쇼텐인, 고마신사, 히지리(聖)신사, 사키타마 고분공원 등을 견학했다. 치치부 Hotel Union Vert에서 숙박했다. 히토츠바시(一橋)대학 권용석(權容奭) 교수가 「신도래인과 한국의 소프트 파워」라는 제목으로 강연했다.

제5회 포럼은 2023년 6월 10~11일, 학생 23명, 교직원 6명, 수림문화재단에서 3명, 강사를 포함해 총 33명이 참가했다. 가메이도를 출발해서 사키타마 고분공원, 아라카와(荒川) 유람, 히지리신사 등을 견학하고, 숙소 Hotel Union Vert에 도착했다. 토호쿠(東北)대학 이인자(李仁子) 준교수의 「일본에 살면서 지역을 살기 좋게 한 재일코리안의 사례」라는 제목으로 강연이 있었고, 다음날은 쇼텐인, 고마신사를 견학했다. 돌아오면서 하치오지의 창립자 김희수의 성묘를 했다.

김희수 포럼을 마치고, 참가한 학생들의 감상문을 모

았다. 다양한 국적을 가진 학생들이 참가했지만 학생들의 감상도 다양했다. 학교 설립자의 교육이념을 알기 위해 창립자가 어떤 인물이고 그의 교육이념, 살아온 발자취 등 그가 남긴 생애를 알아보는 것도 중요한 일이다. 따라서 창립자의 성묘부터 시작해서 한국 출신인 창립자와 연관성 있는 고적 등을 탐방하고, 동아시아의 역사와 문화의 교류에 관해서 전문가의 이야기를 듣기 위한 기획이었다. 일본, 한국, 중국, 베트남 등 각자 다른 역사와 문화를 가지고 있으며 다른 생활풍습을 가지고 성장한 젊은 학생들이 참가했기 때문에 그들이 느낀 반응도 가지각색이었다. 방문한 사이타마 치치부 지방은 자연이 풍부하고, 동아시아와 밀접한 관계를 가진 유적이 다수 있다. 자연과 직접 접촉하면서 역사적인 장소를 견학하고, 설명을 들음으로써 유적에 대해 쉽게 이해할 수 있었다. 또한 숙식을 함께 하면서 국적을 초월해서 학생들끼리 그리고 사제 간에 친밀하게 이야기하는 사이에 문화와 풍속의 차이를 서로 이해할 수 있는 좋은 기회였다. 다양한 생활양식, 다양한 역사와 문화를 알게 됨으로써, 국제인이 된 기분을 만끽하게 되는 시간이었을 것이다.

「전문학교 디지털 & 랭귀지 수림」학교명 변경

　1988년의 수림외어전문학교 설립 이래 동아시아를 둘러싼 국제관계의 변화, 일본경제의 버블붕괴, 아시아 금융위기, 한국의 IMF 제재, 동일본 대지진 발생 등 계속해서 일어난 경제 사회 변화의 우여곡절 속에서 유학생을 상대로 하는 외국어교육의 환경변화에 따라 이에 대응할 수 있는 새로운 교육체제를 만들어나가는 것이 필요했다.

　이러한 시대의 변화에 대응하며 시대를 선도할 수 있는 인재육성이라는 교육방침 하에 2023년 4월부터 학교명을 수림외어전문학교에서 『전문학교 디지털 & 랭귀지 수림』(약칭 DLS)로 학교 명칭을 변경했다. 그리고 디지털프로페셔널학과를 신설함과 동시에 종래의 일한통역번역학과를 「한국어학과」로 변경하고, 일중통역번역학과를 정보비지니스커뮤니케이션학과와 통합해서 「비지니스커뮤니케이션학과」로 변경했다.

　한국어학과는 한국어 코스와 한국어 IT를 설치하여 어학 뿐만 아니라 IT 스킬을 배움으로써 한국계 IT기업에 취직을 목표로 하고, 재학 중에 IT 파스포트 및 Python 3 엔지

2023년도 졸업식에서 축사를 하는 신경호 교장

가나이학원 이사·평의원회

245

니어 인정 기초시험 등의 자격을 취득하고, 시스템 엔지니어, Web 엔지니어, 사내 시스템 엔지니어를 목표로 한다.

한국어 능력을 한층 더 높여 한국 문화에 직접 접할 수 있는 기회를 제공하기 위해 한국의 자매결연 대학에서 「어학연수」(하기 휴가 중의 2주간 2학점)를 하게 하고, 또한 IT 선진국인 한국의 IT 개발 현장을 방문하여 실무경험을 얻기 위해 한국 IT기업 또는 재일한국 IT기업에서 「IT기업 연수」(2주간)를 추진하고 있다.

2023년 현재 한국의 자매결연 대학은 서울시립대학교, 국민대학교, 동의대학교, 신라대학교, 울산과학대학교 등이다.

〈표10〉 학과별 수업기간 · 정원수 편성표

과정명	학과명	수업기간	학급수	입학정원	총정원
외국어 과정	한국어학과	2년	2	30	60
	비지니스 커뮤니케이션학과	2년	10	69	138
	일본어학과	1년	2	40	40
디지털 과정	디지털 프로페셔널학과	3년	3	24	72
합 계			17	163	310

비즈니스 커뮤니케이션학과는 일월(일본 · 베트남) 통역 번역코스, 일중비지니스 통역번역코스, 일본어 비지니스코스가 설치되어 있다. 이러한 코스는 유학생을 대상으로 하고 있으며, 졸업 후, 일본회사에 취업을 목표로 지식과 기능을 습득하기 위한 코스이다.

신설 디지털 프로페셔널학과는 3년간의 충실한 학습을 통해 Web 시스템 개발에서 AI 프로그래밍까지 고도의 전문지식을 소지할 수 있는 인재 육성을 목표로 하고 있다. 노코드 개발 기술 등 디지털 기술을 구사해서 기업 내부 변혁을 위한 DX 프로를 목표로 하는 한편, 기본정보 기술자시험, 응용정보 기술자시험, 디프러닝 G검정 등의 자격을 취득하여, Web 엔지니어, AI 엔지니어, 프로그래머, 프로젝트 매니저, 시스템엔지니어, IoT 엔지니어, 인프라 엔지니어를 목표로 한다. 디지털 프로페셔널학과는 「한국어학 연수」와 「IT 기업 연수」를 추진한다.

제7장

한국 중앙대학교 재건에 힘쓰다

조국 진출의 시작

1987년 7월 20일, 서울시청 앞 금정빌딩 14층에서 일양상호신용금고 이전기념 리셉션이 열렸다. 리셉션에는 한국 정계인사 등 요인들이 다수 참석했다. 김동영, 김수환 민주당 부총재, 신현확 전 부총리(삼성그룹 고문) 등 정계유력인사들을 비롯해서 역대 국회 사무총장들이 내빈으로 참석했다. 주최측 대표인 조병환 일양상호신용금고 사장이 1986년 1월까지 국회사무차장으로 근무했던 경력으로 그의 인맥으로 보인다.

조병환은 김희수의 친족으로 당시의 한국 사정을 잘 모르는 김희수가 한국에 진출하면서 국가 공무원을 퇴임한 고종사촌(고모의 아들) 조병환에게 한국에서 교육사업을 추진하겠다는 포부를 말하고, 협조를 의뢰했다. 교육사업의 토대가 되는 자금 운영기관을 설립하기 위해 마침 매물로 나와 있는 일양상호금융금고를 18억원으로 인수했다. 조병환이 사장으로 취임하고, 1989년 1월에는 50억원 증자했다.

당시 동 금고는 서초구 방배동에 소재하고 있었으나 활동 거점으로서 지리적 조건이 좋지 않다고, 조병환 사장이 도심으로 이전을 요청했다. 마침 서울시청 앞에 있는 뉴코리아 호텔이 자금난으로 팔려고 한다는 이야기를 듣고, 매물을 확인한 김희수는 장소로서는 최고의 장소라고 판단하고, 즉시 교섭을 시작했다. 단시간에 교섭이 성사되어 매매계약을 끝냈다. 만사에 신중한 김희수가 2시간 만에 거액의 부동산 계약을 서슴치 않고 결단하는 수완에 주위 사람들을 깜짝 놀라게 했다.

뉴코리아 호텔은 시청 정면에 있고, 롯데 호텔 옆, 프레지던트 호텔과 서울센터빌딩 사이에 있었다. 매수 금액은 110억원으로 알려졌다. 25년 전에 건축한 14층의 건물로 당시에는 서울에서 가장 높은 건물이었다.

이와 같은 요지의 매물은 잘 나오지 않는다는 것이 부동산업자의 이야기였다. 자금 융통이 잘 안 되어서 소유자가 긴급히 팔게 되었다는 말을 듣고 주저하지 않고,

계약을 체결한 김희수의 부동산에 대한 천재적인 감각을 높이 평가할 수밖에 없다. 긴자 등 도쿄의 주요 도심지에 30여 개의 빌딩을 건설하여, 임대 빌딩업자로 성공한 김희수가 부동산에 관한 수완을 여지 없이 발휘한 것이다.

김희수는 일양상호신용금고를 매수하여 영업권을 인수함으로써 한국 진출의 교두보가 되었다. 그렇지만 그의 한국에서의 기업경영은 결코 영리 목적이 아니고, 일본에서 절약해서 모은 자산으로 조국에서 육영사업을 하기 위한 자금이란 생각이었다. 뉴코리아 호텔 빌딩은 「금정빌딩」으로 빌딩 명칭을 변경했다. 그리고 빌딩관리회사로 금정기흥주식회사를 설립하여 김희수가 대표이사로 취임했다.

그러므로 기념 리셉션은 재일기업가로서 김희수의 한국 진출을 알리는 자리이기도 했다. 한일 국교정상화 이래 한국에 진출하여 조국의 경제발전에 기여한 재일동포 실업가는 다수 존재한다. 롯데그룹 창업자 신격호, 신한은행을 설립한 이희건, 그리고 일본에서 사카모토(坂本)방적을 설립하고, 한국에서 방림방적을 설립하는 등 한국 방적업계의 선구자였던 서갑호 등이 있다.

김희수는 도쿄 중심지에 많은 빌딩을 소유한 부동산 재벌로 불렸지만 한국에서는 별로 알려지지 않았다.

김희수는 빌딩 임대업을 시작한지 20년만에 도쿄에서 가장 번화가인 긴자를 중심으로 주요 도심지에 소유 빌딩 13개 산하 기업 5개사를 거느린 가나이그룹을 이끌었다. 김희수의 부동산업 급성장의 배경에는 일본경제 급성장의 영향을 받은 행운도 있었다. 1960년대 초의 고도 경제성장기, 1970년대 초의 「일본열도 개조론」에 의한 개발 붐, 1980년대 후반부터 1990년대 초반까지 토지 버블로 인한 상업지에서 시작한 지가 상승 등 부동산 가격의 상승 시기와 운 좋게 조우했다는 것이다. 이런 상황을 잘 활용했다는 사실은 말할 필요도 없이 본인의 노력이자 능력이었다. 그 결과 도쿄 도심에 34개의 빌딩을 소유하게 되었다.

평생의 꿈은 육영사업

김희수는 홋카이도 등에서 추진하고 있던 조림 사업에 대해 언급하면서 「나 자신 또는 자식들 세대만을 생각하면 조림 사업은 경제성이 없는 일이다. 그러나 나는 손자 세대 또는 그 후 세대를 위한 사업으로 생각하고 있다」고 말했다.

일본 사람들도 관심이 없는 사업으로 먼 장래를 내다보고 조림 사업에 관심을 가지게 된 것이다. 부동산 사업으로 번 돈을 국가적인 사업에 투자한다는 것은 자선사업이라는 인식이었다. 김희수의 육영사업에 대한 관심은 어쩌면 조림 사업과 같다는 인식이었을지 모른다.

「다음 세대에 재산을 남기는 것은 인생의 「하」이고, 사업을 남기는 것은 보통인 「중」이며, 인재를 남기는 것은 「상」으로 최고의 인생이다」라는 명언을 남기고 조국의 인재를 양성하기 위해서 일본에서 번 돈을 교육사업에 투자하겠다고 기회 있을 때마다 말했다. 교육에 대한 투자는 돈을 벌기 위한 목적이 아니고 기부 행위이다. 그 성과는 금전 가치로 나타나는 것이 아니고 인재를 양성함으로써 사회적 공헌을 하는 무한의 가치인 것이다. 김희수는 이러한 무한의 가치를 교육 이념으로 육영사업을 시작했다. 그것이 바로 조국의 발전에 기여하는 방법이라고 생각했다.

이러한 포부를 가지고 김희수는 한국에 귀국할 때마

다 적당한 교육투자 대상을 물색했다. 그의 교육투자에 대한 관심이 전해지자 몇몇 대학에서 경영권을 양도하겠다고 접촉해왔다. 이야기를 들어 본 즉 마음에 드는 곳이 없었다. 그 중에서도 열심히 찾아온 대학이 중앙대학교였다.

1986년 여름 당시의 임철순 이사장이 도쿄의 김희수 사무실을 방문하여 학교법인의 인수를 직접 요청했다. 임철순은 중앙대학교 설립자 고 임영순의 조카로 현역 국회의원이며 정부 여당 민정당 정책위원회 의장직에 있는 정계의 중진이었다. 당시 중앙대학교 재단은 막대한 부채를 안고 위기에 처해 있었다.

중앙대학교는 서울 흑석동 캠퍼스와 안성 캠퍼스의 두 캠퍼스가 있었다. 재정난 타개를 위해 임철순 이사장은 서울의 흑석동 캠퍼스에 대한 경영 인수를 타진했다. 그러나 김희수는 같은 대학의 양 캠퍼스를 두 사람이 따로 운영한다는 것은 어려운 일이었다. 두 캠퍼스 경영권을 모두 포기한다면 중앙대학교 인수를 생각해 보겠다고 의사를 표명했다. 그 때는 임철순 이사장이 즉답을 피했기 때문에 교섭이 성립되지 않았다.

위기에 직면한 중앙대학교 구원

그 무렵 한국 정부 관계자한테서 중앙대학교가 매우 위험한 상태에 처해 있으므로 경영권 인수를 검토해 보라는 요청이 있었다. 그 후 대주상호신용금고 변칙예탁금 및 고소 사건이 발생했다. 이 사건은 전형적인 사학재단의 비리 사건으로 임철순 이사장이 정치자금으로 의심되는 36억원의 사적자금이 별도로 관리되고 있었다. 그 자금의 출처와 사용처, 그리고 비자금을 마련하기 위해 저지른 부정 입학 등에 관해서 수많은 의혹을 불러일으켰다. 거래 은행은 임철순 이사장이 발행한 어음들을 부도 처리했다. 그 과정에서 713억 원의 학교 부채가 밝혀졌다. 사건이 발각되자 임철순 이사장은 책임을 지고 모든 공직에서 사퇴했다.

1987년 8월 3일, 대주상호신용금고사건이『중앙일보』 석간에 보도되자 중앙대학교 관계자는 물론 일반국민들에게도 커다란 파문을 던졌다. 학교법인 이사장이자 정부 여당 정책위원회 의장직에 있는 임철순 의원이 관련된 문제로 36억 원이라는 거액의 비자금이 관리되고 있었다는 사실에 충격을 받았다. 중앙대학교로서 36억원은 당시 재학생 6천 명의 한 학기분 등록금에 해당하는 거액이었다. 더욱이 재단의 수익사업 부진에 따라 교직원의 대우 개선, 학생들의 복지시설, 장학제도, 교육시설 등 교육환경 개선에는 관심을 보일 여유도 없는 상황 속에서 이러한 사건이 발생했다. 이 사건은 다음 날 주요 일간지에 일제히 보도되었다.

사건이 발생하자 중앙대학교에서는 15개 단과대학 교수로 구성된 특별위원회가 결성되었다. 1980년대 중반 이후 한국의 각 대학에서 민주화운동이 전개되고 있던 시기에 중앙대학교에서도 교내 민주화를 외치는 소리가 점점 커지고 있었다. 각 대학에서 1명씩 15명으로 구성된 부정조사 특별위원회가 조직된 것이다. 위원회는 재단 운영 공개, 부정 입학 공개, 선거에 관여한 교수 및 직원의 파면, 재단에서 사용한 36억원의 반환과 자금 출처 공개, 재단의 부채 공개 등을 요구했다.

그 과정에서 8월 26일, 27일 이틀 동안 학교법인 중앙문화학원이 약 17억 원의 부도를 냈다. 이에 따라 문교부는 신속한 수습이 안되면 관선이사 파견을 고려하지 않을 수 없다고 발표했다.

9월 3일, 문병집 총장을 비롯해서 대학 교무위원, 동창회, 재학생 등 천여 명이 모여, 수습대책 비상총회가 열렸다. 동창회 수습대책위원회는 재단 양도설에 관해서 설립자의 교육이념에 합치한 인물이면 가능하며, 관선이사 파견도 무방하다는 입장을 밝혔다. 비상대책위원회는 부채의 내역, 부정입학설의 진상 규명 등의 문제를 제기했다. 이에 관해서 문병집 총장은 재단 비리의 진상 규명을 위해 모든 자료를 공개한다는 서약서에 서명했다.

이 난국을 타개하는 방법으로 양심적인 교수들에 의한 전대학교수협의회 결성이 시급하다는 제안이 있었다. 또한 대학 내 민주화가 선행되지 않은 상황 속에서 대학의 발전은 불가능하다며 총장 학장 직선제의 도입을 주장하는 의견도 제시되었다.

9월 11일, 교직원 재학생 졸업생 5천여 명이 참가하여 범중앙수습대책위원회가 발족했다.

그 다음 날 김희수의 재단인수가 발표되었으나 대학 내 분규는 끝나지 않았다. 이러한 상황에서 김희수는 중앙대학교 재단 인수를 전격적으로 발표했다. 도산 위기에 직면한 중앙대학교 재단을 인수하게 된 이유는 세 가지였다.

첫째, 70년 이상의 역사를 가진 한국의 명문 종합대학교가 부도로 인해 대학의 문을 닫게 된다면 그것은 국가적인 큰 손실이다. 둘째, 자기보다도 적임자인 사람 또는 기업이 중앙대학교를 인수한다면 당연히 양보하겠지만 당시 국내 어느 기업 실업가 교육자도 중앙대학교를 인수하지 않았다. 셋째, 시기가 시기이므로 겨우 유치한 서울올림픽을 1년 남겨 놓고, 세계의 시선이 한국으로 향하고 있을 때, 연일 일어나고 있는 데모와 더불어 대학 재단의 비리 등으로 조국의 이미지를 실추시킬 수 없었다.

당시 중앙대학교는 안성 캠퍼스의 기숙사 및 도서관 건축비를 포함해서 713억원의 부채를 갖고 있었다. 중앙대학교의 연간 예산이 약 200억 원 규모인 것을 생각하면 713억 원의 부채는 4년간 교직원 월급도 안 주고, 아무 일도 못하면서 돈을 모아도 갚을 수 없는 거액의 부채였다. 어느 누구도 손을 대고 싶지 않을 상황이었다.

중앙대학교 이사장 취임

9월 12일, 문교부의 승인을 얻어 김희수가 학교법인 중앙문화학원을 인수했다. 재단 이사장에 취임한 김희

중앙대학교 집무실 김희수 이사장에 취임

수는 재단이 가지고 있는 모든 부채를 일괄해서 청산할 것을 약속하고, 아울러 창립자의 창학정신과 교육이념을 계승 유지할 것, 학교명과 교가는 변경하지 않을 것, 제1 캠퍼스(서울)와 제2 캠퍼스(안성)를 분리하지 않고 함께 육성 발전시킬 것, 교직원의 신분을 보장할 것, 법인의 부채를 청산할 때 의과대학 필동 부속병원에 대한 담보 설정을 즉시 해제할 것, 대학에서 차입한 모든 차입금을 즉시 상환하는 동시에 현재 진행 중인 대학 시설의 건축 공사를 계속할 것을 약속했다.

김희수는 즉시 새로운 이사회를 구성했다. 새로운 이

259

사로 이재림(이사장 부인), 이백순(초등학교의 스승, 전 부산 부시장), 손수익(전 교통부장관), 김욱태(전 국민은행장), 조병환(전 국회 사무차장), 문병집(총장 유임)을 지명했다.

9월 14일 첫 이사회를 개최하여 이사장에 김희수를 선출하고, 상임이사에 조병환을 선임했다. 문병집 총장의 사표를 수리하고, 새 총장에 이재철 국민대학교 교수를 내정하여 문교부에 승인을 요청했다. 이재철 교수는 해방 전에 교토대학교 법학부를 졸업하고 과학기술처 차관, 교통부 차관을 지내고, 인하대학교 총장과 국민대학교 총장을 역임했다. 9월 16일 이재철 총장이 취임함에 따라 교무위원의 인사이동이 단행되었다.

그때까지 교육사업에는 전혀 경험이 없고, 한국에서는 거의 알려지지 않은 재일동포 부동산업자가 도산 위기에 직면한 명문 사립대학 중앙대학교의 경영권을 인수했다는 뉴스가 커다란 화제가 되었다.

김희수라는 사람은 어떤 인간인지 모두 궁금하게 생각했다. 정부 쪽에 로비활동으로 거액의 금전이 사용되었다는 등 아무 근거도 없는 소문이 나돌았다. 흥미 위주로 신문이나 잡지가 막 써 댔다. 김희수는 일본의 경제성장기에 도쿄 도심에서 사업한 건실한 비지니스인 부동산 임대업이 시대를 잘 만나 많은 돈을 벌게 되어 갑자기 부동산 재벌이 된 사람이다. 그의 생활 태도는 매우 검소한 것으로 유명하다. 거부가 되었어도 자가용도 없이 전차나 버스로 매일 통근하는 사람이다. 그러한 절약가인 김희수가 전 재산을 인재 양성을 위한 교육사업에 투자하겠다는 각오로 궁지에 빠진 중앙대학교를 구제하겠다고 나선 것이다.

조국을 사랑하는 애정으로 거액의 자금을 투자해서 교육사업에 투신한 김희수의 의지를 선의로 받아들이지 않고, 중앙대학교의 교직원 학생 동창회 일부에는 김희수 이사장이 구성한 이사회와 이재철 총장 취임에 반대하는 세력이 있었다. 그러한 움직임이 있다는 사실을 알면서도 시간이 지나면 이해하게 될 것이라고 김희수는 모른 척하고 있었다.

당면 문제는 중앙대학교가 짊어지고 있는 부채를 정리하는 것이 급선무였다. 보통 사람으로서는 상상할 수 없는 거액이지만 일본에 있는 토지와 건물을 담보로 은행에서 융자를 받아 자금을 준비하여 전 이사장이 발행한 어음을 모두 회수했다.

김희수는 그 무렵 한국의 사회적 풍습이나 행동양식

261

대학사회의 실정에 대해서 전혀 알지 못했다. 일본 사회와 같이 정직과 신용으로 대처하면 모든 것이 잘 진행될 것이라고 생각하고 있었다. 더욱이 대학은 진리를 탐구하는 지식인의 전당이므로 거짓이나 조작이 있을 것이라고 상상해 보지도 않았다. 재단 관계자 학교 직원 그리고 교수들을 믿고 맡길 수밖에 없었다.

그런데 그 후에 안 일이지만 대학이라는 「성역」을 악용해서 사용하지도 않은 돈을 가짜 어음으로 학교에서 현금을 받아 챙긴 사례가 판명되었다. 일본에서는 기업이 파산신청을 하든지 부도가 나면 법원의 판단을 요청하여 어음의 진위를 판별해서 순차적으로 결제하는 것이 일반적인 상식이지만 당시 한국에서는 그러한 기준으로 처리되지 않았다. 심지어는 대학과는 전혀 관계가 없는 사채업자의 채무마저 모두 상환하게 되었다.

우여곡절을 거쳐 막대한 부채를 모두 상환하고 1987년 9월 12일, 김희수는 중앙대학교 경영 모체인 학교법인 중앙문화학원 이사장에 취임했다. 정말 감개무량한 순간이었다.

13살 때 돈벌이를 하러 고향을 떠난 아버지를 찾아 현해탄을 건너 도쿄에서 밤낮을 가리지 않고, 일하면서 배웠고 「신용」과 「정직」만으로 기업가로서 성공했다. 축적한 자산을 사회에 환원하기로 마음 먹고 조국에서 인재 양성을 위한 교육사업을 하게 된 그 첫 사업이 중앙대학교 경영이었다.

중앙대학교의 교육이념은 「의에 죽고 참에 살자」이다. 의와 참의 정신이 교육목적과 목표의 원천이다. 이것은 김희수의 인생관 및 교육철학과 일치한다. 김희수는 이사장을 맡은 이상, 전력을 다해서 중앙대학교를 한국 최고의 사립대학, 나아가서는 세계에 자랑할 만한 우수한 대학으로 만들기로 결심했다.

그러나 중앙대학교 경영권을 인수하는 교섭 과정도 순조롭게 진행된 것은 아니었다. 르포라이터 유재순과의 인터뷰에서 그 심경을 토로했다.

9월 4일 임철순 이사장을 만났을 때, 임 이사장이 자기는 깨끗이 학교를 내놓겠으니 교명, 교가, 창립 정신을 그대로 살려달라고 했다. 임 이사장은 창업자에게 물려받은 학교를 남에게 넘기게 돼서 괴롭다고도 말했다. 그로부터 며칠 후에 서로 서명을 했는데 그 때 김희수는 계약서라고 하지 말고, 합의서라고 하자고 제의했다. 사고 파는 장사 같은 느낌이 들어 그렇게 제의한 것이다. 이로써 정식으로 계약이 성립되었다. 그러나 대학 경영권의 양도는 한국 정부의 승인이 필요하다. 한국 정부는 여러 루트를 통해 김희수의 신변 조사를 철저히 했다. 자금이 북한과의 관계는 없는지, 특정 종교단체의 자금이 들어있지는 않는지 등 주의 깊게 조사했다.

임철순 이사장의 퇴임 후 문교부로부터 9월 14일까지 새로운 이사회를 구성하지 않으면 관선이사를 파견한다는 통지를 받았다. 김희수는 그것도 좋은 방법이라고 생각했다. 중앙대학교의 복잡한 문제들을 문교부가 깨끗하게 해결한 후에 인수받게 된다면 그것도 좋겠다고 생각했다. 그러나 여러가지 사정이 있어서 그렇게 진행되지 않았다.

학교 인수과정에서 보따리를 싸 들고 그냥 돌아가려고 한 때도 있었다고 말했다. 그러나 김희수는 더 이상 말을 하지 않았다. 모든 사람들에게 사실을 밝히고 싶지만 그렇게 되면 개인의 인신공격이 될 것 같아서 그만 두었다.

유재순의 취재에 의하면 임철순 이사장이 김희수와 정식으로 계약을 한 후에 다른 사람과 또 다시 이중계약을 했다는 것이다. 그것도 김희수와 마찬가지로 공증까지 마쳤다는 것이었다. 그 상대는 강남의 거대한 부동산업자 또는 사채업자라는 소문이 떠돌아다녔다. 유재순이 이런 소문들이 떠돌아다니는데 사실이냐고 묻자 김희수 는 시인도 부인도 하지 않고 말하고 싶지 않다고 했다.

1987년 10월 12일, 중앙대학교 개교 69주년 기념식과 함께 김희수 이사장 취임식, 총장 이임 및 신임 총장 취임 식이 거행되었다.

김희수 이사장은 취임 인사에서 「지난 10여 년간 품어 왔던 육영사업의 꿈을 실현하는 시발점이라고 생각하니 정말 감개무량하다」며 대학의 임무를 완수하기 위한 교 육적 환경조성과 재단의 본래 임무를 수행할 수 있도록 최선을 다하겠다고 약속했다. 신임 이재철 총장도 교육 과 학문의 자율성을 보장하고 대학 운영의 공개, 교수와 학생의 자치 기능의 확대 등 공약 실천에 노력하겠다고 약속했다.

여생을 교육사업에 바칠 각오

김희수 이사장은 중앙대학교 개교 69주년 기념식전에 서 축사를 했다.

265

「대학은 학문연구와 교육이 이루어지는 진리 탐구의 장이며, 그를 통한 사회봉사를 목적으로 하고 있다고 생각한다. 그렇다고 볼 때 오늘 이 시점에서 우리 중앙대학교는 대학 본연의 목적 추구를 위해 확실히 내실을 다지는 작업이 필요하다. 교수는 마음 놓고 연구에 전념할 수 있어야 하며 학생도 오로지 학문을 갈고 닦는 데만 정신을 집중할 수 있는 환경이 갖추어져야 한다.

더욱이 오늘의 한국 사회가 대학으로 인하여 전문직업인을 양성해 내는 기능적 역할수행만을 강요하고 있는 실정에서는 자유로운 진리 탐구라고 하는 대학의 임무 완수를 위한 교육적 환경조성이 중요치 않을 수 없다. 나는 이를 위해 모든 노력을 기울이고자 한다.

한국의 대학이 오늘날과 같이 양적으로도 성장한 이면에는 수많은 폐단과 오점이 많았음을 부정할 수는 없을 것이다. 특히 해방 이후 사학에서의 영리추구로 인한 파행적 대학 운영은 오늘날까지도 영향을 초래하고 있다. 민족사학이라는 이름 속에 감추어져 있는 오욕의 앙금을 이제는 깨끗이 청산하고 진정한 대학을 건설해야 할 시점이다.

대학의 재단은 학문연구와 교육을 위해 뒷받침해

여생을 교육사업에 바치고 싶다고 말하는 김희수 이사장

주는 일을 그 임무로 하고 있다. 이제 새롭게 중앙대학교의 재단을 맡으면서 나는 과거의 대학재단이 가졌던 이미지를 청산하고 본연의 정도를 걸어갈 것임을 다짐한다. 우리 중앙대학교의 개교기념일을 맞으며 나는 한 번밖에 없는 인생을 뜻있게 마감한다는 의미에서 육영의 참뜻을 다시 한 번 생각하고 남은 생애를 이에 바칠 각오를 새롭게 했다.

내가 오로지 원하는 것은 이 세계를 비추는 태양과 같은 찬란한 빛은 아니더라도 우리 인간사회의 한 구석을

267

밝히는 자그마한 존재가 되고자 하는 것이다. 나는 우리 중앙대학교에서 하고자 하는 일도 찬란한 광휘를 발하고자 하는 것이 아니다. 다만 재도약과 무대를 마련하는 데 일조한다는 자세를 견지할 따름이다.」

김희수는 이사장으로서 대학 행정에 있어서 해서는 안될 「세 가지 금지사항」을 선언했다. 첫째, 부정입학 금지, 모든 학사행정은 공개하고 투명해야 한다. 대학과 대학원 신입생은 공정한 입학시험으로 선발하며 일체의 부정행위가 있어서는 안된다. 둘째, 교직원 채용은 공평하게 공개채용을 원칙으로 한다. 셋째, 학교시설의 건축 및 공사, 대학이 실시하는 사업에서 부정행위나 도리에 맞지 않는 행위는 있어서는 안된다. 투명성을 가지고 공정하게 실시한다. 사업에 대한 감사를 철저히 하고 부정행위가 발각되면 책임을 명확히 하고 응분의 처벌을 한다.

대학발전계획 실시

김희수 이사장이 취임하자마자 학교에 얼마나 투자할 것인가. 학교발전의 종합적인 마스터플랜을 빨리 내라 등등의 요구가 자주 나왔다. 그러한 분위기 속에서 일부

관계자들에 의해 준비된 5개년 계획의 마스터플랜이라는 것이 나왔다. 김희수 이사장과는 사전에 상의한 적도 없으며 아무 보고도 없이 갑자기 마스터플랜이 발표되었다.

당시 대학 내에서는 「돈 걱정은 안 해도 된다. 이사장이 전부 해준다」, 「가까운 장래에 중앙대학교가 동양의 하버드대학이 된다」는 말들이 관계자들 사이에서 풍문으로 떠돌았다.

마스터플랜에 따르면 1987년 10월부터 1992년까지 5년간에 1천억 원을 투자해서 서울 캠퍼스에 의과대학과 약학대학 건물을 각각 신축하고 국내 최대 규모의 메디컬센터를 건설한다. 안성 캠퍼스에는 5개의 기숙사를 포함해 7개의 건물을 신축한다. 교직원 대우를 국내 사립대학 최고의 수준으로 개선하고 우수한 교수들을 채용하여 강력한 교수진을 구성한다. 장학금 제도를 확대하여 우수한 신입생을 입학시켜 졸업 후에 해외유학을 보장한다. 기숙사 시설의 확충과 교육 · 연구 · 행정의 완전 전자화 등 후생복지시설을 확대한다는 것 등이 주요 내용이다.

그러나 발표된 내용을 본격적으로 검토해 보면 마스

터플랜을 단기간에 수행하기 위해서는 1천억 원으로는
무리라는 것이 판명되었다. 시간이 경과함에 따라 비용
이 점점 늘어나 2천억 원이 될지 3천억 원이 될지 알 수 없
는 금액이었다. 이러한 중대한 문제를 재단 이사장에게
는 보고도 없이 발표했다. 누가 어떤 과정을 거쳐 발표되
었는지는 별개의 문제라 하더라도 최종적인 책임은 이
사장이 질 수밖에 없었다.

재단 이사회에서 실무자를 중심으로 재검토한 끝에
1988년 3월 20일 대학발전 마스터플랜 제1차 5개년 계획
을 수정 발표했다. 이 안은 제1캠퍼스와 제2캠퍼스에 교
육시설 확충을 위해 약 335억 원을 투입하는 동시에 의과
대학 부속 필동병원 용산병원과 약학대학을 포함한 메
디컬센터를 건설한다는 계획이었다.

장기발전계획이 충분한 검토를 하지 않고 작성하는 등
실현 불가능한 요소들이 포함되어 있었다. 처음부터 우
려의 소리가 있었다. 그러므로 1988년의 계획을 수정 보
완하는 마스터플랜을 1년에 걸쳐 준비하여 「중앙대학교
장단기 발전계획(1993~2002년)」을 1993년 7월에 발표했다.
주요 내용은 연구 중심 대학을 위한 우수한 교원확보와
학생 유치, 교육시설의 확대, 산업연계 활성화 등이었다.

그동안 새 법인이 시작되자 학사 운영은 서서히 정상화되었다. 특히 교직원에 대한 파격적인 대우 개선은 세간의 관심사가 되었고, 의욕을 가지게 됨으로써 교직원들의 불만을 일시적으로 진정시킬 수 있었다.

수정 플랜은 두 개 캠퍼스의 균형발전을 위해 제1캠퍼스에 3만 4천 평을 신축 또는 증축하고 기존 시설을 대폭 보수한다. 제2캠퍼스는 1만 6천 평을 신축 또는 증축하여 5년 동안에 395억 원을 투자한다는 것이었다.

수정 플랜에 의해 작성된 중장기 발전계획은 순조롭게 진행되었다. 1988년까지 도서관 신축, 1991년까지 기숙사, 학생회관 등을 신축했다. 계속해서 법과대학, 전산센터, 경영대학, 필동병원, 이과대학 등을 신축하고, 건설대학, 산업대학, 예술대학 등을 증축했다.

이 기간 중에 제1캠퍼스의 신축 증축에 필요한 공사비는 249억 원이고, 제2캠퍼스는 216억 원이었다. 두 캠퍼스 합치면 캠퍼스 조성비가 465억 원이다. 대학 교육시설 확충은 그 후에도 계속되었다. 제1캠퍼스에 복지관, 정보통신문화관, 제2공학관, 체육관 및 교수연구실동, 법학관, 의과대학 증설 등이 있고, 제2캠퍼스에 축구경기장, 수림체육관, 국악대학 신축 등이 김희수 이사장 임기 중에 있었다.

271

<표11> 제1캠퍼스 건물 신증축 현황(1988~1998)

건물명	연면적(평)	층수	공사비(만원)
공과대학 증축	1,067	지상 7층	88,200
학생회관 가건물	46	지상 1층	1,222
서라벌홀 증축	593	지하 1 지상 5	42,350
사회과학관 증축	66	지상 1	5,600
법과대학 신축	1,096	지하 1 지상 5	86,950
전산센터 신축	1,024	지하 1 지상 5	131,960
경영대학 신축	913	지하 1 지상 5	89,960
필동병원 증축	953	지하 2 지상 11	209,000
도서관 개축 수리		지하 2 지상 4	40,700
이과대학 신축		강의실 연구실	455,167
여학생기숙사 신축		기숙사	135,300
전산센터 증축		강의실 실습실	31,600
공과대학 증축		강의실 연구실	152,074
학생복지관 증축		복지시설	172,300
중앙문화예술관 신축		공연장 전시실	846,000
합계			2,488,383

출처 : 『중앙대학교 80년사』

1987년 9월, 김희수 이사장이 학교법인을 인수한 후 1993학년도 말까지 7년간 교육재정에 투입한 자금은 약 1,300억 원이다. 부채 상환금 734억 원, 대학시설 확충 및 재정지원 491억 원, 부속학교 지원 13억원, 법인 운영자금 59억 원 등을 지출했다.

〈표12〉 제2캠퍼스 건물 신증축 현황(1988~1998)

건 물 명	연면적(평)	층 수	공사비(만원)
도서관 신축	5,151	지하 1 지상 5	502,438
조소과실습동 신축	597	지하 1 지상 2	47,500
학생회관 신축	1,036	지하 1 지상 4	702,050
기숙사 신축	1,818	지하 1 지상 3	131,600
산업대학 증축	906	지하 1 지상 3	76,870
건설대학 증축	1,010	지하 1 지상 3	82,020
예술대학 증축	667	지상 1층	106,580
예술대학공장동 증축			6,094
생활복지관 신축			115,849
승차장 신축			3,589
건설대학 기자제실 신축			3,803
학생회관 증축			3,795
음악대학 활동실 증축			6,979
본관 신축			350,000
수위실 및 교문 신축			25,000
합계			2,164,167

출처 : 『중앙대학교 80년사』

이렇게 해서 김희수가 이사장 취임 후 대학건물 및 시설이 34% 확장되었으며 1993년도 말까지 부채상환 및 교육재정지원에 연평균 185억 원 투입했다. 순수한 대학교육 재정에 투입한 것만도 연평균 70억 원이다.

〈표13〉 교육재정 지원 내역

단위 : 100만원

지원 구분	합계	87	88	89	90	91	92	93
합계	129,722	57,613	9,921	9,504	13,694	20,856	8,899	9,234
부채 송환	73,361	56,422	5,795	3,150	2,545	2,062	1,891	2,496
대학 지원	49,149	1,861	2,622	5,243	9,938	17,611	5,894	5,981
부속 학교	1,325	11	136	189	421	143	163	263
법인	5,886	319	1,369	922	790	1,040	951	495

출처 : 『동교 김희수 선생 칠순 기념 문집』

　　1987년 이전에는 제1캠퍼스 교육시설의 대부분이 1960년대 이전에 건축된 것으로 자연과학관과 학생회관을 제외하면 20여 년간 교육시설의 증설은 거의 없었다. 이것은 정부 정책으로 인해 1979년부터 제2캠퍼스 조성에 막대한 자금을 투입해야 했기 때문에 상대적으로 제1캠퍼스의 시설 확충은 그만큼 어려운 상황이었다. 1987년 이후 제1캠퍼스에서 신축된 주요시설은 법대 전산센터 경영대 이과대의 건물이고, 여학생 기숙사 중앙문화예술관이 있을 뿐이다.

　　제2캠퍼스는 1979년부터 10개년 사업으로 추진한 캠퍼스 조성사업이 종료 단계에 있었으므로 양적 확대보다는 질적 발전을 위한 시설 확충을 하게 되었다. 특히 캠퍼스 공동화 현상과 교통난 등의 문제점을 해결하기 위해서 복지시설 확대에 중점을 두게 되었다. 1987년 이후 신축된 주요 건물은 도서관 학생회관 기숙사 생활복지관 등이 있다.

김희수가 학교법인 중앙문화학원을 인수한 후 법인 또는 김희수 이사장이 투자한 금액은 약 1,630억 원에 달한다.

〈표14〉 이사장 기부금 및 재정투입 상황(1998년 2월말 현재)

단위 : 100만원

수입			지출		
재정조달		금액	재정투입		급 액
이사장 재산	일본재산반입 국내사업재산 수림개발(약품)	79,430 12,380 16,322	전 재단의 부채	사적부채송환 은행 및 기관 부채 상환	34,919 39,348
재산 처분	토지처분 건물처분	13,248 528	대학	대학 운영비 지원 대학 시설비 지원	18,953 20,947
				병원시설비 지원	5,199
기부금 및 기타 수입	외부기부금 국고보조금 차입금 임대보증금 기타(이자·병원)	10,361 3,619 11,400 2,476 13,207	부속 학교	부속학교운영비지원 부속고교 이전 유치원 이전	2,966 21,181 2,712
				법인투자 자산 및 운영비	16,746
합계		162,971	합계		162,971

출처 : 『중앙대학교 80년사』

도산의 위기에 직면한 중앙대학교 경영을 인수하여 모든 부채를 상환했으며 그 동안 발전의 장애가 되었던 건물의 노후화를 극복하기 위해 교육 및 복지에 필요한 건물을 신축 또는 증축하는 등 먼저 캠퍼스 정비에 착수했다. 그리고 교직원의 월급을 인상했을 뿐만 아니라 우수한 교수를 채용함으로써 대학의 이미지 향상에 노력했고 우수한 학생을 발굴하여 교육시키는 등 대학 재건에 힘썼다. 그 성과는 즉시 나타났다.

그럼에도 불구하고, 김희수의 교육사업에 대한 의지를 이해하지 못하고 왜곡해서 비방하고 그를 내쫓기 위해 온갖 작태를 벌이는 세력이 대학 내에 있었다.

시종일관 교육사업에 의욕

김희수 이사장이 중앙대학교를 인수한 것은 육영사업을 위한 것이 아니고 자신의 사업을 국내에 확장시키기 위해서였다. 최근까지 일본에서 800억 원 이상을 가져왔으나 일부만 부채 변제에 쓰고 나머지는 기업 매입이나 투자에 전용하고 있다.

김희수가 1987년 9월 12일 임철순 전이사장으로부터 중앙대학교 경영권을 인수받은 후 「범민족중앙양심소리투쟁위원회」라는 학생단체로부터 끊임없이 쏟아져 나오는 유인물의 주된 골자였다.

9월 11일에는 학생 10여 명이 총장실과 이사장실을 점령하고, 「김희수 이사장은 과연 육영사업의 의지가 있는가」, 「학원 인수 당시 전두환 대통령 비호를 얻어 일해재단(현재의 세종연구소)과 깊은 관계가 있다는 소문이 많은데 사실 관계를 밝혀라」, 「중앙대학교 발전을 위한 청사진을 제시하라」 등의 요구를 하면서 농성하고 있었다.

일해재단은 1983년 북한 테러리스트들이 미얀마 방문 중인 전두환 대통령의 암살을 기도하고 67명의 사상자를 낸 랑군 사건의 피해자 지원을 위해서 설립한 재단이다. 재단설립은 장세동 전두환 대통령 경호실장 주도로 진행되었으며 재계로부터 반강제적으로 약 600억 원을 모금했다. 권력을 이용해서 필요 이상의 자금을 모금하여 당초의 목적을 벗어나 재단 사업을 확대해서 전두환 권력을 지속하기 위한 수단으로 사용했다. 일해는 전두환의 아호이다.

김희수는 자기에 대한 비방과 권력 유착이라는 소문에

대해서 잡지기자와의 인터뷰에서 그의 심경을 밝혔다.

투쟁위원회 측은 전두환 대통령이 일해재단의 부속 대학을 물색하고 있을 때, 임철순이 「6.29 민주화선언」을 전후해서 노태우 민정당 대표위원과 친밀한 관계인 것을 배신행위로 의심하고 중앙대학교를 주목했으며 김희수를 대리인으로 보냈다는 말이 나오는데 그 진위를 묻자 김희수는 다음과 같이 대답했다.

「대학 인수 당시 대학 외의 문제에 대해서는 일체 아는 바도 없고 그런 터무니없는 뒷거래가 이루어졌다고 생각하지도 않는다. 또한 전두환 전 대통령이나 그의 측근들을 만난 적도 없다. 당시 임철순 씨가 대주상호신용금고 사건으로 곤경에 처한데다 부채를 감당할 수 없어 대우 현대 럭키금성 한국화약 등 국내 굴지의 재벌회사에 인수를 요청했으나 거절당한 것으로 안다. 그런 상황에서 임씨가 찾아와 인수를 부탁해 수락했던 것이다.」

수락한 이유는.

「내 나이 환갑을 넘었다. 일본에서 돈을 벌 만큼 벌어이제는 조국을 위해 무언가 보람 있는 일을 해보려던 차에 인수 제의가 들어왔다. 그때 육영사업을 통한 인재 양성만큼 좋은 일이 없겠다는 생각이 들었고 집안사람의 권유로 결심을 하게 됐다.」

군이 사고 재단을 택하지 않아도 됐을 텐데.

「순탄한 대학을 내놓으려는 사람이 있겠는가. 그리고 중앙대가 국내 굴지의 대학 중 하나이고 발전 가능성이 많다는 주변의 이야기를 경청해 결정했다. 또 어려운 여건의 대학을 발전시키는 것이 더 보람 있는 일이라 생각했다.」

일부 학생들은 재단 인수시 문교부 감사가 필수적인데 이번 인수에 감사가 없었다는 것은 권력의 비호를 받았다는 반증이라고 주장한다.

「그건 학생들이 잘 모르고 하는 말이다. 관선이사가 선임되었을 경우에만 문교부 감사가 있지 정상적인 인수인계에는 감사가 필수적인 사항은 아니다.」

김 이사장의 일본 내 자산은 거의 은행 등 금융기관에 근저당이 설정돼 있다는데.

「(웃으며) 현재 도쿄 일원에 빌딩 22개 가지고 있고 신축 중인 빌딩이 8개다. 건물가는 최하 50억 엔에서 최고 150억 엔이다. 은행융자를 안고 있는 것은 사실이나 내가 빚쟁이라면 은행이 돈을 빌려주겠는가. 대학 운영에 허덕

거릴 정도는 아니니 걱정 말라.」

　현재 대학에 투입한 돈은 얼마나 되는가.

　「이번 국정감사에서 밝혔듯이 1987년 말까지 618억 원, 88년 7월 말까지 800억 원가량이다. 이 중 700억 원 가량이 부채 청산에 쓰였고 나머지는 공과대학 증축 공사비, 부속고교 지원비 등으로 사용되었다.」

　학생들은 돈을 들여온 것은 사실이지만 일부만 현찰로 변제하고 나머지는 어음으로 지불, 남은 돈으로 일양상호신용금고, 명동한일관, 코리아리쿠르트사 등을 인수하는 데 썼다는데.

　「일양은 대학 인수 전에 매입한 것이고 한일관은 안성 캠퍼스 예술대 교수들이 서울시 중심가에 전시관을 마련해달라고 해서, 리쿠르트 잡지사는 중대생들의 졸업 후 취업안내를 위해서였다. 또 부채를 청산하는데 어음을 사용한 적은 없다.」

　빚을 갚는 것도 중요하지만 가시적으로 대학에 투자되는 것이 없다는 지적이 있다. 예를 들어 안성캠퍼스에 학생회관 기숙사를 신축하겠다면서 설계도조차 만들어지지 않았다는 말이 있다.

　「건축설계도가 하루 이틀에 완성되는 것은 아니지 않

는가. 몇 달 후에 설계도가 완성되면 본격적인 공사에 들어갈 것이다. 학내에 투자하는 것은 공대 증축 등인데 현흑석동 캠퍼스는 부지가 좁아 개포동 등지에 대규모 부지를 매입하여 옮길 계획이다.」

흑석동 캠퍼스의 구건물을 부수고 새로 지어달라고 양투위에서 요구하는데.

「그 점도 고려했으나 투입된 비용보다 효용이 너무 적어 새 부지로의 이전을 계획한 것이다. 지금 이미 29만 평을 매입해놓고 있으나 외부적 요인 때문에 이전과 공사 착공이 지연되고 있다.」

외부적 요인이란?

「후일(2, 3년 후) 밝히겠다. 재일동포로 자수성가했다면 고국에서 감싸안아 주리라 기대했는데 그 정반대의 배척을 받는 경우가 많다. 그리고 이해할 수 없는 행정절차도 많았다.」

개포동에 제일 먼저 착공한 건물은.

「메디컬센터가 될 것이다. 국내 최신식 최대 규모로 건립하겠다. 그리고 암·원폭피해자 AIDS환자 등에 대한 전문병동도 지을 계획이다. 부지 매입이 원활히 될 경우 캠퍼스 이전도 단계적으로 이루어질 것이다. 이런 일들이

281

학생들 주장처럼 하루아침에 이루어질 수 있는가. 후일 나의 계획이 거짓이거나 내가 잘못된 행동을 할 경우 그때 호되게 비판하면 달게 받겠다. 그러나 지금 시작하는 마당에 사사건건 문제를 제기하면 어떻게 일을 하겠는가. 교육은 백년대계라 하지 않는가.」

김희수 이사장이 말한 대로 중앙대학교가 국내 굴지의 대학으로 발전하기 위해서는 인내와 협동이 필요했다. 또한 대학재단이 연 10억 원도 아끼는 현실에서 800억 원이란 거액을 대학에 투자한 것은 획기적인 일이다. 그의 투자가 진정한 육영사업인가에 대해서는 수년 지나면 알게 될 것이므로 그때까지 판단은 보류하면 될 것이다.

(『주간한국』 1988년 10월 23일)

「양심의 소리투쟁위원회」와 투쟁

중앙대학교 재단 인수를 했을 때의 감격은 오래 가지 않았다. 대학 내에 신 이사장에게 반감을 가진 세력이 있었다. 전 이사장과 가까운 교직원이라든지 동창회 관계자들이 서서히 김희수를 궁지에 몰고 있었다.

　김희수는 이사장에 취임하여 부정에 관여했던 전 이사장과 친밀했던 교직원 또는 그가 임명한 임직원을 한 사람도 처분하지 않았다. 입장상 별수 없이 전 이사장을 지원했던 사정도 있을 것이다. 새 재단에서 같이 일하면서 자기의 의지를 이해하고 협력해 줄 것으로 생각했다. 모든 것을 선의로 이해하기로 했다.

　김희수에게 반감을 가지게 된 이유가 몇 가지 있다.

　하나는 전 이사장이 김희수에게 학교를 빼앗겼다고 생각한 것, 둘째는 신 이사장이 한국 국내에 인맥이 없고 기반을 가지지 않은 재일동포 출신이므로 다루기 쉬운 존재라고 생각한 것, 마지막으로 신 이사장은 부동산 투기가 목적이므로 육영사업의 의지를 가진 사람이 아니라고 생각하고 있다는 것이다.

　반 이사장파는「범민족중앙양심의소리투쟁위원회」라는 기묘한 단체를 조직해서 활동하고 있었다. 학내에 벽보를 붙이고 인쇄물을 배포하면서 김희수와 재단을 비방하는 현수막을 거는 등 활동을 전개했다. 대다수의 학생이나 교수들은 반신반의했지만 그럴 수도 있을 것이라는 의혹을 가질 수 있는 상황이 계속되었다.

　반대파의 주장은 김 이사장 개인에 대한 의혹에서 시

작해서, 재단의 대학 발전에 대한 투자 의혹으로 옮겨 마
스터플랜을 왜 신속히 실행하지 않는가 하며 재단 퇴진
을 요구하고 나섰다. 그들은 총장실 이사장실을 점거하
고 농성했다.

1988년 3월 23일 『중대신문』에 의하면

> 자칭「범민족중앙양심의소리투쟁위원회」40여 명이 21일
> 밤 12시 20분경, 본관 2층을 점거하여 농성을 시작했다.
> 그들은 현 김희수 이사장과 재단이 불성실하게도 작년에
> 학생들의 50개 항목의 요구를 받아준다고 약속한 것은 대
> 학 관계자들을 속인 것이라고 주장하고 현 이사장과 재단
> 의 퇴진 때까지 농성을 계속한다.

10월 17일 『중대신문』에는 다음과 같은 기사가 실렸다.

> 제1, 제2캠퍼스 학원자주화 추진위원회의 위원 20여
> 명이 11일 오후 3시 30분경, 총장실 점거농성에 돌입했다.
> 이날, 제1캠퍼스 추진위원회가 발족하여「김희수 재단을
> 폭로한다」는 내용의 백서를 발표했다. 제1, 제2캠퍼스 추
> 진위원들은「재단의 기만성과 재단 인수 과정에서 나타

난 문제점에 대한 징벌과 해명을 위해서」라면서, 본관의
총장실 점거 농성에 돌입했다. 다음날 교무위원들과 만나
철야농성에 대한 입장을 표명하고, 15일까지 백서에 관한
학교 당국의 회답을 요청하는 「공개질의서」를 전달했다.
철야농성 3일째인 13일에는 장소를 이사장실로 옮겨, 50여
명의 학생이 참가하는 「보고대회」가 열렸고 계속해서 농성
중이다.

이러한 활동은 수년간 계속되었다. 심지어는 일부 학
생들이 일본에 건너가 가나이그룹 대표 김희수가 한국
에서 부동산 투기를 하는 의심이 있으므로 철저히 세무
조사를 해야 한다고 일본 국세청에 고발장을 전하는 등
파문을 일으켰다.

김희수의 가족과 지인들은 이러한 상황을 보고 견딜
수가 없었다.

「고생해서 모은 귀중한 돈을 무엇 때문에 대학에 전부
투입하고 이런 망신을 당해야 하는가? 당장 손을 때고 돌
아오세요. 일본에서도 교육사업은 얼마든지 할 수 있지
않아요?」라고 울분을 토로했다.

그렇다고 해서 김희수는 평생의 염원이었던 교육사업

을 도중에 그만둘 수는 없었다. 현재 그들이 오해하고 이
는 모양인데 언젠가 시기가 지나면 진심을 알게 될 것이
라고 생각했다. 지금 자기가 하고 있는 일이 한점도 부끄
러움이 없기 때문에 동요도 후회도 전혀 없었다.

김희수의 꿈은 조국의 발전에 기여할 수 있는 인재를
육성하는 것이었다.

교육환경 정비에 진력

위기에 직면한 대학의 경영을 인수 맡아 긴급과제인
부채는 모두 청산했지만 막대한 부채를 짊어지고 도산
직전에 도달한 학원을 재건한다는 것은 용이한 일이 아
니었다. 당장에 해야 할 일은 교직원들에게 용기를 주고
학생들을 안심시키기 위해서 교직원의 대우 개선과 학
생들의 복지시설 및 교육환경의 정비 등을 우선적으로
해결하는 일이었다.

이사장에 취임한 김희수는 교직원의 봉급을 대폭 증
액하고, 대학발전 계획에 따라 대학 캠퍼스의 정비, 교
육시설의 확충, 기숙사 학생회관 등 복지시설의 정비,

대학 및 대학원의 증설에 따른 건물의 신축 또는 증축, 슈퍼컴퓨터의 도입 등 대학의 양적 질적 발전을 동시에 추진했다.

새 법인은 종래의 비효율적인 행정조직을 근본적으로 개편했다. 제1캠퍼스와 제2캠퍼스의 효율적인 운영을 위해 종래의 교학담당 부총장과 사무담당 부총장 제도를 변경하여 제1캠퍼스와 제2캠퍼스에 각각 부총장을 두었다. 양 캠퍼스의 운영을 실질적으로 일원화했다. 또한 제2캠퍼스 중앙도서관에 부관장을 두었는데 직제를 변경하여 양 캠퍼스 중앙도서관장제로 개편했다. 이와 같이 두 캠퍼스의 균형발전의 조치로 행정조직도 제1·제2 캠퍼스로 구분했다.

1990년대에 들어와 국제정세 및 시대의 변화에 따라 정보화 개방화와 함께 국제화가 진전됨으로써 대학도 시대에 적응할 수 있는 인재 양성이 필요했다. 더욱이 대학 간의 경쟁에서 우위를 차지하기 위해서는 특색 있는 대학·학과의 편성 전문대학원의 설치 등 특성화가 중요한 과제였다.

따라서 제1캠퍼스와 제2캠퍼스에 설치된 유사 또는 동일 명칭 학과를 정리하고 재편함과 동시에 인기 없는 학과는 통폐합 또는 폐지했다. 이에 따라 시대를 선점하는 영역의 대학 학과 또는 특수대학원을 신설했다.

1988년부터 2007년 사이에 특수분야의 체육과학대학, 국악대학, 미디어공연영상대학을 신설하고, 특수대학원으로 행정대학원과 산업경영대학원, 정보산업대학원, 의학식품대학원, 예술대학원, 국악교육대학원, 글로벌인적자원개발대학원 등이 설립됐다. 또한 국책대학원으로써 국제대학원이 설립되고, 전문대학원으로써 경영전문대학원이 설립되었다. 또한 신설학과로 산업정보학과, 광고홍보학과, 기계설계학과, 제어계측공학과, 생물공학과, 산업디자인학과, 국제관계학과, 컴퓨터공학과, 도시공학과 등이 신설되었다. 이와 같은 특수분야의 대학과 학과 그리고 대학원의 신설이 김희수 이사장 시대에 이루어진 신규사업들이었다.

김희수가 중앙대학교를 인수한 1987년에는 15개 대학 70개 학과와 대학원, 5개의 전문대학원의 체제였다. 통폐합으로 재편 또는 폐지 학과도 있었지만 신규 설립으로 2007년에는 19개 대학과 대학원으로 증설되었고, 16개 학부 58개 학과와 14개 전문대학원을 설치한 종합대학교로 발전했다.

이와 같이 조직 확대에 따라 학생수도 증가했다. 2007년도의 재학생수는 대학생 3만 3,638명, 대학원생 2,741명, 전문대학원생 3,829명, 총학생수 4만 208명이다. 대학의 질적 향상을 위해 장학금 제도도 확대되었다. 1987년부터 등록금 전액을 지급하는 수립장학금이 신설되는 등 장학금 종류가 크게 늘었고, 수혜대상자와 지급액수도 증가했다. 1988년에 지급한 장학금 총액이 약 39억원 이었으나 1997년에는 84억 4,000만원으로 2배 이상 증가했다.

국제화 시대에 대비해서 국제교류도 확대했다. 국제교류협정을 채결한 외국 대학은 133개 대학이다. 그 중에 김희수 이사장 때 채결한 대학이 120개 대학이다.

중앙대학교의 오랜 숙원사업이었던 메디컬센터 중앙대학교 병원이 2005년 1월 개원되었다. 연면적 1만 8,206평이며, 지하 3층, 지상 15층 규모로 근대적 시설을 갖춘 병원으로 2000년 5월에 착공해서 4년여의 공사 끝에 2004년 11월 25일 준공되었다. 554개 병상의 병원이 개원되었다.

중앙대학교 병원은 20개의 진료과가 개설되었고, 70여 명의 교수진을 포함, 610여 명의 직원들이 근무를 시작했다. 「최첨단 디지털 병원」 구현을 위하여 500억원을 들여 첨단장비를 들여왔고, 전자의무기록(EMR), 의료영상

저장전송시스템(PACS), 원가관리시스템 등을 도입했다. 메디컬센터 건립에 사용된 자금은 총 632억원이었다.

새로 건립된 중앙대학교 병원은 2005년에 보건복지부의 의료기관 평가에서 최우수 병원으로 선정되었다. 2007년에는 응급의료기관으로 평가받아 최우수 지역응급 의료기관이 되었다.

두산그룹에 경영권 양도

이와 같이 김희수 이사장 시대는 학내 인프라 구축 중심으로 사업을 추진하였다. 교육환경 개선으로 교육효과도 다방면에서 나타났다. 학내의 반대 세력의 끝이 없는 요구를 모두 만족시킬 수는 없었다. 처음부터 불만을 가진 양심의 소리투쟁위원회, 학원자립화 추진위원회 등에서 김희수 재단 퇴진 요구가 끊임없이 있었기에 김희수를 괴롭힌 것도 사실이다.

1990년대에 들어 일본에서 버블경제 붕괴가 진행되고 있었으며 한국에서도 금융위기가 닥치면서 금융기관에 담보로 제공한 부동산 가치가 급격히 하락하여 대응할 수 없는 처지가 되었다. 그로 인해 김희수 이사장의 개인 자산이 한국과 일본에서 부도가 났다.

이런 상황에서 자금조달이 어렵게 되자 중앙대학교에 자금 투자를 지속하기가 어려운 상황이 되었다. 그 무렵 김희수 이사장 개인 회사인 금정상호신용금고가 영업정지를 당하는 사건이 발생했다. 경영을 맡긴 경영책임자가 부적절한 대출 및 횡령 등의 혐의로 구속되었다. 당시 대학발전기금과 이월 교비 등을 해당 금고에 예치해 온 사실이 밝혀져 큰 파문이 일어났다. 이것은 교비 불법 인출 의혹과 관련하여 당시 총학생회를 중심으로 학생 800여 명이 김희수 이사장을 형사 고발하는 사태가 일어났다. 조사 결과, 대학 재정과는 무관하다는 것이 판명되었지만 이를 계기로 학교 위상과 대학 장기발전 계획에 대한 우려가 증폭되었다.

중앙대학교는 건물의 신축 등 학교에 대한 투자를 발전기금과 학생들의 등록금에 의존할 수밖에 없게 되었다. 결국 김희수 이사장이 신임했던 측근이 불상사를 일으키는 일까지 생겨 아쉽지만 자기로서는 해결할 방법이 없다고 판단했다. 그런 상황 속에서 대학 관계자들이 암암리에 검토해 오던 중앙대학교 법인 교체 문제가 표

291

면화되었다.

법인 교체 문제가 표면화되자 대학 본부는 중앙대학교 재단을 인수해줄 수 있는 국내 대기업들에게 다양한 채널을 통해서 타진했다. 그 과정에서 수많은 추측과 소문이 난무했다.

2008년 초, 당시 박범훈 총장이 이전부터 아는 사이였던 이명박 대통령 당선자와 협의하여 김희수와 함께 세 사람이 모임을 가졌다. 이 모임에서 중앙대학교를 두산그룹에 양도하기로 결정되었다고 한다.

박범훈은 2005년부터 2010년까지 중앙대학교 총장을 지냈고, 퇴임 후 2011년부터 2013년까지 이명박 대통령 비서실 교육문화 수석비서관을 역임한 인물이다.

2008년 5월 2일, 중앙대학교와 두산그룹은 「학교법인 중앙대학교 발전을 위한 공동협약서」를 체결하였다.

이렇게 해서 학교법인 중앙대학교의 경영권을 재벌인 두산그룹에 양도하기에 이른 것이다. 경영권 이양의 대가로써 두산그룹은 1,200억 원의 출연금을 재단법인 수림장학연구재단에 건네주었으며 김희수는 이 재원으로 재단법인 수림재단과 재단법인 수림문화재단을 설립하여 초대 이사장으로 취임했다.

새로 구성된 중앙대학교 이사회는 20년 동안 중앙대학교 법인을 운영해 온 김희수 전 이사장을 명예이사장으로 추대했다. 그러나 퇴임 후 김희수 전 이사장에 대한 대접은 전혀 없었다.

김희수는 빈사 상태였던 중앙대학교를 인수해서 모든 부채를 청산하였으며, 서울 캠퍼스와 안성 캠퍼스를 완전히 다른 모습으로 확대 발전시킨 것은 명확한 사실이다.

김희수가 이사장으로 취임한 후 21년 동안에 학교 소유지는 1만 2,000평 증가했고, 새로 건축한 건물은 9만 2,000평이 넘는다. 그 뿐만 아니라 창립자의 건학정신을 계승하여 대학, 학과, 대학원, 전문대학원 등을 신설 또는 재편해서 시대의 변화에 대응할 수 있는 교육내용을 충실하게 갖춘 명문 사립대학으로 재건했다.

이와 같은 김희수의 공적은 정말 크다고 생각한다. 중앙대학교의 「중흥의 시조」라 불러도 충분할 것이다. 재일동포 실업가로 조국의 발전을 염원하며 인재 양성을 위해 사심 없이 거액의 자금을 투자했다는 사실은 인정해야 하며 한국교육사에 기록할 만한 쾌거라고 할 수 있겠다.

김희수에 대한 평가

김희수가 중앙대학교 이사장 시절 총장으로 대학 운영을 함께 한 김민하 총장은 『동교 김희수 선생 칠순 기념 문집』에서 다음과 같이 축사를 했다.

이사장님은 배타성이 강한 일본 내에서도 인정받는 기업가이다. 투철한 민족주의자로 널리 알려져 있다. 반면 국내에서는 지명도가 상대적으로 낮다. 이사장님이 국내보다는 일본에 계신 시간이 많았기 때문이다. 게다가 자기 PR이나 이미지 관리에 연연하지 않는 강직하고 비정치적인 성향도 이유 중의 하나이다.

이사장님에 대해서 말할 때 흔히 쓰는 수식어가 있다. 정직과 관용, 신용과 끈기, 근검절약, 그리고 남다른 조국애와 민족애 등이다. 소박하면서도 강직한 느낌을 주는 어휘들이 이사장님을 매우 적절하게 소개해 준다. 그런 덕목들이 경험과 실제 사회생활에서 형성되어 생생한 생명력을 유지하고 있다. 민족적 차별대우와 냉대 속에서 달성한 경제적 성과를 고국에서의 육영사업에 바친 것이다.

이사장님은 기업활동에서 축적한 자산을 대학에서 인

재 양성을 위해 투자했을 뿐 아니라, 재일교포의 법적·사회적 지위 향상을 위한 봉사활동 등 광범위한 사회활동을 정력적으로 펼쳐왔다. 그 중에서도 고국에서의 육영사업에 가장 애착을 가지고 있었다는 것은 아무도 부인하지 못할 것이라고 말했다.

중앙대학교 동창회장 김명섭은 『동교 김희수 선생 칠순 기념 문집』에서 다음과 같이 축하문을 썼다.

76년의 유구한 전통을 갖고 있는 모교가 한때 혼란에 처한 적이 있었다. 학교법인이 대학 운영의 능력을 상실한 것이었다. 당시 민주화 열기로 학생들의 목소리가 거세던 때라 국내 유수의 재벌들이 방관하고 있었다.

그러한 모교를 김희수 선생이 인재 육성만이 민족을 번영시킬 수 있다는 일념으로 인수함으로써 혼란의 위기를 넘길 수 있었다. 해외에서 불굴의 민족기상을 떨친 훌륭한 교포분들이 많이 계시지만, 민족적 차별이 극심한 일본에서 고난과 역경 속에서 마련한 거액을 아무 조건 없이 고국의 육영사업에 기탁한 분이다.

동창회장 취임 후 접촉하는 기회가 많아져 인생의 대선배이며 역경 속에서도 고난과 고통을 모두 이겨낸 경륜을 가진 스승으로 알고, 그의 풍모 철학과 성품의 일면을 알게 되었다. 우리 민족이 지니고 있는 한을 풀기 위해 고국의 육영사업에 뛰어든 것도 알 수 있었다. 이사장님의 독특한 생활신조는 바르게 정도만 가는 사람이라는 것을 알게 되었다. 자신이 옳은 일이라고 판단하면 어떤 도전이나 만류에도 또는 불이익을 감수하면서도 추진하는 사람이었다.

그러나 이사장님의 뜻을 제대로 이해하지 못하는 편견과 오해도 난무했고, 분출하는 학내의 요구와 시위에 곤욕을 치를 만큼 육영사업이 순탄치만 않았다는 사실도 모두 알고 있다고 지적했다.

중앙대학교 교육학과 이문원 교수는 김희수의 인간관에서 보았다. 김희수가 일본에서 교육을 받고, 사업하면서 민족차별을 깨닫고, 그 대책으로써 신뢰감과 성실성, 그리고 검소한 생활로 극복해 나갔다. 그가 자신의 삶의 과정에서 겪었던 숱한 어려움과 많은 사람과의 만남 속에서 바람직한 인간상으로 인식된 것은 「윤리와 예의를 갖춘 인간」, 「겸손하고 정직한 인간」, 「근검절약하는 인간」, 「민족을 사랑하는 인간」이었다고 분석했다.

이홍구 중앙대학교 총장은 추모사에서 다음과 같이

말했다.

고인께서는 1987년 우리 대학의 이사장직을 맡아 교육자로서의 꿈을 본격적으로 펼치기 시작했다. 교육만이 조국의 미래를 밝힐 수 있다는 철학이 있었기에 가능한 결단이었다. 물론 그 철학은 우연히 생긴 것이 아니다. 많은 사람들이 고인을 부동산 사업가로만 알고 있지만, 김희수 이사장은 부동산 사업을 하기 전에 조림사업을 통해 나무와 숲을 가꾸었다. 누군가가 그 사업은 경제성이 없는 「바보의 사업」이라고 지적하자, 이렇게 대답했다고 한다.

「조림은 꿈이 없으면 불가능한 사업이다. 굳이 손익을 따지자면 내 자식 대까지 감안하더라도 손해를 보겠지만, 먼 후대를 위한 사업으로 생각하고 해마다 한 그루, 한 그루의 나무를 즐겁게 심을 것이다.」

나는 이 말씀을 통해 이사장님이 갖고 계신 교육에 대한 철학을 짐작할 수 있었다. 다른 사람들이 눈앞의 이익을 좇을 때 고인께서는 젊은이들을 위해, 우리나라의 미래를 위해 발벗고 나서기로 결심하신 것이다.

(『민족사랑 큰 빛 인간 김희수 : 고 동교 김희수 선생 추모문집』)

제8장

수림문화재단의 설립

수림문화재단의 역할과 임무

김희수는 중앙대학교 이사장 퇴임 후 2009년 6월, 재단법인 수림문화재단을 설립하고 이사장에 취임했다. 이 재단은 설립자 김희수의 인생철학인 「문화입국」을 바탕으로 전통문화의 유지와 발전에 기여한다는 목적으로 설립한 것이다.

이와 같은 재단 설립 이념의 구체화를 위하여 「문화예술 가치의 확산 및 보급」, 「인문학 발전과 부흥 촉진」, 「사회계층 간의 문화 격차 해소」, 「다문화 갈등의 해소와 소통」과 관련된 다양한 문화예술 지원사업을 전개하고 있다.

수림문화재단은 문화예술계에 대한 지속적인 지원 확대를 통하여 참다운 삶과 미래에 대한 이해를 깊게 하는 기회를 제공하며, 한국의 전통 문화예술의 발굴, 계승 및 발전에도 관심을 기울여 새로운 문화 창조에 일조하겠다고 한다.

또한 다양한 해외 문화교류 지원사업을 추진하여 한국 문화예술이 국제적으로 독자적인 위치와 지위를 인정받고, 발전할 수 있도록 노력한다고 다짐하고 있다.(『민족사랑 큰 빛 인간 김희수 : 고 동교 김희수 선생 추모문집』)

수림문화재단 홈페이지에는 다음과 같은 「윤리선언」이 게재되어 있다.

수림문화재단(이하 「재단」)의 설립자 동교(東喬) 김희수 선생은 일제 강점기에 궁핍한 식민지의 아들로 태어나, 빈곤과 무지의 설움을 겪으며 「인재양성」과 「문화입국」이라는 두 가지 인생 목표를 정하셨다. 한평생 절약과 근면을 실천하고, 이역(異域) 사람의 모진 차별을 이겨내며, 재산을 모아 이 재단을 만들고 빈손으로 떠나가셨다.

그러므로 재단은 이 사회 모두의 공기(公器)이며, 설립자 정신을 받들어 재단을 잘 키우고 지켜나가는 것은 우리 구성원(이하 「우리」)들의 엄숙한 책무이다. 우리는 그 분의 유지를 올바르게 수행하고 있는지 끊임없이 자문하고 성찰하며 일하기로 다짐하면서, 설립자의 영전과 국민들께 아래와 같이 굳게 약속한다.

300

수림문화재단 본관

1. 근검절약, 인재양성, 문화입국 정신을 가슴에 새기겠습니다.

2. 청빈한 삶, 양심적인 기업가정신이 계승되도록 노력하겠습니다.

3. 전 재산을 공적 자산화 하신 뜻을 명심하고 이어 나가겠습니다.

4. 목적사업을 통해 설립자의 인생철학을 적극 구현해 나가겠습니다.

5. 선량한 관리자의 의무를 다하고, 청렴결백의 정신으로 일하겠습니다.

6. 개인적인 이해관계를 털어버리고 사심없이, 엄정

301

하게 일하겠습니다.

7. 투명 공정한 사업선정으로, 공평하고 사랑받는 재단을 만들겠습니다.

8. 다양하고 독창적인 문화예술의 유토피아를 꿈꿀 수 있도록 돕겠습니다.

9. 내부적으로 소통과 화합을 꾀하고, 개별적인 역량이 아닌 체계적인 조직과 규정을 통하여 투명하게 업무를 수행해 나가겠습니다.

10. 본 윤리 선언에 동참하게 되어 긍지와 자부심을 느끼며, 고인의 영전에 부끄러움이 없도록, 직무를 성실히 수행할 것을 엄숙히 다짐합니다.

2020년 8월

수림문화재단 이사장 외 임직원 일동

수림문화재단 설립취지는 「예술창작의 지원」, 「인재양성」, 「문화입국」이다. 즉 재정을 지원해줌으로써 창작활동의 기반조성에 도움이 되도록 하고, 교육을 통해 문화예술 분야의 인재를 양성한다. 또한 문화예술의 보급으로 밝은 사회가 되도록 「문화입국」을 지향한다.

수림문화재단의 예술 · 문화사업

수림문화재단은 주요사업으로써 「수림문화상」을 제정하여 문화예술 관련분야에서 우수한 젊은 예술가들을 발굴해서 수상함으로써 격려해주는 것이 목적이다. 이를 추진하기 위해서 「수림뉴웨이브상」(2012년 제정), 「수림문학상」(2013년 제정), 「수림미술상」(2017년 제정)이 설치되었다.

수림뉴웨이브상은 실험적이고 실력 있는 차세대 전통예술 아티스트를 발굴하고 지원함으로써 아티스트의 창작활동 기반을 만들고 보다 큰 꿈을 가지도록 용기를 제공하기 위한 상이다.

2022년 수림뉴웨이브상 수상자 이향아는 전동타악기를 기반으로 다양한 형태의 음악을 만들어내는 창작자이다. 판소리 창작 그룹 입과손 스튜디오의 대표로 활동하며 「판소리적인」 감각에 주목한 판소리 만들기 작업을 이어오고 있다. 이 외에도 연극, 무용, 뮤지컬, 미디어 아트 등 다양한 분야의 예술가들과 협업을 하며 이향아만의 색깔이 담긴 음악을 만들고 있다.

수림문학상은 한국문학을 리드하는 신진 작가를 발굴하여 지원함으로써 국내외의 문학발전에 기여하기 위한

303

창립자 묘소 참배하는 수림문화재단 임원진

상이다.

2022년 수림문학상 수상작 「속도의 안내자」(이정연 장편
소설)은 첨단 바이오 기술을 둘러싼 자본과 인간의 일그
러진 욕망을 폭로한 소설이다. 동서고금을 막론하고 인
류의 오랜 염원인 불로장생과 세월이 지나도 변하지 않
는 인간의 근원적 욕망을 21세기 관점에서 재해석을 시
도한 소설이다.

수림미술상은 창의적이고 실력 있는 젊은 미술 작가들을 발굴해서 지원함으로써 국내 미술발전에 기여하기 위한 상이다.

2022년 수림미술상 수상작가 서인혜는 동양화 매체를 기반으로 회화, 설치, 영상 등을 활용한 시각 작업을 이어가고 있다. 본인보다 앞선 시대를 살아온 여성과의 연대와 연결점에 관심이 있으며, 몸의 안팎에서 진동하는 사물의 물질성과 행위에 주목하고, 보이지 않는 여성의 신체성과 노동을 나타내고 있다.

김희수의 유지를 말한다

고 동교 김희수 선생 추모문집 『민족사랑 큰 빛 인간 김희수』(수림문화재단)에 실린 관계자의 기고문 중에서 일부를 소개한다.

수림문화재단 이사장 하정웅 「김희수 선생을 추모하며」

하정웅은 2014년 1월 11일 도쿄도영 하치오지 공원묘지의 김희수 묘 앞에서 거행된 김희수 2주기 행사에서 다음과 같은 추모글을 읽었다.

오늘 여기에 선생께서 심혈을 기울여 설립 및 육성에 노력하셨던 수림외어전문학교와 수림문화재단, 그리고 그 외 숭고한 뜻을 받드는 사람들이 선생의 유덕을 기리며 추모하기 위해 한자리에 모였습니다. 생전에 완수하지 못한 고인의 유지를 이어받고 있다는 것을 보고하면서 유업의 계승에 대한 각오와 결의를 새로이 하겠습니다.

향후 무궁히 발전해 나갈 수림문화재단의 역사는 길지 않아 이제 겨우 첫걸음을 내디뎠습니다. 「문화」라는 것은 단기간에 결과가 나오는 것이 아니라 계속적인 투자와 노력이 있어야만 성과를 낼 수 있습니다.

지난 4년간의 시행착오 속에서 축적된 노하우와 경험을 토대로 향후 재단이 나아가야 할 거시적 관점의 방향성과 목적을 정하고, 현재 실시 중인 프로젝트도 서서히 보완하여 명실공히 설립자가 지향한 대한민국의 전통 문화예술과 정신문화가 창조융합한 세계화에 앞장서겠습니다. 설립자이신 선생의 정신은 영원 불멸할 것입니다.

중앙대학교 총장 김민하 「애국자 김희수 노블레스 오블리주」

1987년 도산 위기에 직면한 중앙대를 인수하여 후학을 양성하길 21년, 보다 든든한 기업이 충분한 재정을 투자하여 세계적 대학으로의 발전하기를 염원하며 재단을 이관한 후, 세월을 이기지 못한 채 각혈하는 심정으로 이승을 떠난 고인을 생각하면 통한이라는 생각밖에 들지 않는다. 중앙대가 가장 어려울 때 인수하여 구원투수로 등장했고, 민주화 투쟁의 열기 속 어려운 대학 상황과 하필 그때 불어닥친 일본 경제 버블로 일본에서 일으킨 사업기반이 붕괴되어 운신할 수 없는 상황에서도 대학 정상화와 후학 인재 양성의 요람으로 키우고자 중앙대에 헌신한 공만은 잊을 수 없다.

역사에 가정이란 없고 내 개인적인 소회이긴 하지만, 만일 그가 중앙대학교를 인수하지 않고 여유자금을 운용했더라면 맨손으로 일궈낸 그의 사업 능력에 비추어 일본 경제 버블과 무관하게 사업을 잘 운영했으리라는 생각이 든다. 총장 시절 그를 「애국자」로 말한 것이 옳았다고 자신하는 것은 그가 생전에 내게 단 한번도 「중앙대 인수가 잘못된 일」이라고 말한 적이 없기 때문이다.

일본에서 조선인 차별을 딛고 사업가로 성공하여 재

307

일 실업가들 중에서도 굴지의 갑부가 되었다. 돈을 벌기 위해 모국에 투자하는 사람은 많았지만 순수한 교육이념으로 아무리 투자해도 한 푼도 되돌려 받을 수 없는 대학의 교육사업에 투자한 사람은 없었다.

불행히도 유명을 달리한 후 고인에 대한 비평이 무성했으며, 많은 풍문이 나돌았다. 사회적 정의를 표방한 사려 깊지 않은 근시안적 사고에 집착하다 보면 분란이 일어나고 그것은 결국은 고인을 욕되게 할 뿐이다. 「이제는 고인의 명예 회복과 그 분이 남긴 유업에 대한 재조명이 필요하다」는 생각이 간절하다.

어쨌든 그는 대한민국을 사랑했고, 교육과 문화예술 인재양성을 통해 민족의 미래를 여는 데 각별한 열정을 갖고 대한민국 교육에 헌신했던 유일무이한 재일동포 애국자이다. 그러한 분에 대한 평가가 부족했던 것도 우리들의 재일동포에 대한 인식 부족과 생각의 짧음에서 기인한 바가 크다고 본다.

유업을 계승한 재단 인사들이 고인의 유업인 장학사업과 문화예술사업을 이어가고 있는 것 같아 무척 다행스럽게 생각한다. 살아남은 사람들의 의무는 먼저 가신 이의 참된 가치를 재조명하는 데 있다.

308

가천대학교 특임 부총장 · 수립문화재단 이사 김충식
「청교도적인 성실과 민족애」

내가 도쿄 근무를 마치고 서울에 돌아온 2005년 이후에도 김희수 선생님과는 가끔 만났다. 그분은 중앙대 집무실로, 혹은 인근 식당이나 광화문 근처의 식당으로 나를 불러내서 세상 돌아가는 얘기를 듣고자 했고, 나는 기꺼이 나가 그분의 공사에 걸친 여러 가지 자문에 응했다. 때로는 중앙대 재단 운영과 관련한 의중을 밝히시며, 직접적인 교육 육영사업을 그만둘 경우 어떤 방도가 있는지 등을 묻곤 했다. 나는 그때마다 그분이 힘들게 재일동포로서 사업을 할 때나, 중앙대를 운영할 때나 양심에 거리낌이 없는, 당당한 자세를 견지하고자 하는 그 항심에 감동했다. 지금 돌이켜 보면, 그러한 김희수 선생의 미래 구상이 현재의 수립문화재단의 뿌리였던 것이다.

사업을 하면서도 언제나 정직과 신용을 가장 중요한 밑천으로 여겨온 위대한 상식인, 자신에게 엄격하고 정확한 그의 청교도적인 성실은 후생들이 진정 본받아야 할 미덕이 아닐 수 없다. 나아가 젊은 시절에 수모와 고생 속에서 번 돈을 조국 대한민국의 육영사업에 투자한 교육자로서, 그리고 「인간 미래 창조 문화」의 기치를 내걸고 코리아의 미래 자산인 문화 창달을 염원하여 공익재단인 수림문화재단을 세운 안목까지, 김희수 선생의 공공정신과 조국애, 민족 사랑은 우리 후생들의 마음속에 영원히 빛날 것이다.

사회복지법인 공생복지재단 회장 윤기 「선생님은 잊지 못할 고마운 분」

재일동포들이 한국에 투자했다가 실패한 사례들을 잘 알면서도 선생님은 조국을 돕는 일에 주저함이 없었다. 조국 하늘을 더 좋아하시며, 대학교육에 전념하신 선생님의 불굴의 의지 앞에 절로 고개가 숙여집니다.

선생님은 당신이 고생하실 건 생각하지 않고 오로지 가난한 한국의 장래를 걱정하고 미래를 꿈꾸었습니다.

김희수 선생님은 21년간 중앙대학교를 훌륭히 운영하셨고, 한국 유수의 대학으로 성장시킨 후, 유수한 기업경영권을 넘기고 수림재단과 수림문화재단을 설립하셨습니다.

「양 재단이 육성한 인재 가운데 노벨상 수상자가 나올 수 있도록 전력을 다하는 것이 내 인생의 마지막 소원이요」라고 하시며 다시금 제 상상을 초월한 비전을 말씀하셨습니다.

누구도 알아주지 않는 고독한 길을 걸어가신 선생님은 교육만이 조국의 미래를 밝힐 수 있다는 신념을 가지고 계셨습니다.

「언젠가 선생님께서 설립한 재단의 인재 중에서 노벨상 수상자가 나오는 날, 선생님은 다시 태어나실 것」이라고 생각해 봅니다.

제가 본 김희수 선생님의 삶은 자신이 결코 무엇이 되겠다는 생각보다는 「어떻게 조국에 공헌할까」만을 추구한 삶이었습니다. 선생님께서 정성을 기울인 씨앗인 수림재단과 수림문화재단이 선생님의 후임자들에 의해 세계에 우뚝 설 날이 오리라 기대합니다.

가나이학원 이사장 · 수림문화재단 이사 · 일본 국사관대학교 교수 · 신경호

「진정한 기업가, 교육자, 고난 극복과 꿈의 실현」

선생님은 일본 통치 하의 민족 차별 속에서 공부했고, 회사를 일으켜 발전시켜 가는 동안 많은 민족적 비애를 경험했습니다. 동시에 민족의 미래를 걱정하고 조국애를 마음속 깊이 심으며 민족의 영원한 독립은 교육으로 양성

한 인재를 통해서만 가능한 것을 깨달았습니다. 일본에서
교육기관을 운영하고 있었지만 조국에서도 중앙대학교
를 인수하며 본격적으로 고등교육사업을 맡은 것입니다.
이제까지 재일동포로서 한국 국내에 기업을 만들어 성공
한 예는 있었지만, 국내 굴지의 명문 사학 인수를 통한 교
육사업은 유례가 없습니다. 학교법인 중앙대학교 이사장
취임은 역사적인 사건이었습니다.

선생님은 「공수거공수래(空手來空手去)」라는 인생철학
을 가지고 있었습니다.

기업가로서 성공해 얻은 이익을 민족을 위해 쓰겠다고
생각했고, 이러한 신념은 교육사업을 위해 사용하는 것만
이 국가와 민족에 도움이 될 것이라는 굳은 확신으로 이
어졌습니다. 그것이 바로 학교법인 중앙대학교의 경영권
을 인수한 순수한 동기였습니다. 이사장으로 취임하면서
학교법인의 모든 부채를 청산했으며 그로 인해 중앙대학
교는 새롭게 발전하는 전환기를 맞이하게 되었습니다.

대학경영이 궤도에 오르자 84세라는 고령이 된 선생님
은 학교법인 경영권을 두산그룹에 양도하고 경영의 제일
선에서 물러나게 됐습니다.

김희수 선생님의 조국에서의 활동은 재일동포사회에

깊은 감명을 주었습니다. 민족적 자긍심을 나타내는 상징이었습니다. 그런 공적을 평가받아 대한민국 국민훈장 모란장을 수훈했고, 러시아 국립 게르첸사범대학교에서 명예 교육학 박사학위를 받았습니다.

김희수 선생님은 「사람은 모두가 찬란한 빛나는 태양빛이 아니라 등잔불처럼 작은 빛일지라도 어두운 사회의 한구석을 비추는 존재가 되었으면 한다」고 말씀하셨습니다. 이 말씀을 저는 가슴 속 깊이 새기고 있습니다.

김희수가 남긴 것
인생은 빈손으로 왔다가 빈손으로 간다

사람은 누구나 이 세상에 태어날 때 아무것도 가지지 않고 태어난다. 어머니의 배 속에서 나올 때 그 무엇도 가지고 나오는 아이는 없다. 이 세상에서는 여러가지 형태의 삶을 각자 경험한다. 부귀영화를 누린 사람이나 빈곤한 생활을 면치 못한 사람이나 부자나 가난한 사람이나 언젠가는 세상을 떠나게 되어 있다. 세상을 떠날 때 모든 것을 가지고 갈 수는 없다. 인간 누구나 빈손으로 왔다가 빈손으로 가는 것이 자연법칙이다. 이에 관해서는 예외가 있을 수 없다.

이와 같이 「빈손으로 왔다가 빈손으로 간다」는 말이 김희수의 인생관이다. 김희수는 청소년 시절 어려운 경제환경 속에서 갖가지 고생을 하면서 잠자는 시간을 줄이며 배우며 일해왔다. 절약하면서 돈을 모았다. 어느 정도 돈이 모이면 보통 사람은 좋은 옷도 입어보고 싶고 맛있는 음식도 먹고 싶어 한다. 좀 더 화려한 생활도 해보고 싶다고 생각하게 된다. 그리고 좋은 집에서 살고 싶어 한다. 그러나 김희수는 그런데는 관심이 없었다. 오히려 어려운 처지에 있는 사람들을 도와주고 재정적인 지원을 필요로 하는 사업을 지원하는 것을 보람으로 느꼈다.

가난한 나라에서 태어나서 식민지 나라 출신으로 일본에서 생활하면서 조선민족 한국인이라는 것으로 많은 차별을 감수하지 않을 수 없었다. 그것을 극복하기 위해서 「정직」과 「신용」을 철학으로 삼았다. 이것은 아버지에게서 받은 유언이었다.

실업가로서 성공한 김희수는 모아둔 돈의 사용처가 따로 있었다. 자기를 키워준 사회에 환원하는 것이었다. 그 일환으로 시작한 것이 육영사업이었다. 일본에서 가나이학원을 설립하여 교육사업을 시작했다. 그리고 태어난 조국 한국에서 명문 사립 중앙대학교의 경영을 인수해서 21년간 이사장으로 있으면서 파산에 직면해 있는 학교를 재건했다. 김희수 이사장의 헌신과 노력으로 부채로 인해 학교 경영을 할 수 없게 된 중앙대학교를 건전한 경영을 하면서 부채 없는 대학으로 만들고, 전통 있는 사립대학의 명맥을 유지하도록 했다.

당시 한국의 학교법인 대부분은 금융기관으로부터 막대한 차입금을 빌려서 학교 규모를 확대했다. 이것이 일반적인 상식이다. 그로 인해 거액의 부채를 껴안고 경영할 수 없게 된 중앙대학교가 김희수에게 경영권을 양도하게 되었다. 경영권을 인수한 김희수는 즉시 모든 부채를 상환했다. 따라서 중앙대학교는 부채 없는 유일한 대학교가 되었고, 교직원의 봉급을 다른 대학 이상의 레벨로 올리고, 학교 건물 등 시설의 신축 및 증축으로 캠퍼스 환경이 완전히 바뀌었다. 그것을 토대로 중앙대학교는 한층 더 도약하는 단계에 들어갔다.

김희수는 재단 이사장에 취임하자, 조국의 육영사업에 공헌한다는 큰 꿈을 가지고 대학발전을 위해서 전력을 경주했다. 그러한 김희수의 순수한 생각을 이해하지 못하고, 사리사욕의 목적으로 대학경영을 인수한 것이 아닌가 하여 의심하고 그리고 다른 정치적 의도를 가지고 있는 비판 세력이 대학 내에 존재하고 있었던 것도 사실이다. 그래도 김희수는 그러한 움직임을 일체 모른 척하고, 구원투수의 임무를 충실히 했다.

파산에 직면한 대학교를 재건하고 훌륭한 대학교로

발전하게 만든 김희수의 역할은 정말 크다고 생각한다. 그의 공적은 100년 이상의 전통을 가진 중앙대학교의 역사에 남을 것이다.

김희수는 80세를 지난 고령으로 여생이 얼마 남지 않았다고 판단하여 자기가 할 수 있는 일에는 한계가 있다고 생각했다. 따라서 중앙대학교의 발전을 위해서 재정적인 지원이 가능한 재력을 가지고, 또한 교육이념을 가진 경영자에게 학교 경영을 양도하겠다는 의향으로 후계자를 물색한 결과 두산그룹에 중앙대학교의 경영권을 양도하기로 했다.

김희수 이사장 시절에 재단의 재정적 기반을 견고하게 하고 교육 내용을 충실하게 했기 때문에 중앙대학교는 그동안 질적 양적 많은 발전을 하게 되었다. 2016년, 17년, 19년도에 한국 대학 랭킹 7위에 올랐다. 명실공히 명문 사립 대학교의 존재감을 나타내고 있다.

김희수는 중앙대학교 이사장 퇴임 후 수림재단과 수림문화재단 이사장에 취임했다. 중앙대학교 경영권 양도의 대가로서 두산그룹에서 제공한 출연금 1,200억 원 중에서 수림재단에 200억 원, 수림문화재단에 1,000억 원을 각각 기부했다.

318

김희수가 한국에 남긴 자산은 공익법인인 수림재단과 수림문화재단의 기본금 뿐이다. 창립자 김희수의 뜻을 계승해서 수림재단은 주로 장학사업, 수림문화재단은 문화 및 예술활동을 지원하는 사업을 하고 있다.

김희수는 중앙대학교 이사장 퇴임 후 서울과 도쿄를 왕래하면서 수림재단과 수림문화재단의 일에 몰두했다.

서울에서 도쿄에 돌아올 때는 신경호가 자가용차를 운전하고 하네다 공항에 가서 김희수 이사장을 자택까지 모셔다 드렸다. 어느 날 비행기에서 막 내려 나오는 김희수 이사장이 술에 취해 있었다. 술을 전혀 마시지 않는 분이 술에 취한 모습을 보고 놀란 신경호가 「이사장님, 술을 드셨나요?」하고 묻자, 「무슨 그런 놈들이 있단 말이야, 수십 년간 쌓아 온 자산을 도끼로 뿌리까지 찍어 버리려고 한다. 나쁜 놈들이다. 너무 분해서 못 마시는 술을 마신 것이다」라고 흥분하여 말하기 시작했다.

재단 이사장은 출장비로 일등실을 타기 때문에 기내에서 와인이나 위스키를 무료로 제공한다. 자기 돈으로는 술을 사지 않는 사람이 무료라서 마신 것이었다.

긴자의 빌딩 재벌이라 불리던 실업가가 한국의 **IMF** 금융위기, 일본에서 버블 붕괴라는 불운은 있었지만 투자했던 모든 자산을 일순간에 잃게 되었다는 심정이 폭발했을 것이라고 신경호는 느꼈다. 그러한 상황에서 김희수는 백내장으로 한쪽 눈을 실명했다.

도쿄 체재 중에 갑자기 심근경색과 뇌경색으로 쓰러져 의식을 잃고 입원하게 되었다. 2010년 6월 1일에 일어난 일이다.

그로부터 1년 8개월 동안 혼수상태였다. 도쿄 세타가야구에 있는 미슈쿠병원과 자위대 중앙병원 등에 입원하고 있었으나 같은 병원에 장기 입원할 수 없었기 때문에 양로원에서 요양하고 있었다. 2012년 1월 19일, 88세를 일기로 서거했다. 한 시절 재일동포의 선망의 인물이었던 실업가였고, 한국의 명문 사립대학 이사장을 지낸 김희수의 병실은 특실도 아니고 일반 병실이었다. 친족 외에 대학 관계자도 그 외의 지인들도 그를 위문 오는 사람은 없었다. 쓸쓸하게 세상을 떠난 것이다.

부인 이재림 여사를 비롯하여 유족들은 고인이 평소 검소한 장례식을 원하고 있었다며 가족들만의 장례식을 마치고 유골은 김희수가 준비해 둔 도쿄 교외의 하치오지의 도쿄도립 하치오지 영원 안에 있는 「김가(金家)」의 묘소에 안치했다.

김희수 선생 묘소 앞에서(신경호 이사장과 필자)

한 때 거액의 재산을 소유한 적이 있지만 김희수는 이
세상을 떠날 때 직계 자손에게는 한 푼도 유산을 남기지
않았다. 그러나 그가 도쿄의 가나이학원과 한국의 중앙
대학교에서 인재 양성을 위해 투자한 교육사업은 후계
자들에 의해 영원히 계속될 것이다. 거기서 배우고 성장
한 인재들은 큰 유산이다. 또한 수림재단 및 수림문화재
단에서 지원을 받아 활동하는 우수한 인재들이 많이 있
다. 그들의 활약도 재단 창립자 김희수로서는 인재 양성
을 위한 보람이었다. 김희수는 저 세상에서 자기가 뿌린

씨앗이 성장해서 큰 열매가 되어가는 것을 보면서 내가 옳은 일을 했구나 하고 스스로 위안을 삼고 있을 것으로 생각한다.

김희수의 기제일에는 신경호가 가나이학원의 임원 및 직원들과 함께 참배하고 있다.

서울에서 수림문화재단의 임원 및 직원들이 같이 참배하기도 한다. 이 행사는 거의 매년 연중행사처럼 계속되고 있다.

또한 가나이학원에서는 2019년부터 「창립자 김희수 포럼」을 개최하고 있으며, 일정에 창립자 김희수 묘소 방문이 항상 들어 있으며 한국식으로 제사를 지낸다. 이 행사는 가나이학원 학생들의 과외수업의 일환이지만 학생들뿐 아니라 교직원과 수림문화재단 임직원이 함께 참가한다.

참고문헌

〈일본어 문헌〉

小板橋二郎(1985) 『コリアン商法の奇跡 : 日本の中のパワー・ビジネス』東京こう書房

永野慎一郎(2017) 『日韓をつなぐ「白い華」 綿と塩 明治期外交官・若松兎三郎の生涯』明石書店

朝鮮総督府編(1919)『朝鮮総督府統計年報』

朝鮮総督府編(1942)『朝鮮総督府統計年報』

鶴岡正夫編(1996)『在日韓国人の百人』(新版), 信山社

間部洋一(1988)『日本経済をゆさぶる在日韓商パワー』徳間書店

〈한국어 문헌〉

나가노 신이치로(2008)『상호의존의 한일경제관계』이른 아침

나가노 신이치로 편저(2010)『한국의 경제발전과 재일한국기업인』말글빛냄

東喬金熙秀先生七旬紀念文集刊行委員会編(1994)『東喬金熙秀先生七旬紀念文集Ⅰ民族의 恨을 딛고』中央大学校出版局

東喬金熙秀先生七旬紀念文集刊行委員会編(1994)『東喬金熙秀先生七旬紀念文集Ⅱ『東喬의 思想과 経綸』中央大学校 出版局

馬山市史編纂委員会(1985)『馬山市史』

문갑식 「신경호 수림외어전문학교 이사장, 망각 속에 묻힌 애
　　　국자 김희수 선생을 복권시키겠다」『월간조선』(2017년
　　　5월호)
박철의 「김희수의 기업가정신은 무엇인가」『프레지덴트』(2017년
　　　4월호)
박철의 「공수래공수거 실천한 무소유의 영웅」『프레지덴트』
　　　(2017년 5월호)
수림문화재단(2015)『민족사랑 큰 빛 인간 김희수』(故 東喬 김
　　　희수 선생 추모문집)
수림창립 30주년 기념지 편집위원회(2019)『학교법인 가나이
　　　학원 수림외어전문학교 창립 30주년 기념지』
유승준(2017)『배워야 산다』한국경제신문
유재순 「일본에서 만난 중앙대 새 이사장 김희수 이재림 부부」『
　　　女性東亜』(1987년 10월호)
이민호(2022)『재일동포의 모국사랑』통일일보
在日韓国留学生連合会(1988)『日本留学100年史』
중앙대학교(2021)『중앙대학교 100년사』제1권, 제2권
중앙대학교 80년사 편찬실무위원회(1998)『中央大学校 80年
　　　史』중앙대학교 출판부
昌原市史編纂委員会(1988)『昌原市史』

지은이 약력

안몽필(일본명 나가노 신이치로)

일본 와세다대학 대학원에서 정치학 석사학위를 받았고, 영국 셰필드대학에서 Ph.D를 받았다. 일본 다이토분카대학 교수를 거쳐 현재 동 대학 명예교수로 있다.

한일관계 관련 다수의 저서가 있으며, 한국에서 발간된 저서로 『검은 눈 – 중국군 한국전쟁 참전 비사 – 』(번역서), 『세계를 움직이는 기업가에 경영을 배운다』(편저), 『상호의존의 한일경제관계』(단행본), 『한국의 경제발전과 재일한국기업인』(편저) 등이 있다.